JN311673

上田秀人公式ガイドブック

上 田 秀 人
徳間文庫編集部 編

徳 間 書 店

―はじめに―

本書は、当代を代表する時代小説作家・上田秀人について徹底的に迫った、公式ガイドブックです。ここで主に取り上げられているのは徳間書店刊行の作品ですが、他社作品についても完全網羅しています。デビュー作『竜門の衛』（二〇〇一年）から現在に至る全著作をリストアップ。上田秀人ファンのみならず、すべての時代小説ファンにとって必携の一冊です。

特別書下し短篇「織江緋之介見参外伝　吉原前夜」が本書最大の目玉ですが、いずれ劣らぬ魅力的なコンテンツが満載。

作家としてのこだわりや各作品の思い出、そして読者に向けた熱い思いを語り尽くしたロングインタビュー。上田作品の魅力に鋭く切り込む、文芸評論家・縄田一男氏による犀《さい》利《り》な論考。さらに、各作品で躍動する数々の登場人物について集成した人物事典。また上田作品はいずれも主人公の「役職」が重要なモチーフになっています。ですから、江戸幕府の役職紹介も収録しています。

手前味噌ながら至れり尽くせりの本書。上田秀人の、時代小説の魅力をじっくり味わっていただければ幸いです。

徳間文庫編集部

平成二十五年三月

目次

上田秀人に聞く！

～創作への思い、作家としてのこだわり～

小説家と歯科医師の二足のわらじを履きつつ、すさまじいペースで新作を発表し、そのどれもがベストセラー――。異色の人気作家が明かす創作秘話。

□作家になるまで

——上田さんは現役の歯科医師でもありますが、どんな経緯で小説家を目指されたのでしょうか？

上田　きっかけは長男が七歳くらいのころ一緒に、大阪駅北側にある梅田スカイビルという大きな建物を見たことでした。

そのとき、この工事に関わった人は自分の子供にそのことを自慢できるけれど、歯医者の自分にはそういうものがないな、と思ったんですよ。いくらなんでも、患者さんの口を開けて治療結果を見せるわけにはいかないでしょう（笑）。

その後、タイミングよく山村正夫先生の小説講座に巡りあいまして、「これだ」と。子供に残せるものを求めて、初めて小説を書くようになったんです。だから、たとえば学生時代に小説を愛読し、いつか自分でも書いてみたいという思いがずっとくすぶっていてとか、そういうことではありません。

——息子さんのために、ですか。いいお話ですね。

上田　言ってみれば親の見栄《みえ》ですから、動機としては不純かもしれませんね（笑）。ともかくそれで書きはじめたんですが、最初のころは歯医者としての知識を生かした推理小説に挑戦していました。でも全然うまくいかない。そこで医療関係の知識を取り入れながら、時代小説のほうにシフトしました。

まず最初に浮かんだアイデアは、大学時代に読んだ坂本龍馬《さかもとりょうま》の死体検案書に端を発したものでした。中岡慎太郎の証言によれば、龍馬は襲撃されて斬《き》りつけられたあと、いくつかの言葉を残したという。でも死体検案書の情報に従えば、即死したとしか思えないんです。

――つまり、中岡慎太郎は嘘をついた？

上田　そう考えました。なぜ中岡は嘘をついたのか。中岡は何を隠そうとしたのか。そこから、私なりにあれこれ想像した結果、龍馬を殺したのはほかならぬ中岡自身ではないのか、という推理に行き着きました。龍馬をそのまま放っておけば反幕府勢力にとって邪魔《じゃま》になる。だから武力倒幕を目指す中岡が手を下した、と。

――その設定で一作書かれたのですね。

上田　ええ。いま思えばけっこう乱暴な内容でしたが（笑）。

――上田さんの時代小説デビュー作は幕末が舞台でしたか。現在は主に江戸時代を舞台にしているので、意外な気もします。

上田　そうかもしれませんね。小説家として本が出せるようになってから幕末は一度もあつかっていませんから。でも当時は楽しんで書いていました。いまは単純に楽しむばかりの執筆ではありませんね。職業として書いている以上、なにがなんでも読者を楽しませなくてはいけない。趣味だったあのころとは違い、それなりの苦労もともないます。

――読者を楽しませたい。それ以外に、いまの上田さんを突き動かすものはありますか？

上田　書店で自分の作品が積まれていて、活字になった自分の名前を見る、あのときの快感でしょうか。これればかりは言葉では簡単に言い表せません。それほどの感動があります。

□二十五日で一冊分書く

――歯科医師と作家の兼業スタイルは変わらない？

上田　はい。息子が歯科大学の学生ということもありますから、診療所をすぐに閉じるわけにはいきませんので。ただ、どうも息子に跡を継ぐ気がなさそうなんですよね（笑）。ですから様子を見ながら少しずつ診療活動を縮小していこうとは考えています。最終的には週休三日にできればと。お陰《かげ》さまで執筆依頼が増えていまして、もう少し時間を確保したいんです。

――兼業はいろいろ大変だと思いますが、一日をどのように過ごしているのでしょうか？

上田　朝六時半に起床して、七時半には家を出ます。診療所で雑務をこなしてひと段落するのが、だいたい八時半ごろ。そこから診療開始の九時半まで執筆にむかい、診療がはじまれば患者さんに気持ちを集中します。だいたい十一時以降になると少し手が空《あ》くので、時間が許せば執筆に使います。当然お昼休みも書きますし、午後の診療も患者さんがいらっしゃらないときは執筆にあてています。

以前は夜八時まで開業していましたが、いまは七時半閉院に変更しました。七時半から一時間ほど診療所で書いて、家に帰って晩御飯。家族で団らんした後、十時ごろから再び執筆にとりかかり、深夜二時ごろ就寝です。

――睡眠時間わずか四時間半ですか。診療所でも執筆するとなると、資料など大変では？

上田　以前は診療所と自宅で半々くらいに置いていましたが、現在は診療所の一部を改装して書斎スペースを広げたので、ほとんどの資料は診療所にあります。帰宅する前にその日の家での執筆分量を推測し、必要な資料はコピーして持ち帰るというかたちですね。ただ、使用頻度の高い文献だけは二冊買って自宅にも置いています。

――ほぼ毎月新刊を出している状態ですが、複数の作品を並行して書いているのですか？　それとも一作ずつ？

上田　基本的には一作ずつです。同時進行になるのは雑誌の連載原稿があるときだけ。連載は一回につき原稿用紙五十枚程度ですので、だいたい三日で書き上げます。

――一日にどれくらい書くのですか？

上田　一日十八枚をノルマにしています。となると単純計算すれば二十日くらいで一冊書ける。実際は、診療が立て込んだりする日もありますから、二十五日で一冊分、というペースでしょうか。ただ最近の悩みというか苦労は、自宅での執筆が思うに任せないこと。ゲラがひっきりなしに届くので、そのチェックに追われてしまうんです。

二〇一一年の後半から翌年はじめにかけて、〈将軍家見聞役 元八郎〉シリーズの新装版を出したので、そのときは新作のゲラに加えて、新装版のゲラも毎月届くような状態がしばらく続きました。ひと月に二作品のゲラチェックをこなさなくてはいけなかったので、さすがに悲鳴を上げそうになりました（笑）。でもたくさん書かせてもらっているということですから、ありがたいです。

❏ 書いても書いても恐い

――ゲラのチェックはどのような流れで行うのですか？

上田 原稿を編集者に渡してしばらくすると、文字がきれいに組まれた、言ってみれば、本にする前のサンプルのような印刷物が届きます。これがゲラですよね。このゲラには、誤字や脱字、あるいはストーリーの整合性が取れていない箇所などに、校正者や編集者の指摘が鉛筆で入っています。その指摘箇所を修正し、ゲラを編集者に戻します。再びそれを校正者や編集者がチェックして、おかしいところがあればまた指摘が来ます。それに対してこちらもまた修正作業をする。そうやって作品の精度を上げていきます。「はい、これですべて完了です」となったあとでも、製本間際になってさらに追加指摘が来る場合もありますから、最後の最後まで気は抜けませんね。

――そういう作業をしながら、同時に執筆もこなす。加えて日中は診療。かなりタイトな毎日ですね。

上田　だからそれぞれの締め切りは絶対守ります。ひとつでも締め切りをオーバーすると、雪崩《なだれ》式に次の締め切りもオーバーして、最後は二進《にっち》も三進《さっち》もいかなくなりますから。プロであるかぎり、「いついつまでに書きます」と言ったらそれは実行されなければならない。

昔、ある先輩に「体を壊したときは仕方ないとしても、親が死んでも締め切りは延びない」と言われたことがあります。「あんたの心臓が止まったらやっと締め切りは終わる」とも。

――壮絶ですね……。

上田　言われたときはまだ駆け出しでしたから、漠然と「そうか、そんなに締め切りって厳しいんだ」くらいにしか思っていませんでした。ずっと歯医者一本で生きてきましたから、理屈ではわかりますが、感覚的にはまだどこかピンと来ない部分があった。でもいまは、その言葉の意味がよくわかります。本当にそのとおりだと痛感しています。

でも編集者も一生懸命対応してくれていて、日曜日に原稿を送っても返事が返って来る。びっくりしますよ。

――そろそろ来るという予感があるのでは。

上田　それでも「何してんねん！」と思いますよ。「日曜日ぐらい外に遊びに行けよ！」って（笑）。

――一作一作それだけみんなが真剣に取り組んでいるということですね。

上田　そうですね。まさしく一作一作が勝負。作家であることに慣れてそこに安住してしまったら、その作家はやがて消えていくのだと思います。時代小説を書くうえでは守らないといけない約束事やルールがあって、そこをきちんと押さえてはじめて読者に読んでもらえる。でも、読者の心をつかむには約束事やルールだけではだめで、何かプラスアルファが必要です。

いま人気を博している時代小説家はみなさん、そこも見据えて真摯《しんし》に取り組んでいらっしゃる。それこそ私が足元にも及ばないくらいに。読者の方々、そして同業の方々に学ばせてもらっていることはたくさんあります。同時におくれをとってはいけないという危機感も常にある。だから毎日恐《こわ》いですね。書いても書いても恐いです。

――相当なストレスだと思います。どのように発散しているのですか？

上田　一番の発散法は休みの日に原稿を書くことなんです。切羽詰まって書くのと、特にすることがないから、まあ原稿にむかおうかな、というのとでは表向きは同じ行為でも実際は別もの。ノルマがなければ、ひとつひとつの文章をじっくり磨けるし、登場人物のセリフもいろんなパターンを考えて遊ぶことができますから。そうした時間はとても楽しいひと時です。

お酒はあまり飲みませんので、ほかにストレス発散といえば資料本を買うことくらいでしょうか。一冊何万円もする古本であっても、欲しいと思ったら躊躇《ちゅうちょ》なく購入します。高価な古本は出回っている数が少ないので買い逃したら今度いつ入手できるかわかりません。だから、たとえ出版のめどが立っていないアイデアでも、その参考になりそうなら出費はいとわない。

❏全作共通のテーマは「継承」

――上田作品はごく一部を除き、その大半がシリーズものとして刊行されています。シリーズスタート時にすでに全体の構想は固まっているのですか？

上田　いえ、物語の初期設定だけまず考えます。そしてその設定でいいのか、編集者と相談してOKということになれば、シリーズ最後のエンディング場面を考えます。あらかじめ準備しておくのは、それくらいですね。全体の流れは厳密に決めず、あとは一巻ごと書きながら、ストーリーを作っていきます。ですから全何巻で終了するのかは、そのときが来てみないと自分でもわかりません。第一巻を書き終えたら、その終わり方を受けて、第二巻の内容がおのずと浮かび上がってくる、そんな感じです。

――一巻ごとに個別のテーマがありながら、さらにシリーズ全体を束ねるような大きなテーマがある。それも上田作品の特徴のひとつですよね。

上田　繰り返しになりますけど、基本は一巻ごとに完結させ、テーマはその都度消化するようにしています。シリーズ全体というか、私の全作品に通底するテーマをあえて挙げるなら「継承」でしょうね。自分の子どもはかわいいというやつです。自分にとって大切なものを守るためなら、人間は何でもする。そうした性《さが》というか業《ごう》を抜きに時代小説は書けない、という思いはあります。

現代では「家」といえば「ホーム」ですよね。数十年のローンを組んで家を買いました、マンションを買いました、そうした意味でのホームです。でも江戸時代の家の観念はまったく違います。当時の「家」というのは「すべての世界」なんですよね、自分にとっての。

——家名を残すということですね。

上田　はい。日本人の根本にあるのはやはり武士道だと思うんです。つまり、武家の世界ですね。武家の世界とは家そのものなんです。家を継ぐということがいかに重要だったか。そのためにときとして激しい対立も起きた。そうした日本独自の文化を語り継ぐのも、時代小説家としての私の仕事だと思っています。

ただ、それをそのまま描いても重々しくなってしまいますから、物語としていかに柔らかく溶け込ませるかが鍵です。そこは腐心しています。

——上田作品では人間のいろんな狡《ずる》い部分も描かれますが、家を残すことの一点においては誰もが誠実です。

上田　当時の武家にとっては家が全収入の源だったわけです。順調に受け継いでいけば、子、孫の代まで安心して食べていける。たとえ貧しくても、食うや食わずの生活にはならない。少し前で言うところの終身雇用ですよね、いまや完全に崩壊しましたが。

――将軍の後継者に思わぬ人物がつけば、臣下の立場は一変してしまう。これも、いわば終身雇用の崩壊に似ているかもしれませんね。

上田　そういう見方もできます。ですから、たとえば〈お髷番承り候〉シリーズをよく読んでいただくと、企業や政治のトップに対する現代人の不満を連想させるようなセリフもあるはずです。

――いま日本の政治は混乱を極めています。政権交代が繰り返され、首相も次々に代わる。何が問題なのでしょう？

上田　結局、首相を補佐する優秀な人間がいないのだと思います。トップが仕事をするための下地作りをする人がいない。政治家はみんな自分がトップに立ちたいから、誰もが目立とう、目立とうと、そればかりです。だからいつまで経《た》っても縁の下の力持ち的な存在が出てこない。

――そういう意味では、〈お髷番承り候〉シリーズの将軍家綱《いえつな》は恵まれていますね。松平《まつだいら》信綱《のぶつな》と阿部《あべ》忠秋《ただあき》という二人の老中に支えられているわけですから。

上田　家綱はまだ若くて、もっと成長しなくてはいけない。その若い総理を陰で支える官房長官役が、松平と阿部ですよね。そして下で動く実務担当が、主人公であるお髷番《まげばん》の深室賢治郎《みろけんじろう》です。こうした構図は私の希望でもあるんです。現代の政治もそうあってほしいという。

❏社会にがんじがらめになる悲哀

――実作面においてもう一歩踏み込んだお話を。先ほど通底するテーマは「継承」とおっしゃいました。それを描くうえで特に心がけていることはありますか？

上田　江戸時代といっても取り巻く環境が違うだけで、現代と人間関係の煩雑さはほとんど変わらないと思っています。ですから、そのあたりの機微《きび》がいまの時代感覚から乖離《かいり》してしまわないように注意しています。

上司と部下、男と女、あるいは近隣の関係。読者にすっと物語に入ってもらうためにはそうした部分での共感が大切です。「ああ、そうだよな」と少しでも感情移入してもらえれば、まずは成功。どんなにストーリーを練ったところで、そこをクリアしないと読んでもらえませんからね。

――最近の上田作品の特徴のひとつに挙げられるのは、陪臣《ばいしん》という存在がクローズアップされていることだと思います。

上田　直臣《じきしん》と陪臣では待遇に大きな差があります。陪臣は現代に置き換えれば、子会社に出向させられた社員のようなもの。一度、子会社に出向すると本社復帰には時間がかかりますよね。ようやく本社に戻れたとして、じゃあ昇進させてくれるのかといえば、そんなことはまれです。

先日久しぶりに友人に会ったのですが、表情が浮かない。「どうしたん？」と訊《き》いたら「正社員から派遣社員になった」と肩を落としていました。いま、日本ではその種の話が本当に多いじゃないですか。

でも江戸時代の場合はもっと厳しい。陪臣という立場は完全に固定されていて、どうがんばってもまず直臣にはなれない。自分が陪臣なら子も陪臣です。社会の仕組みにがんじがらめになる悲哀というのはいつの世にもあるんです。だから、そこを普遍的なテーマとして捉《とら》えておきたいという思いが常にあります。

――〈お髷番承り候〉シリーズでも将軍家綱が小姓頭《こしょうがしら》に「お前、陪臣にするぞ」と凄《すご》む場面があります。そうやって迫られると何も言えなくなる、従うしかなくなる。

上田　末は取締役と約束されている本社勤務のエリートが、後継ぎのボンボン社長に「お前、気に入らねえから子会社行くか」と脅されているようなものですからね。言われたほうは納得できない、でも従わざるを得ない。

私の本を買ってくださる読者は五十代以上の方が多いので、人生経験も豊かでいろんなことを体験されている。そうなってくると、人間って必ず後悔していることがいくつかあると思うんです。あの時ああしておけば良かったな、って。生きていると不本意なことの連続ですから。

読者の方々がそれぞれにそうした思いを投影しながら読んでもらえれば、と思いながら書いています。〈お髷番承り候〉シリーズはそこにさらに成長譚《たん》としての側面も加えました。私にとっては新しい試みになります。

❏師なき剣術は消えていく

——迫真の剣戟《けんげき》シーンは上田作品の大きな見どころです。

上田　リアリティを出すために心がけているのは、そこで描かれている動きを実際に読者も真似《まね》できるよう記述することです。たとえば「一刀のもとに斬り伏せた」だけでは、刀を上から振り下ろしたのか、それとも横に薙《な》いだのか、軌道がわかりませんよね。それでは読者に何のイメージも与えられない。ですから、動的な情景をしっかり喚起できるように、刀の振り方しかり、相手との間合いしかり、さらにそこに踏み込む際の身体《からだ》の動きしかり、くどくならない程度にしっかり書き込むようにしています。これは秘剣だから細部は描く必要はない、というような発想は論外です。

——人を斬り殺した人間の心理の描き方も生々しくて、思わず息を呑むほどです。

上田　そのあたりは私の実体験も反映されていると思います。学生時代に大学病院で初めて人の体にメスを入れたときの感触はいまでも忘れられません。まず皮膚にメスをあてるとその箇所が一瞬へこみ、パンと切れて、へこみは元に戻る。そしてメスは深部に入って刃先から骨のザリザリという感触を伝えながら進んでいく。強烈な体験でした。いまにして思えば、あれが時代小説家としての自分の原点でした。

——たとえば、戦国時代では、人を斬り捨てるのは、いわば日常的なことでした。でも江戸時代は違います。だから、あやめたときは葛藤《かっとう》に苛《さいな》まれる。上田作品ではその葛藤が読者の胸をえぐります。

上田　江戸幕府は闘争を禁じました。相手を斬れば、理由はどうあれ自刃しなければならない。喧嘩両成敗というやつですね。でも、人を斬ってはいけないというルールがあるのに、侍たちは刀を差して歩いていた。矛盾しているんです。その矛盾にこそ彼らの葛藤は潜んでいると思っています。

先祖は人を斬って出世し、自分たちは人を斬らないことによってその立場を維持している。そこにはなにか納得のいかない感情があるはずです。

そうした状況で、自分や誰かを守るためにやむなく人を斬る。斬った瞬間は、自分のなかで昂ぶるものがある。なぜなら、先祖はそのようにして家を守ってきたのですから。でもその昂ぶりが冷めた瞬間、たまらない罪悪感に襲われると思うんですね。そういう人間の引き裂かれた心理も作中に投影しているつもりです。

——戦国時代と江戸時代では、同じように人を斬るにしてもその意味合いはまったく違う。

上田　そのとおりです。戦国時代は数千人の軍勢同士がぶつかるなかでの一人です。集団のつくりだす狂気に乗っかって刀を振るうことができた。ひるがえって江戸時代は基本的に一対一。だから、戦国時代に生きた人間と比べて、斬ることに対するためらいは大きいでしょうし、その興奮と重みもまったく違ってくる。吐いたり、夢でうなされたりもするはずです。一生、十字架を背負う。そういった部分をしっかり描くことで、登場人物が立体的なものとして、つまりひとりひとりの「人間」として読者に届くと信じています。

——環境や感情の矛盾が、物語にドラマを与えているのですね。

上田　剣術の矛盾というのもあります。術と付くとおり、本来の意味はいかにうまく殺し、いかに自分が生き残るか、という技術を指すのですが、江戸時代になればそれは不要ですよね。そこで剣術家たちは弟子を集めるために、精神修業の側面を強調したわけです。それがのちの剣道につながります。これはすごくいいことだとは思うのですが、一方で「心を高めるのにどうして人殺しの武器の扱いを学ぶ必要があるのか」ということになります。

——剣術といえば、上田作品には「我流の達人」といったような人物はほとんど登場しません。伝統的に培われた剣術の遣い手ばかりです。

上田　剣術は理ですから、長い時間をかけて磨かれていくなかで、無理のある動きは削られていくんですよね。たとえば宮本武蔵にしかできないような技術は消えていくしかない。誰にでもできる部分しか継承されないんです。理から外れているからこそ我流と呼ぶわけですが、そこに「師」は存在しえない。私は師なきものに魅力を感じないんです。そもそも誰か教えてくれる人間がいないと、刀なんて危なっかしくて振るえないでしょう？

――確かに。そう考えると、師匠という存在はこの上なく大事ですね。

上田　そう思います。そして私にとっての師匠は読者だと思っています。作家に対して、教え、諭すという立場で率直にものを言えるのは読者だけですから。

だから、作中でも師匠にあたる登場人物に読者を投影させています。私の作品を読んでくださっている方の多くは私より年上、つまり人生の先輩です。そういう人が物語のなかに入り込んだら、若い主人公にどんな言葉をかけるだろうか？　と考えながら書いています。それは読者に少しでも共感してもらうための工夫でもあります。

❏ 作品にいまの世相を反映させる

――息子のために、というきっかけでデビューして十年余り。破竹の勢いで当代の人気時代小説家に登り詰めたわけですが、いまの心境はいかがですか？

上田　作者が天狗《てんぐ》になったら作品はだめになります。買っていただいている身分です。この不景気の時代に六五〇円の商品、自分の小説を買ってもらえるというのは本当にありがたいです。

——上田作品はもうすぐ累計四百万部に到達します。達成感のようなものはないですか？

上田　ないですね。なにも達成していませんから。それより危機感のほうが大きい。一作一作、われわれ作家は絶えず読者と真摯に向き合わなくてはいけません。

ただ書けば読者がついてくる、という時代はもう完全に終わりました。気が向いたときに書く、というスタンスは絶対に通用しない。待ってくださっている読者のために、常にコンスタントにスピーディーに新作をお届けする。そして常に「ああ、おもしろかった」と思ってもらえる水準を維持しなければいけない。読者は正直ですから、少しでも気を抜くとすぐにそっぽを向かれてしまいます。

飽きられないためには、作品にそのときどきの世相も反映しなくてはいけません。たとえばいまなら民主党政権時代のトラブルを、それに取って代わった自民党政権がどう解決するのかは注目されるでしょう、そういうことです。

——時代小説に、現在の、リアルタイムの気風を持ち込む。かなり高度な作業に思えます。

上田　そのためになにより大切なのは、作品の入口を大きくしておくことだと思っています。時代小説に不慣れな人でも気軽に読めるような配慮を随所に施しておく。いまはテレビで時代劇が放映される機会も減りました。江戸時代とはどんな世界だったのか。家屋、職業、町割、服装、用語、しきたり、習慣。そういった当時のリアルな情報になかなか触れる機会がない。そういう人びとが増えています。時代小説を読むにはある程度の予備知識が必要とされてきましたが、これからは、極言すれば、予備知識がまったくなくても読めるような情報提示の仕方を書き手は求められると思います。いきなり馴染《なじ》みのない単語がいくつも出てくるようでは、読んでくれませんから。

時代小説としてのある種の格調に加えて、気安さも吹き込む。その足がかりのひとつが先ほど言った、世相の反映ということになると思っています。私の小説を入門書にして、ほかの作家の作品も楽しんでもらえるようになれば望外の喜びです。

――当たり前と言えば当たり前かもしれませんが、読者に対する配慮に一切の妥協を許さないのですね。

上田　読者に小手先のまやかしは通用しませんから。私は伝えたいことがあるから小説を書き続けている。伝えるというのは大変なことです。一生懸命やらないとなにも伝わらないんです。

編集者はある程度売れるようになれば、持ちあげてくれるし、批判をすることもなくなります。とはいえ、書いた原稿を最初に読むのは彼らですから、どんな反応が来るか緊張はします。

でも読者の反応はもっと緊張します。一冊読んでおもしろくないと思っても、もう一冊くらいは読んでくれるかもしれない。でも二冊続けておもしろくなければ、もう二度と手にとってくれないでしょう。だから私は一作一作、全身全霊で書くんです。一冊刊行されるごとに、重版がかかるのかどうか、つまり読者に受け入れてもらえているかどうか気をもみます。昔ならばファンレターが来たりもしたのでしょうが。いまは売れ行きでしか読者の反応がわからないんです。

❏読者層を振り分ける執筆スタイル

――作家がじかに読者と接する機会はかぎられていますしね。

上田　以前こんなことがありました。日ごろめったに降りない駅で電車を降りたんです。ホームを出てすぐのところに本屋さんがあったんですね。しばらくその店内でたたずんでいたら、白髪の初老男性が私の本を買ってくださった。

目の前で自著が売れる場面を目撃したのは、それが生涯二度目でした。しかもそのときは背表紙のあらすじを読むでもなく、すっと手にとってくださった。私の名前で買ってくれたんだ、そう思ったらうれしくなって、矢も盾もたまらず、その人が店を出てくるまで待って「すみません。それ書いた人間ですねんけど」と声をかけて、少しお話しさせていただきました。そうしたら全冊持っていると。買った本にサインがほしい、とおっしゃるのでサインして、握手を交わしました。「これからもがんばって書いてください」と言い残して去っていかれた。感無量でした。

――そのファンの方にとっても感激でしょう。

上田　本当に作者冥利《みょうり》に尽きるなと思いました。デビュー作『竜門の衛』を出したときは暇だったので、しょっちゅう本屋さんに足を運んで、自分の本の売れ行きをチェックしていました。当時は少しの部数しか刷ってもらえませんでしたから、そもそも店頭にあまり冊数が置いてないんですね。だから平積みの棚だと、私の本のところだけへこんでいて見えなくなっている。そこで書店員さんに「申しわけない。その本の作者ですけど、見えないから場所変えてください」と言ったら、ものすごく嫌そうな顔されましたね（笑）。

――書店員のみなさんはいつもたくさん仕事を抱えていらっしゃいますからね。突然、作者に話しかけられて戸惑ったんだと思います。

上田　その方も別のお仕事をされていたようで、申しわけない気持ちはありましたけど、こちらとしてはやっぱり売れないとどうしようもない。思わず口をついて出ました。

――上田さんご自身が考えている上田作品の想定読者はどんな方ですか？

上田　主に意識しているのは、仕事をリタイアされるなどして、本にのめりこめるだけの時間を持っている人ですね。年齢でいえば五十歳以上くらいの人。

熱心に読んでくださって、江戸時代の風俗やしきたり、また史実について誤りがないか目を光らせてくださる方にも応えられるような、そんな作品創りを心がけています。

時代考証に落ち度がないよう、嘘は書かない。それだけは肝《きも》に銘《めい》じています。原稿を受け取る編集者も同様の感覚で作品に携わってくれますから、ちょっとした部分でも矛盾があれば指摘してくれる。ですから、どの作品にも胸を張れます。

――五十歳以上ということですが、上田作品は若い読者も楽しめる内容になっていると思いますが。

上田 ありがとうございます。厳密にいえば、作品によってメインとなる読者層を振り分けているつもりではいます。たとえば〈織江緋之介見参〉シリーズは一般男性のみならず女性読者も強く意識しました。また〈奥右筆秘帳〉シリーズより〈お髷番承り候〉シリーズのほうが、下の年代に向けられています。〈妾屋昼兵衛女帳面〉シリーズだったら四十代から五十代のサラリーマンを中心に想定している。

もちろん誰が読んでもおもしろいような作品にすることは絶対条件なのですが、シリーズごとに味わいを変える意味で、執筆に際し念頭に置く読者イメージの棲《す》み分けをしています。

□デビュー作で終わるつもりだった

――ここからはシリーズ作品ごとにお話をうかがいたいと思います。小説家デビュー作は南町奉行所同心の三田村元八郎《みたむらげんぱちろう》が活躍する『竜門の衛』です。二〇〇一年ですね。元八郎を主人公にした作品はその後、計六巻まで刊行されました。ただ、『竜門の衛』を執筆なさっているときは、まだシリーズ化の予定はなかったそうですね？

上田　はい。最初は書下ろし一冊という話でした。ですから『竜門の衛』を書き終えてしばらくは「これで上田秀人という人間の小説が一冊できた。じいさんになったとき孫に『おじいちゃん、こんなん書いてんで』って自慢できるな」くらいに思っていたんです。

ところが、刊行した徳間書店さんから「これはシリーズとして使えそうだから、次作を書いてくれ」と言われまして。そこから半年くらいかけて第二巻『孤狼剣』を執筆しました。そして第四巻『波濤剣』を出したあとあたりに、元八郎が主人公ではない別の原稿を書き上げて他の出版社に売り込んでみたんです。でも「こんなの使えない」と突き返されてしまって。そうしたらまた徳間書店さんが「なら、うちで出版しましょう」と拾ってくれたんです。

――その原稿が〈織江緋之介見参〉シリーズ第一作の『悲恋の太刀』ですね。

上田　はい。ですから作家デビューをしてからしばらくは徳間書店さんとしかつきあっていません。

——『悲恋の太刀』を出してからは〈織江緋之介見参〉シリーズと、三田村元八郎を主人公にしたシリーズを交互に刊行しています。

上田 一人の作家が同じ出版社から複数のシリーズを並行して出すのは珍しいケースですよね。まあ、無我夢中でした。

——三田村元八郎が主人公の作品は当初は明確なシリーズ名がついていなくて、ファンの間では単に三田村シリーズなどと呼ばれていました。それが最終巻『蜻蛉剣』から時を経て六年後の二〇一一年に〈将軍家見聞役 元八郎〉シリーズと銘打ち、新装版として装いも新たに全巻、毎月一冊ペースで刊行されました。

上田 さっきも言ったとおり、デビュー作の『竜門の衛』を書いた当初、シリーズ化するとは思ってもみなかったので、タイトルは好き勝手につけさせてもらったんです。ところがシリーズ化されるにあたって編集者から「二巻目は、もうすこしわかりやすいタイトルにしませんか」と提案があって『孤狼剣』という題名にしました。このシリーズはその第二巻以降はすべて、『〜剣』です。最後に「剣」がつく。でも一巻目の『竜門の衛』にはついていない。そのために読者の中には『孤狼剣』がシリーズ第一巻だと思っている方が少なからずいらっしゃいました。そうした事態を解消するために新装版にして、統一したシリーズ名〈将軍家見聞役 元八郎〉を各巻に付したんです。これが新装版を出した第一の目的でした。

――表紙カバーを一新し、シリーズタイトルもつけた。さらに内容にもそうとう手が加えられています。

上田　そうですね。大幅に改稿しました。デビュー間もない作品を今の上田秀人が書いたらこうなる、というのをお見せしたいと思いまして。たとえば「てにをは」ひとつとっても、以前と私の中で感覚がだいぶ変わっている。今回、気になるところはすべて改めました。いまでも未熟ですけど、当時はもっと未熟でしたから、そういった部分は手直ししないといけない。

――「てにをは」以外には、どんな点に留意なさったのですか。

上田　ストーリーもいま見直すと、いろいろ詰め込みすぎて、窮屈な印象を受ける箇所がありました。ですから、流れからいって、あってもいいけどなくてもいい、というシーンは基本的にカットしています。やはり勢いというのを大事にしなければいけませんからね。ただ、ストーリーの構造自体はそのままです。あまり変えてしまうと前に買っていただいた方に失礼ですから。

旧作をお持ちの方には二回買っていただくことになるじゃないですか。その時に「このシーンは前なかったけど増えたんだ」とか「ここに前あったのが、なくなっている」とか発見してもらえたらいいなと思っています。いずれにしても、さらに読みやすくなっているはずです。

——上田さんは現役の歯科医師でただでさえ忙しいはず。そうした状況で年間およそ十冊のペースで新刊を出されています。それに加えて、この改稿は負担になりませんでしたか。

上田　大変でした（笑）。新装版一冊につき、新作と並行しながら、だいたい一ヶ月ほどかけましたからね。

——〈将軍家見聞役　元八郎〉シリーズは上田作品の原点ともいえます。そういう意味では強い思い入れがあるのでは。

上田　それはありますね。だから新装版にあたっては徹底的にもう一度磨きあげさせてもらいました。旧版の元八郎シリーズをすでに読んでくださっている方には、新装版から上田秀人の成長を感じてもらえるとうれしいです。近作から読み始めてくださっている方なら、新装版のほうが馴染みやすいと思いますので、ぜひお勧めします。

❏ 隆慶一郎『吉原御免状』の影響

——〈将軍家見聞役　元八郎〉シリーズと同時進行していた〈織江緋之介見参〉シリーズですが、こちらは第一巻『悲恋の太刀』刊行前にはシリーズ化は決まっていたのですか？

上田　はい。あらかじめ決まっていて、第一巻を書いたときには、シリーズ最後のクライマックスシーンがすでに頭にありました。

――最終巻『終焉の太刀』のラストの場面はとても印象的です。最後の最後に吉原の大門が閉まりますよね。鮮烈な幕切れでした。

上田　〈織江緋之介見参〉シリーズは隆慶一郎先生の『吉原御免状』の影響を強く受けています。ですから、最後に主人公の緋之介《ひのすけ》が吉原を出るにせよ、残るにせよ、大門が閉まるシーンにつながるのだと第一巻の時点から決めていました。

――実際には緋之介は最終的に吉原を出ることを選びます。

上田　吉原を舞台に、その少し特殊な気風をいかしながら世界観を構築するのを念頭に、このシリーズは書き進めました。最後に緋之介が吉原から出ていくシーンは彼が新たな道を切り拓《ひら》く象徴的な場面になってくれたかなと思っています。

――本作は数ある上田作品のなかでも、いまだ根強いファンを持つシリーズです。そのあたりのことについてはご自身でどのようにとらえていますか。

上田　このシリーズはつまるところ、自分の居場所探しの物語です。居場所を失った人間がどうやって新たな道を切り拓いていくのか。そこが焦点です。物語の構造自体がわりとシンプルですから、安心してお読みいただけるのではないでしょうか。

――物語の構造はシンプルかもしれませんが、いろいろなエピソードや人間関係のすべてがラストに集約されるようで、感動的でした。

上田　ありがとうございます。自分でも好きなシリーズなので、読んでいない方にはぜひ楽しんでいただきたいと思います。

❏ 存在意義を失ったものに対する愛惜

――〈斬馬衆お止め記〉シリーズは、斬馬刀《ざんばとう》の遣い手が奮闘する活劇です。巨大な斬馬刀を実戦で振り回すという、大胆な設定が話題を呼びました。

上田　本州と四国を結ぶしまなみ海道に、兜《かぶと》や刀を展示している神社があるんです。大山祇神社というのですが、そこの宝物殿に斬馬刀が一本飾られていまして。それを直接見る機会があったのですが、目にした瞬間その美しさに引き込まれました。ただ、あまりに長くて重い。普通に考えて実戦では使えない。でも、何とか使える方法はなかったものかと、それ以降しばらく考えていたんです。やがて思いつきました。一人で抜けないなら二人で抜けばいいじゃないかと。一人が鞘《さや》を持ち、もう一人が柄《つか》を握って抜刀する。その光景を思い描きながら、これは小説になるぞと胸が高鳴りました。

――そこで生まれたのが、膂力《りょりょく》に優れ、本陣前で騎馬武者を迎え撃つ「斬馬衆」という精鋭部隊ですね。

上田　そうです。架空の存在ですが、どうしても小説の中で巨大な斬馬刀を振るわせたかった。見た目以外に、私が惹《ひ》かれた理由はもうひとつあります。斬馬刀はそもそも当然ながら武器として作られたはず。でも結局、無用の長物と化し、ただの飾り物になってしまいました。そういう存在意義を失ってしまったものに、私は哀感を覚えるんです。それは泰平の世になり、居場所を失った斬馬衆も同じです。とにかく、大山祇神社で刀を見た瞬間に、この作品は生まれる定めにあったと思っています。そういう意味では感慨深いシリーズですね。

❏従来にない角度から信長と秀吉をとらえる

――『日輪にあらず 軍師黒田官兵衛《くろだかんべえ》』は上田作品の中でも数少ない実在の人物を主人公にした物語です。とはいえ黒田官兵衛は歴史上、華々しい脚光を浴びたわけではありません。

上田　一般的には、名前ぐらいは聞いたことがある、という程度の武将でしょうか。でも、成功者ではないですよね。苦労のわりに報われなかった人物です。若いころ、周りはすべて毛利輝元《もうりてるもと》についたのに、自分だけは織田信長《おだのぶなが》につくという大きな決断をした。この種の決断を彼は生涯で数回します。

命がけの決断を潜り抜けたということなのですが、ただ、誰でも人生の節目、節目で大きな決断に迫られますよね。大学を選ぶとき。就職。あるいは転職。結婚も人生を決定的に変える決断です。あとに引けない、そういう状況を経ていまがある。読者のみなさんそれぞれの実体験と対比して読んでもらえればうれしいです。もちろん黒田官兵衛の場合は生死を賭《と》したもので、絶えず身の危険にさらされます。そのあたりの緊迫感も楽しんでほしい。

――黒田官兵衛という人物に光をあてたのはなぜですか？

上田　歴史に燦然《さんぜん》と名を刻む人物、たとえば、徳川家康《とくがわいえやす》、宮本武蔵、坂本龍馬といったヒーローたちを扱った小説には、山岡荘八先生や吉川英治先生や司馬遼太郎先生といった方々がものされた金字塔的作品があるわけじゃないですか。そこにいまさら私が割って入ったところで、上回るものは書けませんから。ですから、実在の人物を主人公にするうえでは新機軸を打ち出す必要があると思うんです。たとえば、織田信長ではなくて、その側近を主人公にする。そうすると側近の目を通した独自の信長像というのが出てきますよね。豊《とよ》臣秀吉《とみひでよし》にしてもそうです。秀吉そのものではなく、その腹心の目線で秀吉という人物をあぶりだす。そういう小説的なプロポーションをとれば、主人公のみならず、結果として新たな信長や秀吉の解釈も獲得できると思っています。

本作には、従来にない角度から信長と秀吉をとらえるとともに、その側近の生きざまを通して読者に感動を与えたいという意図がありました。であれば、主人公は黒田官兵衛か真田昌幸《さなだまさゆき》がふさわしい。どちらがいいか。編集者と相談して最終的に黒田官兵衛でいこう、ということになりました。官兵衛と昌幸を比べたとき、これまでの歴史小説のなかで取り上げられる頻度が高かったのは昌幸だろう、ならば、官兵衛を軸にしたほうが新鮮ではないか、と。

――歴史大河小説ということで、執筆中、特に難しかった点はありましたか。

上田　何年の何月何日、黒田官兵衛はどこそこにいた、というような史実による細かい規制があったので、そこは苦労しました。そのなかでどうやって物語を創作していくか。結果的に形になったと思いますが、執筆中はきつかったですね。あと、本作のためにかなりの資料代を費やしました。『黒田家家譜』というのを全巻買ったんですけど、役に立ったのはたった一行（笑）。悔しいから、もう一回どこかで黒田家を書いてやろうと思っています。

――二〇一二年に刊行された、この『日輪にあらず　軍師黒田官兵衛』は、二〇〇七年刊『月の武将　黒田官兵衛』と二〇〇八年刊『鏡の武将　黒田官兵衛』の二冊に大幅な加筆修正を施し一冊にまとめたものです。上田秀人流・黒田官兵衛物語の完全版とも言える作品ですが、一冊にまとめるにあたって苦労などは？

上田　主だった作業は、物語のテンポ、スピード感をあげるために、大幅な削除をするというものでした。そうして一冊分の分量にまで落とし込みながらも、歴史小説としての重厚感を損なわないように工夫しました。シーンを再構成するなど、かなり大掛かりな手術になったので、ストーリー上の齟齬《そご》や、文体のトーンに乱れが生じないよう、全体を引き締める作業にも神経を使いました。私自身の官兵衛に対する思いもこの数年で変わっているので、そのあたりもあらたに投影しましたね。

❏大奥は男にとって永遠の謎

――『大奥騒乱　伊賀者同心手控え』は上田さんにとって初の雑誌連載作品でした。

上田　「問題小説」（編集部註・二〇一二年に誌名を「読楽」に改称）に掲載したのですが、連載ならではの楽しさや難しさがありました。たとえば一回あたり原稿用紙五十枚に収めなければいけないとか。五十枚のなかで起承転結をつけて、次回の続きを気にしてもらえるように、すっと終わらせる。最初は苦労しましたが、ペースが摑《つか》めるようになると、こうした書き方も意外と気持ちがいいものです。

本作はいわゆる忍者ものですけど、忍者は忍者でもサラリーマン化した忍者を描きたかったんです。戦国時代に暗躍した忍も、泰平の江戸時代になると詰め所でルーティンな仕事を繰り返すだけ。そうした悲哀、滑稽味《こっけいみ》を伝えたかった。

――物語の舞台の大半は大奥です。女同士の命がけの権力争いも見ものでした。

上田　大名家に忍びこんで秘事を探るというような内容より、色気があったほうがおもしろいと考え、舞台として大奥を選びました。大奥というのは男にとって永遠の謎です。ハーレムという男の夢をくすぐる場でもありますし、一方で人間のドロドロした内面が発露する場でもある。女だけの閉じられた世界の前では男は無力です。奥で繰り広げられる女同士の嫉妬。表で繰り広げられる男同士の嫉妬。栄達《えいたつ》を巡る複雑な感情のぶつかり合い、絡み合いをたどりながら物語を膨らませていきました。

――忍者同士の緊迫感溢《あふ》れる戦いも好評でした。

上田　忍者と侍《さむらい》の戦いはそれまでに何度か書いてきましたが、忍者同士は書いたことがなかったので挑戦してみたんです。闇討ち、裏切り、欺き……何でもありの世界。「正々堂々」という美学などいっさい通用しない、非情な戦いをたのしんでいただけるとうれしいです。でも、この作品にかぎっては私自身がいちばんたのしんでいたかもしれません。それくらい気持ちよく筆が進みました。

――主人公の伊賀者・御厨《みくりや》一兵《いっぺい》は、大奥の指名で特別な任務を命じられます。それはただ事件の現場に居合わせたという偶然によるものでした。しかし同僚であるほかの伊賀者から「お前だけ特別扱いされて、いい気なもんだ」とやっかみを受ける。

上田　たとえば同期入社した仲間の一人が急に出世したとする。そうしたらたぶん周りは嫉妬します。人間って嫉妬する動物ですから。でも、男の嫉妬は単純です。幼稚ともいえる。

それに引き換え、女の嫉妬は底知れないものがあると思うんです。そのあたりの女の凄みというか、覚悟のようなものを本作から感じていただければ、小説家冥利に尽きますね。

❏「寵臣」とは何か？

――では最後に、現在も好評展開中の〈お髷番承り候〉シリーズについて聞かせください。四代将軍家綱に仕えるお髷番・深室賢治郎の活躍を描く本作ですが、そもそも「お髷番」を主人公にするという発想はどのような経緯から生まれたのでしょうか？

上田　江戸幕府の役職集成で「お髷番」という仕事を知ったときですね。私は役職集成が好きなんですよ。読んでいるだけで楽しくなる。お髷番というのはその字義どおり、将軍の髷を結《ゆ》う人間のことです。髷を結うなら当然、剃刀《かみそり》を持ちますよね。さらに背後に立ちます。将軍にすれば刃物を持った人間に後ろに立たれるわけで、これはいわば究極の状況です。絶対的な信頼がないと任せられない。

――お髷番の深室賢治郎はかつて竹千代《たけちよ》（家綱の幼名）のお花畑番でした。

上田　つまり将軍家綱の幼馴染ですよね。絶対的な信を置くにふさわしい存在といえます。家綱は自分の命をお髷番に、賢治郎に預けるわけです。そして、それだけ信頼があれば腹心の隠密《おんみつ》としても使えるのではないか。そこまで考えたときに、これは小説になると確信しました。

――幼馴染ということだけでいえば、先代家光《いえみつ》と老中・松平信綱の関係もそうです。でも賢治郎の場合は名家の生まれであったにもかかわらず、兄との確執が原因で数段格下の深室家に養子に出されてしまった。ここが本作の土台をなすポイントになっています。

上田　そういう設定にすることで、物語の可能性が拡がると思ったんです。普通の幼馴染だと、松平信綱のようにごく当たり前に出世して大名になるだけ。だから賢治郎には一回蹴躓《けつまず》いてもらう必要があった。将軍になりたくてなったわけではない家綱。本来ならもっと優雅な人生を送れたはずの賢治郎。ともに複雑な出自を持っている。本作はその二人の傷の舐《な》め合いであり、たくましい成長譚でもあります。主従の絆《きずな》は強いですが、二人とも視野は狭い。そんな彼らがどうやって人間としての度量、器を獲得していくか。そこに注目していただけるとうれしい。

――若き将軍家綱を陰で支え、指導するのが、先代の家光時代からの老中である松平信綱と阿部忠秋の二人。将軍の成長を願う気持ちが強く伝わってきて胸を打ちます。

上田　誰しも自分にとって特別な存在というのがあります。どんな苦労をしてもいいから手助けしたいと思わせる存在。それはたとえば子供であったり、あるいは職場の後輩であったりするでしょう。人生経験を重ねるごとにそうした気持ちも強まると思うんです。

――松平も阿部も家綱に対して厳しいことを言っているんですけど、裏ではすごく優しい。

上田　そうした表の顔と裏の顔の使い分けに関して、とりわけ日本人は優れているように思います。特に松平は病状が芳《かんば》しくなく、死期が間近です。自分でもそのことをよくわかっていた。そうなると人はどんな心境になるのか。本作では私は松平を、かぎりなく無欲に近づき、最終的に精神のある種の成熟、達成を遂げる人物にしようと考えました。そうした過程はうまく描けたと思っています。

――松平の最期《さいご》のシーンは感動的でした。

上田　ひとりの人間の生涯を、その重みのようなものをしっかり伝えられたかな、と自分では満足しています。

――寵臣《ちょうしん》だった自分が、次の寵臣に何をできるのか。松平の晩年は、その自問と実践にのみ捧げられたようにすら思えます。

上田　「寵臣」という言葉には時として悪い響きも含みがちです。権力者の寵愛を笠に着て専横を極め、私利私欲に走る存在だと。でも本来の寵臣の意味は違いますよね。文字どおり身命を賭して主のために尽くし、失敗の責任はすべてみずから背負う覚悟を持った存在です。

シリーズ第五巻のタイトル『寵臣の真』には、そうしたあるべき寵臣の姿を作中に示したという思いも込めています。

――将軍家綱と賢治郎だけでなく、家綱の二人の弟、綱重《つなしげ》、綱吉《つなよし》にもそれぞれに寵臣と呼べる人物がいます。家綱、綱重、綱吉、みんな思惑が違うがゆえ、事態は紛糾し、寵臣たちも苦境に立たされる。苦境に立たされるのは、つまり忠義を尽くしているからなんですね。

上田　忠義の根本は生活です。飯を喰《く》わせてくれるから、くっついているわけです。そこをなおざりに描くようなことはしたくなかった。無給でも働きます、というのはありえません。自分や自分の子孫の生活を、つまり「家」を守ってくれるから、みずからの命を賭《か》ける。そういう発想こそが武家社会の忠義だと思うんです。

「家」のためなら命は惜しくないという考えは、現代の民主主義的な思想では通じなくなっています。それだけ誰も責任をとらない時代になってしまいましたね。原子力発電所の事故が起きたときも誰か責任を取りましたか？　大臣がコロコロ代わっただけで、原子力行政にかかわってきた官僚はクビになっていない。

昔は腹を切って一人が責任を取れば終わった。それもどうかと思いますが、でも現代のような無責任社会でいいはずがない。だから私は作中で「忠義」を強調します。

❑「ああ、おもしろかった」を追求

――作品ごとにそれぞれお話をうかがってきましたが、全作通してもっとも思い入れのある登場人物はいますか？

上田　やはり三田村元八郎です。デビュー作の主人公ですから。構想段階で、どんな役職にするのか？　年齢は？　性格は？　出自は？　はたしてこの設定で読者はよろこんでくれるのか？　ずいぶん考えた記憶があります。いろいろ不慣れな部分もありましたから、いまにして思えば必要以上に気負ってもいました。そうやって初めて自分のオリジナルのキャラクターを作ったわけですから、思い入れは格別です。

元八郎シリーズ自体、向き合った時間が一番長かったというのもありますね。第一巻から第二巻を刊行するまでに一年もかかった。いまでは考えられないスローペースです。三巻目を出すのにも八ヶ月かかっています。元八郎と一緒に私も成長させてもらったという思いがあります。

――シーンで言うと、先ほど話題にのぼった〈織江緋之介見参〉シリーズのクライマックス？

上田　もちろん大好きです。当時、吉原の住人たちは世間からはじかれていた。その彼らが緋之介に頭を下げるなかで大門が閉まっていく。苦界から緋之介を送りだすという意味ですね。つまり世間へ返したわけです。いまも頭の中で映像としてはっきり浮かべることができます。

あと、元八郎シリーズ第一巻『竜門の衛』のラストシーンも思い入れがあります。元八郎が将軍吉宗《よしむね》の前に呼びだされる場面です。さっきも言いましたが、執筆中はこの『竜門の衛』が最初で最後の作品だと思っていましたから、エンディングは悔いのないよう力を込めて書きました。そういう意味でも感慨深いシーンです。

――〈織江緋之介見参〉シリーズは隆慶一郎『吉原御免状』の影響を受けたとのことですが、ラストシーンにもそれは及んでいるのでしょうか？

上田　はい。隆慶一郎先生はもともと映像を専門にされていた方なので、小説でも臨場感がすごい。読んでいるこちらの脳裏にスクリーンができるんです。私もそんな作品をひとつでもいいから残したいと常に思っています。

――時代小説の世界には、いま出た隆慶一郎はじめ、司馬遼太郎や池波正太郎など偉大な先人がいます。それぞれに影響を受けた部分はありますか？

上田　それはもちろんです。たくさん愛読させてもらいました。でも、私は司馬遼太郎先生のように、読み終わった読者になにか一歩前に進めたという感覚を与えることはできません。

池波正太郎先生は一つの作品の中でいろいろな仕掛けや伏線があって、それを最終的に見事にまとめてしまう。芸術的と言っていいほどの妙技です。読むたびに惚《ほ》れ惚れしますが、私には絶対まねできない。

ですから、私は私で背伸びせず、自分のできることを精一杯やっていこうと思っています。読み終えて、ああ、おもしろかった、単純にそう思ってもらえればと。

——同時代の作家の方についてはどうですか？　意識している部分はありますか？

上田　当然、意識はします。ただ、どの作家も私より上手《うま》い。謙遜ではなくて本当にそう思っています。同じ土俵にあがっても仕方ないので、自分のオリジナリティを大切にしていくしかないです。

——これからも時代小説一本でしょうか？　他ジャンルに挑戦する予定は？

上田　時代小説を極める、いまはそれしか考えていません。そもそもミステリや現代小説の依頼なんてこないですから（笑）。あえて、これまでの私の枠組みを越えるとすれば、時代もののミステリでしょうか。

——時代もののミステリですか。実はすでに構想があるとか。

上田　ないない（笑）。これ以上、徳間さんで仕事させようとしないでください（大笑）。

——時代小説家・上田秀人の目標は？

上田　まず百冊書きたい。まだ時間がかかりますが、是が非でもそれだけは到達したいです。

（本稿は「問題小説」二〇一一年十一月号掲載の記事と、二〇一二年十二月に追加収録したインタビューをもとに構成しました）

上田秀人総論

縄田一男

デビュー時からその才能を見抜き、高く評価してきた文芸評論家・縄田一男氏が紐解く、作品遍歴とそこに秘められた魅力。

書下し文庫時代小説の旗手、上田秀人は、二〇〇九年五月、初の単行本書下し『孤闘　立花宗茂』を刊行。この作品によって、二〇一〇年たちどころに第十六回中山義秀文学賞を受賞。その実力のほどをまざまざと見せつけることとなった。

作品は、島津を撃退、朝鮮出兵での武勇、さらには家康《いえやす》との対決を経ながらも、関ヶ原の合戦で西軍に与《くみ》しつつも、旧領を安堵《あんど》された猛将の生涯を描いたものだ。

しかしながら、意味深長なのは題名に刻まれた〝孤〟の一文字である。この一巻で作者が迫力ある戦闘シーンより、腐心して描いたのは、宗茂《むねしげ》の〝孤〟たる内面の描写である。

晩年まで琴瑟《きんしつ》相和すことのなかった妻誾千代《ぎんちよ》姫との日常。その発端ともなった権謀術数の鬼、戸次道雪《べっきどうせつ》のもとへの養子入りも、その内実は、ただ己れの血筋のみが必要であったという事実。またそれが判明してからの苦悶。そして未読の方に詳述はしないが、前述の妻誾千代と大友《おおとも》家の秘事をはさんでの神経をすりへらすような日々。なじまぬ家臣等々。本書は、宗茂がそれらによって己れの中に生じた孤独をどのように飼いならし、どう乱世を生き抜いていったかの記録として描かれている。

そこには乱世を現代の視点から見るような似非《えせ》ヒューマニズムは微塵《みじん》もない。あるのは、将たる者は、いかに効率よく兵を殺し、それを意義あるものとして飾り立ててやれるかということで、その資質が問われるという、恐ろしいまでの事実である。

そして作者はひたすら主人公の内面を掘り下げていく。

「主君とはこれほどまでに孤独なのか」

という宗茂のことばが、いつまでも読む者の耳を離れない。

が、上田秀人の端倪《たんげい》すべからざる点は、この選考会が行われている時点で、『孤闘　立花宗茂』を上廻る出来の書下し単行本『天主信長　我こそ天下なり』を刊行していた点にある。

帯の惹句《じゃっく》に〝驚愕の信長劇場〟と記されており、この一巻には本当にびっくりした。信長《のぶなが》を描くのにもう新しい切り口はないといわれて久しいが、読みはじめると、確かにこのような信長と本能寺の変を描いた作品は、唯一無二、私の知る限り未《いま》だかつてなかったと断言できる。恐らく歴史小説とミステリー双方の読者から支持されるであろう作品なので種明《たねあ》かしはできないが、読了したとたん、ただただ、その大胆な解釈に驚かされる一方、信長の王者の孤独が次第に狂気をはらんでくるあたり、さらには、唯一神を信じるキリスト教と互角に渡り合うためにはどうしたらよいのか――この二点が矛盾なく書かれているため、あるいは、と納得させられてしまうのである。

これまでも信長を神になろうとした人物として描いた小説は確かにあった。しかしながら、このような動機と演出で自らを神たらしめんとした信長が描かれたのは、はじめてである。さらに対比的に描かれる信長の竹中半兵衛《たけなかはんべえ》へのいたわりと、秀吉に毒を吹き込む黒田官兵衛《くろだかんべえ》の存在が際立っている。

そして、上田秀人の戦国ものの第一作は、実は、文庫書下しによる『月の武将　黒田官兵衛』『鏡の武将　黒田官兵衛』の二部作で、前述の単行本武将ものの好評を得て、『日輪にあらず　黒田官兵衛』として入念な加筆訂正を経て、一巻本の単行本にまとめられた作品である。このように、瞬く間に単行本作品を次々と連打、それらのことごとくが、高いレベルを誇っている文庫書下し作家は他に例を見ない。

その最新刊が『梟の系譜　宇喜多四代』で、この一巻を読みはじめてすぐ感じるのは、作者、肚《はら》のくくり方が違う、という一事である。

主人公は、祖父能家《よしいえ》が宇喜多《うきた》の血を残すため、自らは滅びの道を選んでまでも息子興家《おきいえ》とともに城から落とした孫の八郎《はちろう》、後の直家《なおいえ》である。この冒頭の場面から、これまでの上田作品にはなかったほどの熱気と興奮が渦巻く。

宇喜多の再興とは取りも直さず、祖父の仇《かたき》を討《う》つことである。直家に経済を通じて武将たちの動きを教えた豪商庄兵衛《しょうべえ》は「まれに見る武将となられるだろうが……」「お幸せな生涯ではなかろうよ」と、はやくもその悲劇性を見抜く。そして己れの力を矯《た》めに矯めて祖父の仇を討つまで四十一年――もはや天下は直家の手の届かぬものとなっていた。

加えて死の床にあって、父のいった「子は夢だ」ということばを半ば錯乱の体で繰り返す直家。恐らくは一時も気の休まることのなかった梟雄《きゅうゆう》の生涯を、作者は力強いタッチで描き切っている。

こうして単行本書下し作品の話を始めてしまったのは、作者の活躍が、このところ、あまりの粗製濫造《そせいらんぞう》によって右肩下りになっている文庫書下し時代小説界にあって、文庫、単行本の差異を無化するほどの充実ぶりを示しているからに他ならない。

上田秀人の文庫書下しデビュー作は、二〇〇一年四月、徳間文庫から刊行された『竜門の衛』――後に〈将軍家見聞役元八郎〉シリーズの第一弾なる作品であった。が、彼の作家としての出発点は、それをさかのぼること四年前、一九九七年、第二〇回小説CLUB新人賞佳作を受賞した短篇「身代わり吉右衛門」である。これまで作者は、自身の初期作品に対しては、習作である、という意味において否定的であったのだが、これだけ人気作家となると出版社が放っておこうはずがない。現在、前述の新人賞佳作（「逃げた浪士」と改題）をはじめ、いちばんふるいものでは、故山村正夫小説講座に通っていた一九九四年に書いた「たみの手燭」（原題「龍馬謀殺」）など八篇を収録した講談社文庫オリジナル短篇集『軍師の挑戦　上田秀人初期作品集』が刊行されている。

では、肝心の選評をみてみると、

――「身代わり吉右衛門」は、題材は面白いし、推理のすすめ方も巧みである。だが、この話を七十枚のなかで語ろうとするのは無理。資料や周辺のことがらを、くまなく描こうとしたことから全体が薄味になっている。時代ものでは、よく知られている事実の部分は、手短かにまとめるか、刈り込んで語るべきだ。資料にもとづいてよく書かれているので、このままにしておくには惜しい。長篇に仕立ててはどうだろうか。（梓林太郎）

――「身代わり吉右衛門」。日本意外史の流れだが、力作である。着想が奇抜。竹《たけ》田出雲《だいずも》を語り手に据えたのも、安定感があるし、これだけの大嘘をこなした力業も評価できる。ただし、難点は××（ネタバレの恐れがあるので、敢えて伏せ字とする）のこの設定を万人が納得するかといえば、短編では無理。長編化すれば、もっと良くなるだろう。（南里征典）

――一方、「身代わり吉右衛門」は、「忠臣蔵」を題材にした異色の時代小説である。

作者は泉岳寺《せんがくじ》にある義士の墓が四十八基あり、その位置や墓標の高さ、戒名の違いなどに疑問を抱き、「仮名手本忠臣蔵」の作者竹田出雲がその芝居の上演をなぜ中途で中止したのか？　という謎に迫っていく。その結果、義士の討ち入り当夜、××な××が脱落し、逃亡したのではないかという、大胆不敵な仮定を引き出した、シミュレーション的な手法に感心させられた。（山村正夫）

と、いずれの選考委員も、作品に一長一短があることを承知しつつも、その魅力に抗《あらが》いかねていることが了解されよう。

原題通り、この作品は、四十七人目の男、すなわち、寺坂吉右衛門《てらさかきちえもん》逃亡説に新解釈を加えたものだが、私も作者が記しているように、あの男の辞世が、あのような軽薄なものであったか、という思いは常々抱いていた。

この一巻に収められた作品は、そのことごとくが歴史ミステリーであり、「乾坤一擲の裏」は、何故、信長の桶狭間《おけはざま》急襲が成功したのか。「茶人の軍略」は、何故、千《せんの》利休《りきゅう》が秀吉《ひでよし》の怒りを買って切腹させられたのか。この作品では権力者の凄みに思わずゾッとさせられる。さらに、稲葉正休《いなばまさやす》の堀田正俊《ほったまさとし》への刃傷《にんじょう》事件を扱った「功臣の末路」と佐野善左衛門《さのぜんざえもん》による田沼意知《たぬまおきとも》への、これまた刃傷を扱った「座頭の一念」は、後に、史実と政治の裏を読み、徳川《とくがわ》の秘事を扱ったさまざまな長篇シリーズの布石であるともいえよう。

そして「たみの手燭」では龍馬《りょうま》が最後にいった一言、〝脳をやられた〟の一言で意外な犯人の正体が明らかになり、「忠臣の慟哭」では、桜田門外の変の真相が、死の座についた小栗上野介《おぐりこうずけのすけ》をうちのめす。また、「裏切りの真」では勝海舟《かつかいしゅう》と榎本武揚《えのもとたけあき》の裏切りに憤る福沢諭吉《ふくざわゆきち》に、二人の意外な苦悩が告げられることに――。

こうした作品設定の背後には、上田秀人の権力者のつくった〝正史〟ではなく「歴史の裏を見てくれ」という叫びが聞こえてきそうな気がして仕方がない。

そして作中の勝海舟もいっているではないか。

「だろうな。おいらも経験があるが、どうもこの国の連中は、ものごとを隠そう、隠そうとする癖があるようだ」

歴史ミステリーのかたちをとりつつ、現代政治の場でも依然としてやむことを知らない隠蔽体質、つまりは、平成の現状批判にまで続く硬骨の作品づくりは、既《すで》に初期の段階からはじまっていた、というべきであろう。

そしていよいよ、文庫書下しデビュー作『竜門の衛』となるわけだが、この徳間書店の編集者Kの尽力によって世に出た作品――失礼ながら当時、上田秀人は無名であったといい――が、たちまちにして版を重ねたのは、偏《ひとえ》にその面白さによるといってい い。

いまでこそ通しタイトルがあるものの、そのシリーズ第一弾『竜門の衛』という題名を見た時、私は上田秀人の不敵さというか、信念を見たような気がした。私はこの題名に関してかつて〝精悍《せいかん》な〟と記しているが、新人の第一長篇といえば、作者も版元も売ることを意識してもっと分かりやすい題名にするはずではないのか。

この「竜門」とは、中国の黄河中流の険所を指す言葉。山西・陝西《せんせい》省の境にあって山岳を対峙《たいじ》して門口をなしており、魚もここを登れば竜になることから、別名登竜門といわれている。が、それればかりではなく、竜には、竜顔が天子の顔、竜徳が天子の御意であるように、もともと天子という意味がある。従って、『竜門の衛』という題名は正しく「王城の守護者」を意味する。そして、いま、シリーズ全体を見渡せば、この〝竜門〟の二文字が、作者にとっては、どうしても譲れないものであったことが了解されよう。それは〈将軍家見聞役元八郎〉――この通しタイトルも、新装版ではじめてついた――の内容そのものが、故五味康祐、隆慶一郎の二氏や、近年では昨年、直木賞を得た葉室麟や、今年の受賞者安部龍太郎が手がけている中世から江戸期における、朝廷と幕府の二重支配、但《ただ》し、前者は文化を、そして後者は武門を司《つかさど》り、後者は強大な権力で前者を支配しようとしている、そうした中で起こるさまざまな天下を揺るがす大事件を扱っているからである。

が、それは『竜門の衛』の中で元八郎《げんぱちろう》の父、三田村順斎《みたむらじゅんさい》が、〈無縁〉の空間と化した御所において、桜町《さくらまち》天皇に、現状を訴える「武士として人の上に立つことにおごり、先祖の功で得た地位を当たり前として、庶民のことを考えぬ者たちが今の幕府では幅をきかせております」というテーマの一端を示すくだりがあるにもかかわらず、作者があまりにも巧みなストーリー展開をしているため、ともすれば、各巻の趣向に目を奪われ、共通のテーマを一瞬、忘れてしまいそうになり、ハッとして思い出すことの繰り返しになってしまうのである。

これは、故隆慶一郎の作品があまりに壮大なスケールを持っていたために、『影武者徳川家康』が登場するまで、その作品群を貫くテーマがおぼろ気にしか感得されなかったことによく似ている。

とあるアンケートで、上田秀人は、私の好きな作家という項目で、「隆慶一郎氏。作脳裏に場面が映像として浮かんでくるリアル感と、独自の人物像に感動しました。作品としてはやはり、『影武者徳川家康』がすばらしいと思っています」と答えているではないか。

これは私の迂闊《うかつ》というしかない。両者に共通しているのは朝廷VS幕府の権力抗争。そして権力者と被権力者の従属関係への憤りではないのか。

その意味で私が上田秀人作品のレベルの高さを意識するのは、最も隆慶一郎作品へのリスペクトが明らかであると思われる〈目付鷹垣隼人正裏録〉シリーズ（現在、諸般の事情で中絶状態となっているが、切に復活を望む）の第二巻『錯綜の系譜』の次のような場面にある。

主人公たちを狙う伊賀者たちのやりとり、

「その大元を手に入れたのが、我らとなれば、与力どころか、上忍、いや旗本も夢ではないぞ」

「旗本……足袋を履くことが、傘をさすことが許されるのか」（傍点引用者）

の、何と哀しいことであろうか。

そして黒鍬者《くろくわもの》についても彼らが家康によって、中間《ちゅうげん》扱いになった、とした上で次のように記している。

名字はもちろん、帯刀することも許されず、寒中でも尻からげをしなければならない下人として徳川に仕えた黒鍬衆の任は、江戸市中の修繕であった。穴の開いた道に土を入れ、将軍お成りの前には、地べたに這いつくばって石を取り、馬糞を手摑みにして排除する。

黒鍬衆に誇りは与えられていなかった。（傍点引用者）

そして権力の伏魔殿にあぐらをかく連中は、彼らの心に芽生えたかすかな希望につけ込んで次々と使い捨てにしていくのである。

味方も敵も同じ歓びや哀しみを背負った生身の人間に他ならぬ。が、そこに〝権力〟の二文字が介入すると――。

隆慶一郎は、故網野善彦の歴史研究を糧《かて》として歴史上の有名無名のヒーローたちと中世自由民の末裔たちが権力者と闘う姿を、わずか六年の執筆期間ながら、私たちの眼に焼きつけた。

そして上田秀人は、江戸法律史や役職集成等を綿密に踏査して、権力抗争が起きるやいなや、善にも悪にも、双方、使い捨てられる軽輩や人間以下の扱いをされる者がいることを明かし、その中で常に利不尽な仕打ちにあう庶民たちへと思いを馳せた。

これぞ上田秀人のやさしさではないだろうか。

そして、隆慶一郎へのオマージュを捧げつつ、完全に上田秀人のものとなっている剣豪小説に『悲恋の太刀』から『終焉の太刀』全七巻から成る剣豪小説〈織江緋之介見参〉シリーズがある。

吉原にぶらりと現われるや剣風を巻き起こし、主総兵衛《そうべえ》に気に入られ、逗留《とうりゅう》することになるも、次々と刺客に襲われる緋之介《ひのすけ》の正体や如何に？ この緋之介、某有名剣客の息子なのだが、水戸光圀《みとみつくに》を巻き込んでたちまち起こる権力抗争と、家康が吉原に隠したという秀吉の秘宝の行方、将軍位継承をめぐる御三家の暗闘、妖刀村正《むらまさ》の謎、ラストは家光《いえみつ》十三回忌のため日光へ向う家綱《いえつな》を襲わんとする陰謀というように、これだけの見せ場をいくら全七巻の長篇といっても、余りにもったいないのではあるまいか、という読者の心配をよそに、作者は次々とカードを切っていく。

そして話を〈将軍家見聞役元八郎〉シリーズに戻すと、『竜門の衛』では、主人公三田村《みたむら》元八郎が元大岡越前《おおおかえちぜん》配下の同心であり、作中に所謂《いわゆる》「大岡政談」で扱われる事件が尾を曳《ひ》いていることからも分かるように、徳川吉宗《よしむね》＝大岡越前ラインの物語としてこれまで流布《るふ》されて来たストーリーが斬新なかたちで作中に組み込まれていたりする。この斬新さというのは、通常の「大岡政談」は、〈天一坊《てんいちぼう》事件〉が解決したところで幕となるのだが、『竜門の衛』においては既に事件が解決されている時点から物語をスタートさせ、これを新たな騒動の遠因としていく等、上田秀人作品には一筋縄ではいかないところがある。

さらに第二作『孤狼剣』においてメインのストーリーを成すのは、第一作でも語られていた徳川吉宗と尾張宗春《むねはる》との確執に他ならない。この宿命のライバルの対決は、物語のラストにあるように、宗春の死後、明治新政府が出来るまでその罪が許されることなく墓には金網がかけられていた、という根深いもの。そして更に、これまで吉宗VS宗春をテーマにした作品では、両者どちらの立場をとるか、作家によってまちまちであったが、作者は敢えてそのどちらの立場も取ってはいないように思われる。復讐《ふくしゅう》に燃えて、尾張柳生《やぎゅう》の剣鬼、柳生主膳《しゅぜん》を刺客として放つ宗春も宗春だが、一方、吉宗も吉宗――作中に記されているようにこの八代将軍に関しては、その就任に際して、本来、将軍位に就くべきはずであった人物が余りにも都合よく次々と他界したため、黒い噂《うわさ》があったのも事実だ。これが巧みにプロットの上に活かされている。

善悪ではなく派閥、これも上田秀人作品がより現代的である点の一つであろう。そして作者が徹底的に糾弾するのは権力悪――。

権力の側に立つ者は、元八郎のことを「ものの役に立つ男というのは、野放しにすれば、こちらに牙《きば》をむくかもしれぬ。飼い犬に手を嚙ませてはならぬ。犬には紐《ひも》をつけておくものだ」といい放ち、所詮《しょせん》、思い通りに動く手駒の一つ、血の通った人間とは考えていない。だが、元八郎はひるまない。

いわく、「てめえ、なにを言っているのかわかっているのか。帝であろうが、庶民であろうが、誰かの都合でその座を引きずりおろすなど思いあがりがすぎるぞ」。

いわく、「民はそこまで愚昧《ぐまい》ではない。天皇家、鎌倉幕府、豊臣家、そして徳川家と天下の主は変遷しても、庶民の暮らしに変わりはない」「民の生活が第一です」等々。

そのむかし、仁徳《にんとく》天皇は、高殿から、夕べになっても民の竈《かま》から煙が上がらないのを眺められ、三年にわたって税の徴収を停止されたため、民は大いに潤ったという。元八郎の活躍した世に、いやいまの世にかくの如きことに思い当たる政治家、官僚、役人の居るや否や？

では、元八郎のこのようなことばは、どこではぐくまれたものなのか。ここで第一巻から、何故、元八郎だけでなく父、順斎が常に登場しなくてはならないのかという設定の必然性が見えてくる。ここで第一巻『竜門の衛』で、順斎が帝とことばを交す場面を思い起こしていただきたい。侍の刀は人を斬るためのものである以前に自らをているのだ。そして更に注目すべきは、その後に続く「幕府の寿命はそう長くはございますまい」という一言である。しかしながら、私たちは徳川幕府がこの後、何年も命脈を保つことを知っている。とすれば、「――そう長くはございますまい」という一言は、当然のことながら、政治・文化・教育のことごとくが末期的症状を来たしている平成日本に対する作者の慨嘆《がいたん》でなくて何であろう。

私が、上田秀人作品が現代と合わせ鏡になっていることを強調したいのは、作中、こうした発言が多く見られるからである。

そして、また同時に、それをいうのが、前述のごとく、何故、元同心なのか、ということも考えざるを得ない。作中にあるように「長く町方同心として庶民に近いところにいただけに、順斎は庶民のつらさを知っている」からであり、理想を描いた、といってしまえばそれまでだ。が、作品の構成からいえば、主人公を貴種《き》流離譚《しゅりゅうりたん》風の人物にしてしまえば、この天皇にもの申す、という箇所はより自然に展開出来たはずなのだ。にもかかわらず、何故、同心なのか。私はそこに作者の嗜好《しこう》が見えるように思えてならない。

元八郎の反骨の源は父にあり、それは同時に上田秀人の思いをも、見事に具現化しているのだ。

そしてシリーズも第六巻『蜻蛉剣』で終わる。

この六巻目における闇は、百五十年も姿を現わさなかった朝廷のそれ、さらには本能寺の変にまでさかのぼり、元八郎の良きパートナーでもある伏見宮《ふしみのみや》に「三条大橋を渡ってくれるな」といわしめるほどのもの。

が、元八郎は渡らねばならぬ。そこに権力に泣く人がいる限り。「民なくして国が成り立つものか。おめえさんとは根っこのところであわねえようだな」と田沼意次《おきつぐ》に捨て台詞《ぜりふ》を残しながら——。

そしてこれほどのエンターテイナーを他社が放っておくはずはなかった。

さらに上田秀人は、光文社文庫から単発作品『幻影の天守閣』を刊行。この長篇で主人公、無住心剣流の使い手、工藤小賢太《くどうこげんた》がつとめるのが、明暦《めいれき》の大火で番をすべき天守閣が焼失したにもかかわらず、その役職ばかりが残っている〈お天守番〉。作品は五代将軍継嗣《けいし》をめぐる暗闘が描かれ、存在しない天守閣とは、権力とは、所詮、ありもしない幻影の好きもの、という隠喩となっている。

そしてこの作品を経て上田秀人が光文社文庫からスタートさせたのが、『破斬』を第一弾とする〈勘定吟味役異聞〉全八巻である。シリーズ名となっている勘定吟味役とは、勘定奉行以下、勘定所関係の職務勝手全般の監察役で、天和《てんな》二年に初置。享《きょう》保《ほう》六年に公事方、勝手方に分離していたが、五代将軍綱吉が幕府の逼迫《ひっぱく》した財政に頭を痛めつつ創設しつつも、元禄《げんろく》十二年、勘定奉行へ抜擢された荻原重秀《おぎわらしげひで》が廃止、それが六代将軍家宣《いえのぶ》の代になって復活するところからはじまっている。提言したのは新井《あらい》白石《はくせき》である。

当初のストーリーは、正徳《しょうとく》の治を推し進めようとする白石と、荻原重秀との間に展開する水面下の戦い。そして白石が敵陣に打ち込んだ唯一の楔《くさび》が復活したばかりの勘定吟味役についた、一放流の使い手、水城聡四郎《みずきそうしろう》である。この作品については作者がその執筆動機を明らかにしているので、ここに紹介しておきたい。

江戸期の経済を調べていくうちに、勘定吟味役という存在を知り、書いてみたくなったのが、この物語の始まりでした。

（中略）

六代将軍家宣によって再置されるまで、幕府は経済監視機構を失い、この間に荻原近江守や紀伊国屋文左衛門などが、好き放題に金を自ままにしていたのです。

まさに、喜劇としかいいようのない経緯を経て、設置廃止復活した勘定吟味役に算勘にうとい剣術遣いの水城聡四郎を配したのは、私自身、経済にまったくの素人だったからです。

江戸時代の経済は、米中心のように思われますが、その実、やはり通貨が主人公でした。大名や旗本も米で税を集めますが、それを換金して生活していました。ただ、その通貨が四進法だったり、金と銀と銭の変動相場だったりして、ややこしいことこのうえない。

物語を書くために、一から調べないといけなくなった私は、どうせなら主人公をつうじて勉強してやれと考えて、聡四郎を誕生させました。

大坂の陣から百年、泰平の世を謳歌して、節約から浪費へと世相が変わった元禄以降の江戸は、第二次世界大戦の復興を過去のものにした現代と驚くほど似ていると思います。

拝金主義がはびこり、権力者は自ままに庶民の生活に手を出してくる。民草《たみくさ》は、その日その日を生きていくのが精一杯で、一年先のことなどわかりもしない。

時代ごとおかしくなった世の中で、染まることなく正義をつらぬく好漢。

現代にもこのような清廉潔白な侍が欲しいと思った私の作りだした主人公聡四郎の世界をお楽しみいただければ幸いです。（第二巻『熾火』あとがき）

　作者が描く組織の中の人間は、善悪ではなく、常に派閥の動向によって左右されるため、新井白石とて信を置ける味方とはいいがたく、聡四郎の探索は、幕府の中で禁忌とされていた、神君家康にかかわる金座《きんざ》後藤《ごとう》家へ肉薄……。果たして彼の豪剣は、前述の幕閣の中枢にいる者たちや、紀伊国屋文左衛門《きのくにやぶんざえもん》、金座後藤家、柳沢吉保《やなぎさわよしやす》とつながった闇の算勘を断つことができるのか――。

　抗争は家宣没後、さらに巨大な膨みを見せ、次期将軍家傅育《ふいく》係、間部越前守《まなべえちぜんのかみ》や長崎奉行、徳川御三家までをも巻き込んでいくが、その中でいちばんの怪物ぶりを見せるのが〝紀文〟こと紀伊国屋文左衛門であろう。いくら豪商といえどもまさか――と思う方がいるかもしれないが、これは作者の経済というもの、或《ある》いは経済を管理すべき組織に自浄作用がなくなったとき、いかに経済自体が武士の喉もとをしめることになるか、という象徴ではないだろうか。

　そして、聡四郎の活躍は享保の改革を遂げようとする吉宗とタッグを組む〈御広敷用人大奥記録〉（現在、三巻まで刊行中）へと続くが、このシリーズについては後に記す。

　さて、これだけの快作、力作をものしながら、上田秀人の勢いは止まらない。『この文庫書き下ろし時代小説がすごい！』でランキングナンバーワンに選ばれた〈奥右筆秘帳〉の登場である。この作品は、現在第一弾『密封』から第十一巻『天下』までが刊行され、次巻にて完結の予定である。

前述の如く作者は、これまでにも〝お天守番〟や〝勘定吟味役〟といったさまざまな役職を通して権力抗争の闇をあぶり出してきたが、今回、その役目を担わされたのは、奥右筆（ちなみに私の先祖も毛利《もうり》家右筆。えっ、関係ない？　はい、ごもっとも）。作中に記されているように奥右筆は、徳川家の公式文書一切を取りしきり、将軍の公式日程をはじめ、役人の任罷免記録、大名家の婚姻から断絶転封等、すべての文書を作成、管理していた。ために身分はさして高くないとも、実際の権限は、若年寄さえ立ち入ることのできなかった老中部屋へもお出入り自由。いわば、徳川の歴史すべての管理人といっても過言ではない。

作者は、そうした奥右筆の扱った文書には、決して表に出すことの出来ないものが、多々あったはずである、と推測。物語は、老練な奥右筆組頭・立花併右衛門《たちばなへいえもん》が、たまたま、署名を入れた一枚の書付にひそむ、権力抗争の闇に呑《の》み込まれ、涼天覚清流《りょうてんかくしんりゅう》の使い手である隣家の次男坊・柊衛悟《ひいらぎえいご》とともに、死力を尽くして闘いを演じてゆくさまを興趣あふれる展開で描いていくというもの。

本書も、剣豪小説と政治小説という二つの要素から成り立っているのは、これまでの上田秀人作品と同様だが、二人の主人公を呑み込んでいく闇の何と底知れぬことか――。当初、事件は、田沼意次の権勢の落日のきっかけとなった、天明《てんめい》四年に江戸城中で起こった、佐野善左衛門による、意次の嫡男・意知への刃傷の謎のみかと思われていたが、ことは十代将軍家治《いえはる》の世継ぎである家基《いえもと》の怪死、更に、家基の墓は何故、八代吉宗と五代綱吉の墓の前に立ちふさがるように置かれているのか、という謎を境にして、その背後にある、八代吉宗の神君家康へ傾倒するあまり行って来た数々の秘事にまで及び、併右衛門らの心胆を寒からしめることになる。

未読の方のためにこれ以上は書けないが、作者の設定した〈政治の闇〉は、例えていえば、五味康祐の『柳生武芸帳』なみである、とだけ記しておこう。この他にも、併右衛門の戦いの動機が、天下の動向をめぐる謎を相手にしながら「あと五年、この地位にあれば、孫の代まで安泰だからの」と、極めて人間臭いものであったり、刺客・冥府防人《めいふさきもり》を操る御前《ごぜん》とは誰か、という推理小説的興味、更には逆説の名君として登場する将軍家斉《いえなり》や、衛悟と併右衛門の娘・瑞紀《みずき》との恋の行方は、というように趣向も盛りだくさん。

が、それだけではない。いったん抗争に終止符が打たれ、奥右筆に新たな使命が与えられたと思いきや、事態は更に二転三転――。驚愕のラストが待っている。

そして、各巻で繰り広げられるストーリーも、天明の飢饉《ききん》に苦しんだ津軽藩とロシアとの密貿易。松平伊豆守《まつだいらいずのかみ》が行った某国と交わした親書の改竄《かいざん》、薩摩藩の密貿易と打倒徳川への執念、さらに示現流《じげん》の刺客たちの猛襲、真贋《しんがん》定まらぬ神君家康の書付の発見、何者が糸をひくか、松平定信《さだのぶ》謀殺計画等々、物語が、一つのモチーフが決して一巻で終わることなく、後々まで尾をひいているのだから、このシリーズ中途でやめることができないのである。

『この文庫書き下ろし時代小説がすごい!』(宝島社)で、上田秀人はさまざまなインタビューに答えて次のようにこたえている。

――主人公の立花併右衛門は、現代のサラリーマンで言うとちょうど部長クラスで、取締役に上がれるかどうか、という人なんです。取締役に上がるためには利用できるものは何でも利用するタイプだから、「失敗は部下の責任、成功は俺の手柄」。ところが、根本にあるのは自分が取締役に上がることによって、家を立派にする、家族にいい生活をさせるっていう思いなんです。だから、利己的なんですけど、基本として正しい姿勢だとも思うんです。

上田秀人作品には〈将軍家見聞役元八郎〉の三田村父子のようにダブル主役のものが多い。また、本シリーズにおいて柊には破格の婿入り話がおとずれる。

――柊衛悟は狂言回しですね。次男坊の部屋住みで家に居場所がなく、養子の口をさがしているところを、この悪いおじさんに「娘」という「餌」をぶら下げられて、バイトの用心棒としていいように使われている。立花は柊を使えるまでは使おうと思ってるんです。いらなくなったらとりあえず適当なところにポーンと押しやって、娘にはもっといいところから婿をもらおうという（笑）。彼の中でそういう整理ができてるわけです。

そして、物語の進行とともに二人の主人公にも変化が――。

――二人ともちょっとずつ変わってきてます。だから、最終的にはまた違った話に持っていってしまうことになるんでしょうけど……。三巻でちょっといい人になってるといっても、やっぱり自分の家が基本ですし、（併右衛門の）根本は変わらないですから。武家ですから家があってはじめて成り立つ世界じゃないですか。ですから家に対する考え方って、僕らのそれと全然違うと思うんですよね。『奥右筆秘帳』は二人主人公制って言われてるんですけど、実際はほとんどじいさんがメインで動いてます。だから、そのじいさんをいやらしいおっさんにしようと思ったんですね。基本、自分と自分の子供のことしか考えてない人間で。ところがそれがときどきフッと揺れる。「こういう人物像でこの人はいこう」と。一方の柊衛悟は毎日カツカツで暮らしていて、食べていくのが目標で、「一口これだけもらえたら何でもします」というレベル。でも旗本の息子なので、ある程度のことはできるキャラクターなんです。

と、このインタビューの際には、最低六巻、最大でも十巻といっていたシリーズが十二巻になったことを私たちは喜ぶべきであろう。

そして上田秀人のさらなるシリーズが中公文庫から刊行された全六巻から成る〈闕《けっ》所《しょ》物奉行裏帳合〉である。

〝闕所〟とは、すべての財産を取りあげる刑のことであり、場合によっては家財産まで収公され、収公された財産は競売にかけられた後、勘定方に収められ、江戸市中の通行に関する補修費として使われることになる。そのすべてを行うのが闕所物奉行であり、その際、奉行や、本シリーズの場合、入札権を持っている古着屋・天満屋《てんまや》孝吉《こうきち》は、いささかのオコボレにあずかるという余禄がある。

但し、奉行といっても、榊扇太郎《さかきせんたろう》は貧乏御家人であり、目付・鳥居耀蔵《とりいようぞう》の走狗《そうく》となることによって出世の糸口をつかむことになる。この蘭学嫌いで司直と法の権化ともいうべき鳥居は、実は、明治に入っても存命している。

全六巻を通じて軸となる抗争は、それぞれ、水野越前守忠邦《みずのえちぜんのかみただくに》＝鳥居耀蔵サイドの他に、林肥後守《はやしひごのかみ》＝水野美濃守《みののかみ》ラインをつくっていき、複雑怪奇。これに天一坊の血を引き、江戸の闇の世界を牛耳ってやると豪語する品川の顔役、狂い犬の一太郎《いちたろう》らが絡む。

各巻どれも面白さにひけは取らぬが、第一巻『御免状始末』を読むと、作者の中では敬愛する隆慶一郎が描いた神君御免状をめぐる抗争が史実とされていることに思わず微笑せざるを得ない。そして第二巻『蛮社始末』では、鳥居の高野長英《たかののちょうえい》らに加えた大弾圧、蛮社《ばんしゃ》の獄《ごく》が発端となってくるように次第に史実との接点が多くなる。

そして、第五巻『娘始末』で、扇太郎は第一巻から登場しながらも、遊廓尾張屋《おわりや》で春をひさいでいた、元は百八十石の旗本の娘、朱鷺《とき》＝伊津《いづ》とようやく結ばれることになる。が、同時にいままで相棒だと思っていた人物の腹黒さもここで明らかになる。

そして日常の生活に戻ったはずの朱鷺は、「知らない」「頼る先……逃げ場所……まずない」「金貸しと組む……」といった多く主語の欠落した、ブツ切りのもののいい方しかできない。主語がない、それは換言すれば文字通り、権力の重圧下で己れを失ってしまった弱者の叫びといえはしまいか。

作者は完結篇となる第六巻『奉行始末』のあとがきで、

> 時代劇ファンの皆さまにとっておなじみの町奉行と違い、闕所物奉行はあまり知られていません。現在の行政に同じような役もなく、江戸時代独特のものでした。罪の重さに応じて財産を取りあげる。現代にもし復活させるとなれば、たちまち大反対が起こるでしょう。財産権の侵害、いえ、個人の人権の侵害ですから。
> 専制君主制であればこそ存在できたのが闕所であり、その差配をした闕所物奉行なのです。それだけに悲喜こもごもの裏側がその裏にあったと考え、闕所物奉行を主人公とした物語を紡いできました。

木っ端役人でしかなく、上役の走狗にされた榊扇太郎、時代の流れに取り残された武家の悲哀を一身に受けた旗本の娘朱鷺。主人公とヒロインは、決して、正義の味方ではありません。守ってくれる者さえない、今を生きるのに精一杯の弱者です。その二人に、天満屋孝吉、品川の一太郎、鳥居耀蔵、水野越前守忠邦らが絡む。皆、腹に一物を持ち、己の理想を実現するためならば、どのような手段を遣うことも厭わない強者です。強き者の思惑が、扇太郎を圧し、過去の辛苦が朱鷺を追い詰める。一人ではなく二人であることを選ぶことで、扇太郎と朱鷺は変わっていく。

流されるだけだった扇太郎が、朱鷺という伴侶を得て、浮かぼうと足掻き、女としての、旗本の娘としての尊厳を奪われ、生きているだけだった朱鷺が扇太郎と離れまいとして、前へ進み始める。この闕所物奉行裏帳合は、男女二人の成長譚でありました。(傍点引用者)

と、記している。そしてこの傍点部を読んでいくと、上田秀人作品に共通するテーマが見えてこないだろうか。

それにはもう一つ、『蜻蛉剣』のあとがきを引くとよりいっそう細かなものとなる。

かつて、故笹沢左保先生が「時代小説家の仕事は、美しい日本の姿を残すことだ」とおっしゃいました。

これこそまさに真理ではないかと思っています。この出版不況のなか、時代小説が奮闘できているのは、日本人が心のなかで、男が強く、女が優しかった昔を求めているからではないでしょうか。

文明の発達で、わたしたちはいろいろなものを得ました。夜の闇を払う光、十日かかっていた旅を一時間で終わらせる輸送手段、腐らすしかなかった食べものを保存する技術。

これらは同時に悪しきものをまき散らしました。環境汚染、食料の無駄使い、数えあげればマイナスの方が多いかも知れません。

今年、文明の負の遺産、その最たるものが現れました。その影響は人類が過去に経験したことがないほど広く、そして深いものであります。被害を受けられた方々には、心からのお見舞いを申しあげます。

ただ、先の見えない闇のような状況にも大きな灯りはありました。

震災当初から始まった被災地への援助です。公的機関が誘導したわけでもなく、誰かが旗を振ったわけでもないのに、多くの日本人が、動きました。

江戸時代では当たり前だった相互扶助、他人《ひと》への思いやりが現代でも生きていました。

そしてこの想いがあるかぎり、日本は大丈夫だとわたしは考えています。

（中略）

江戸時代、庶民は幕府になにも期待していませんでした。幕府の頭にあったのはただ一つ、徳川家の繁栄と存続だったからです。搾取されるだけの民は、生きて行くために助け合っていました。子供は村全体で育て、年老いた人は皆でいたわる。開国された日本へ来た外国人が、その礼儀正しさとやさしさに感銘を受けたとの話はいくつも残されています。

もちろん人間関係が希薄となった現代で、今すぐ同じことができるはずはありません。でも、変わっていけるはずです。わたしたちは、あの美しき日本人の血を引いているのですから。

十年先、この国は、きっと良くなっていると思います。

そう信じて、古き良き時代の物語を、誠心誠意、これからも紡《つむ》がせていただきます。

美しいものは、恐らく、愛するものと交換可能なことばではあるまいか。それを守るため、上田秀人作品の主人公は剣を抜く。たとえそのことでどんなに自分自身が汚れていこうと――。それが彼らの武士としての矜持に他なるまい。

少々余談になるが、かつて大河ドラマの裏番組でありながら二年半続いた人気時代劇に中村梅之助主演の「遠山の金さん捕物帳」があった。TVではたいてい主題歌は一番しか歌わないが、二番の歌詞がいい――「重ねた罪をしょいこんで、いずれ地獄へ落ちてくだろうが」と、これは金さん自身のことを歌っているのだ。いくら正義のためとはいえ、何人もの人間を斬り、或いは死罪とした自分がゆくところは地獄しかあるまい、という覚悟を示している。私は時折、上田秀人作品を読みながらこの歌を思い出す。

この後、作者は、古巣の徳間文庫に戻って老中土井利勝《どいとしかつ》と信州松代真田《さなだ》藩との抗争を描く『御盾』『破矛』から成る〈斬馬衆お止め記〉二部作を書き、さらに新シリーズ〈お髷番承り候〉をスタートさせる。こちらは、かつて将軍家お花畑番として四代家綱と幼少の頃を共にした深室賢治郎《みむろけんじろう》が、将軍の身体に唯一刃物を当てることを許される〝お髷番〟となるのが発端だ。そして物語は、紀州大納言のいった謎の一言「我らも源氏でございます」ではじまり、賢治郎、将軍の耳目となることを命じられる。このシリーズは現在、第一巻の『潜謀の影』から第五巻『寵臣の真』までが刊行されており、政争の中で成長していく将軍と賢治郎の姿がとらえられている。

それにしても私がびっくりしたのは第一巻二十九頁からはじまる床屋のシーンである。はじめて将軍の髷番となった賢治郎は、江戸で評判の髪結い床に見学に行くのだが、そこで交される客と親父のやりとりを読むと、完璧な市井ものと見紛うばかりではないか。

私は、ここに上田秀人の誠実を見た。上田秀人には、庶民は常に権力に翻弄されるものという認識がある。それを口でいうのはたやすい、が、武家を中心に物語を展開してきた彼にそれが書けるのかというと、見事に書けているではないか。ここには、生き生きと日々の糧を得るために働く庶民の姿がある。作者は、恐らく市井ものを書いても、充分、通用するに違いない。

そして、幻冬舎文庫から、田沼意次と関東郡代伊原《いはら》家との抗争を描いて、権力のむなしさをとことんみせつけた単発作品『関東郡代記録に止《とど》めず 家康の遺策』を経て、『側室顛末』を第一巻とする〈妾屋昼兵衛女帳面〉をスタートさせる。

徳川の将軍、大名のいちばんの仕事は世継ぎをつくること。そこで必要となるのが〝妾屋〟なる商売。武家の社会に食い込んだこの商売の主は、山城《やましろ》屋昼兵衛《やちゅうべえ》。仙台藩の側室の求めに応じたつもりが将軍継嗣問題に巻きこまれ、用心棒、大月《おおつき》新左衛門《しんざえもん》が豪剣をふるうことに――。二巻『拝領品次第』では妾絡みで神君家康拝領の品々が盗まれ、三巻『旦那背信』では老中松平家との確執が二人を窮地に追い込んでいく。武家と対等に渡り合う商人という設定が、上田秀人作品に新しい面白さを加味してくれるだろう。

そして後で述べるといった光文社文庫の新シリーズ〈御広敷用人大奥記録〉で、作者が徳川の歴史で唯一希望が見出せたとする享保の改革がスタート。吉宗はまず第一に贅沢三昧をしてきた大奥の粛正をはじめる。

上田秀人作品ではたびたび、さまざまな政争において江戸城の伏魔殿大奥への言及が成されてきた。たとえば、『潜謀の影』のラストで紀州侯は「だが、伊豆守も気づいてはおるまい。大奥の恐ろしさにな。男にはわからぬ闇《やみ》が集う大奥――」とうそぶき、笑いを浮かべている。

吉宗は、対大奥政策として、水城聡四郎を御広敷用人として登用することに。第一巻『女の陥穽』では、こちらは対吉宗政策として、反目し合っていた月光院《げっこういん》と天英院《てんえいいん》の腹心、松島《まつしま》と姉小路《あねがこうじ》が手を結ぶ。そればかりか、伊賀者を取り込み、吉宗の弱みを握るべく、紀州へと放つ。

その伊賀者が将軍を裏切る代償として月百両を要求したことに対し、金を出ししぶる姉小路に向って「まず、ご自身から身をお削りにならぬと、他人はついてきませぬ」といい放つ。永田町あたりの住人にいって聞かせたいではないか。この後、第二巻『化粧の裏』第三巻『小袖の陰』までが刊行されているが、いやいや、聡四郎を襲う魔手は男より恐ろしいのだから、くわばらくわばら——。

そして、冒頭で述べた戦国もの以外に徳間書店から単行本として刊行されたのが、『大奥騒乱　伊賀者同心手控え』である。

作品は、十代将軍家治の側室おすわの方の懐妊、つまりは生む性としての女の存在が、江戸期の大奥ではいかなる凄絶な権力抗争を生むのか——これを時にスピーディに時に重厚に描いた力作である。

女同士の確執は、松平定信対田沼意次の政治抗争を生み、さらには、末端において伊賀者対お庭番の殺し合いを生む。

その中で「忍が顔をさらしたということは……」「必ず殺すとの意志」、或《あ》いは「三度心の臓を刺すまで、勝利を信じるな」等、チャンバラファンがわくわくする台詞があるかと思えば、「合議」「糸脈」等の当時の医学用語、徳川の不文律である一度他姓を継いだ者に将軍位が与えられないのは何故か、などの政治システムが実に分かりやすく説明されているため、通から初心者まで楽しめる一巻となっている。さらには、大奥に出没する殺人者の恐怖まで興味は尽きない。

その中で私がいちばん惹かれるのは、上田秀人が、常に下積みの者、この作品では伊賀者の苦悩や嫉妬、哀愁をきちんと書き込んでいる点なのだ。そして辛《から》くも命を拾ったあの男が再び私たちの前に登場する日はあるのか。ワクワクするエンディングである。

この一巻は、作者の大奥ものの要となる作品といってもいいだろう。

温厚篤実な表情の陰に、誰にも負けぬ反権力の姿勢を貫くエンターテイナー、上田秀人。これからの作品の広がりが楽しみでならない。

著作ガイド 〜徳間書店篇〜

現時点で徳間書店から刊行されているのはシリーズ四作、単刊二作の計六作品。デビュー作『将軍家見聞役 元八郎』から、続刊中の『お髷番承り候』まで、そのあらすじやポイントを人物相関図も添えて紹介する。

将軍家見聞役 元八郎 シリーズ

江戸幕府中興の祖である八代将軍吉宗《よしむね》もいよいよ老い、後継問題が俄《にわ》かにくすぶりはじめた――。そんな時期を舞台に本シリーズは幕を開ける。

主人公の三田村元八郎《みたむらげんぱちろう》は南町奉行所の定町廻り同心、すなわち栄誉ある徳川家の直臣であった。しかし、ある事件を機にその身分を捨て、南町奉行から寺社奉行に左遷された大《おお》岡忠相《おかただすけ》の家臣（つまり陪臣）になる道を選ぶ。

この時代、直臣と陪臣の待遇には大きな格差があった。元八郎は次期将軍と目される家《いえ》重《しげ》の命を狙う陰謀と戦うため、あえて陪臣に転じたのである。

やがて大きな功績を立てた元八郎は将軍家見聞役《しょうぐんけけんぶんやく》なる一風変わった役職を与えられる。そして発話が不自由ながら、聡明な知能を備えた家重の文字どおり「耳目」として、縦横無尽の活躍を繰り広げる。

本作こそが上田秀人初となる長篇。つまり今をときめく人気作家の原点というわけだ。その重要なポイントは「変遷」だ。物語が進むにつれて元八郎は、同心↓大岡忠相の家臣↓幕臣と身分を変えていく。また並行して妻をもうけ、家を築き、娘も成長していく。一

人の男の成熟という要素がシリーズ全体に重層的な厚みを与えているのである。

一方で、物語の中核をなす人物たちも移り変わる。将軍は吉宗から家重に、幕閣の権力者は松平乗邑《まつだいらのりさと》から田沼意次《たぬまおきつぐ》に移る。そして元八郎にとって頼れる相手も、大岡忠相から大岡忠光《ただみつ》へと受け継がれる。治世の第一線で活躍する彼らと元八郎の関係性は、本作の大きな見どころの一つ。大岡忠光とは「身分違いながら、将軍家重を守る上での同志」であるし、田沼意次は「相容《あいい》れないものを感じながら認めざるを得ない」相手だ。

本作で何より特筆すべきは、さまざまな事件の背後に隠されている陰謀、因縁の壮大なスケール。将軍家や諸藩がかかわってくるばかりでなく、天皇や宮家といった朝廷勢力の台頭により、物語はがぜん緊迫感を増していく。加えてそこに朝鮮や琉球といった海外諸国まで絡んでくるのだ。本作の射程の広さに、読者はただただ圧倒されるだろう。

またそうした大局的な動向の一方で、元八郎は各地に潜む忍者や武家集団と直《じか》に刀を交えることになる。

意表をつく大胆な仕掛けと着想で、歴史的陰謀を創出してしまうのが、上田作品最大の魅力。それはまさにこのシリーズから健在だったのだ。

作品情報

徳間書店刊。文庫六巻完結（『竜門の衛』『孤狼剣』『無影剣』『波濤剣』『風雅剣』『蜻蛉剣』、旧版は二〇〇一年～二〇〇五年、新装版は二〇一一年～二〇一二年）。

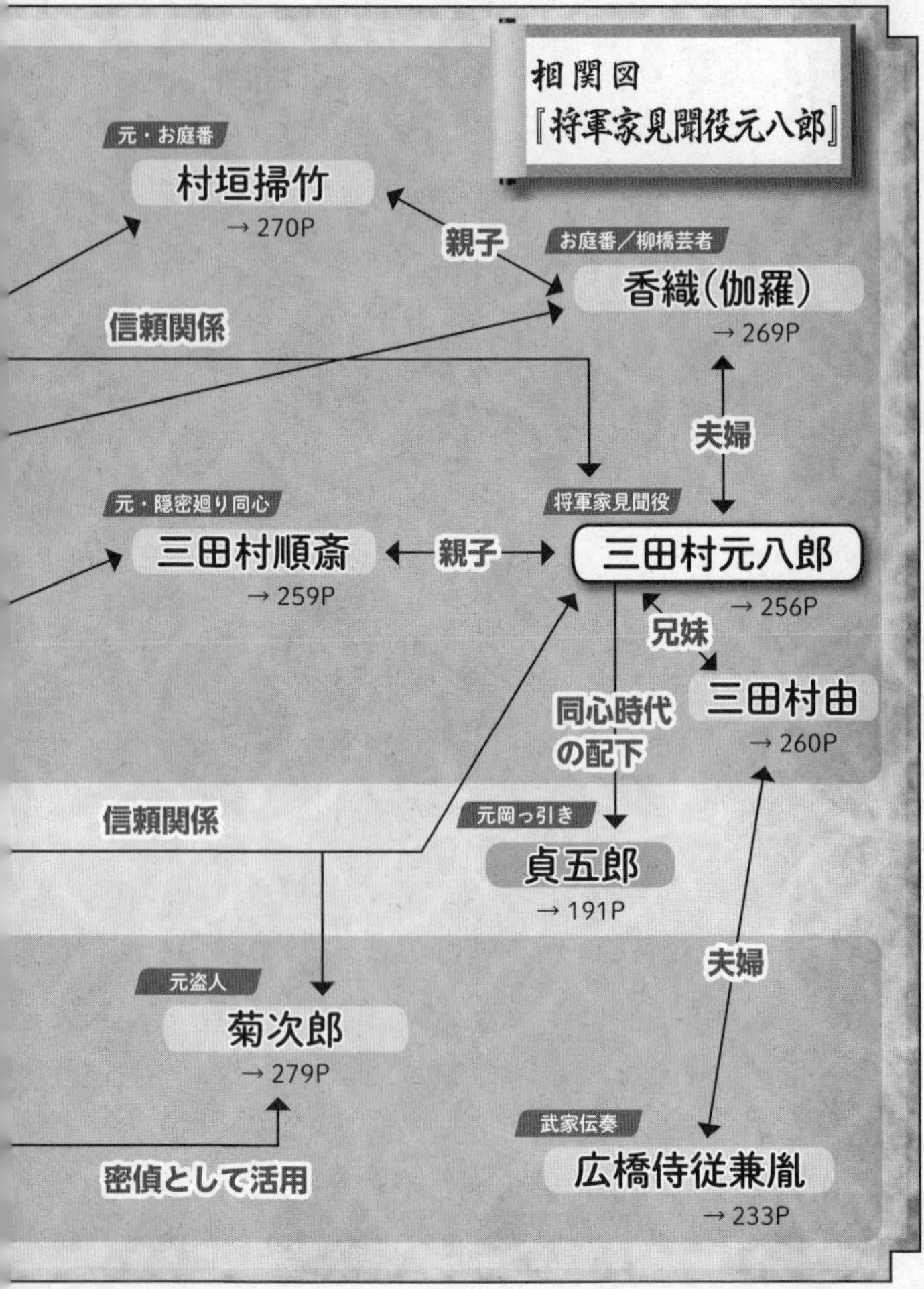
相関図
『将軍家見聞役元八郎』
元・お庭番
村垣掃竹
→ 270P
親子
お庭番／柳橋芸者
香織（伽羅）
→ 269P
信頼関係
夫婦
元・隠密廻り同心
三田村順斎
→ 259P
親子
将軍家見聞役
三田村元八郎
→ 256P
兄妹
三田村由
→ 260P
同心時代
の配下
信頼関係
元岡っ引き
貞五郎
→ 191P
夫婦
元盗人
菊次郎
→ 279P
密偵として活用
武家伝奏
広橋侍従兼胤
→ 233P

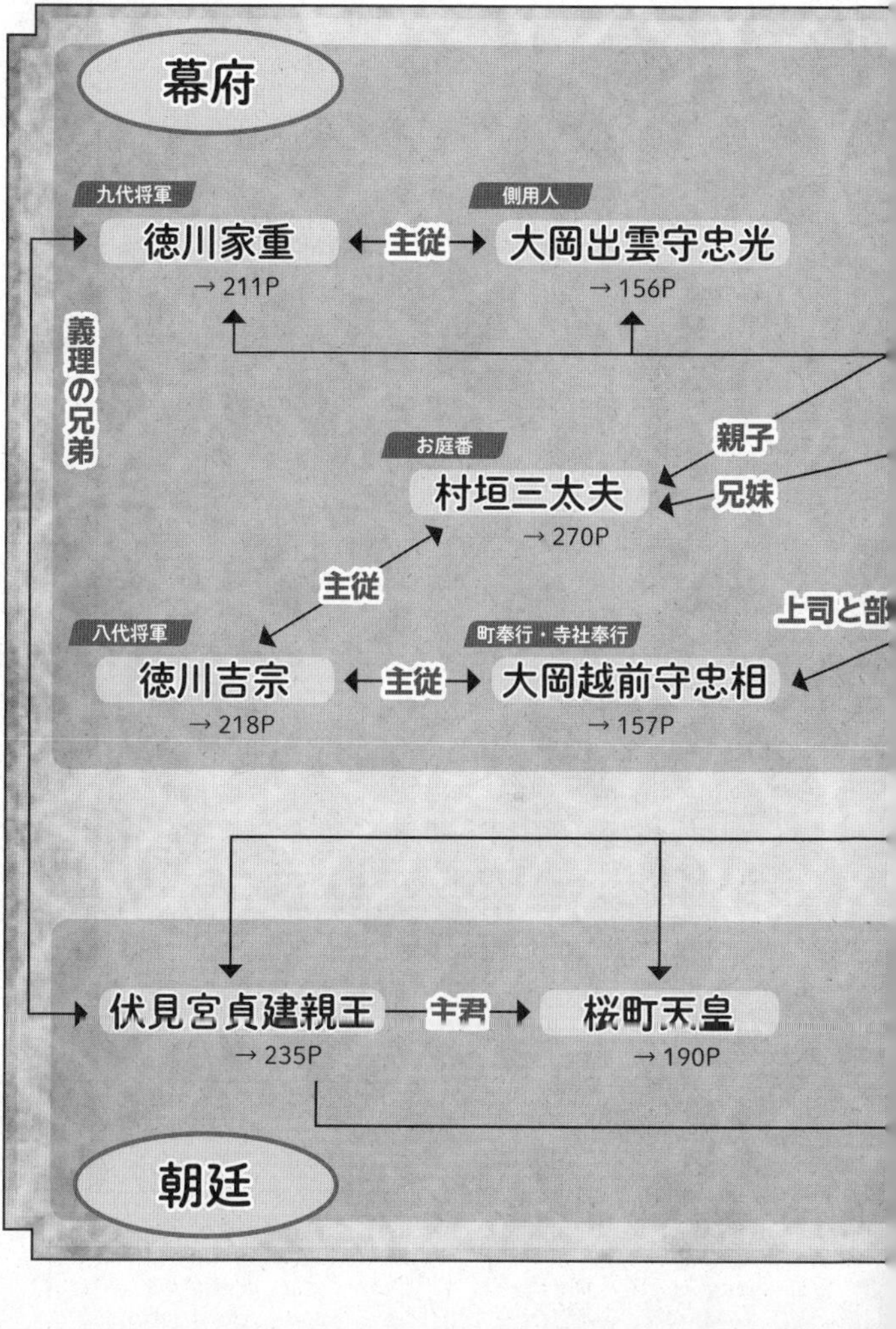

幕府
九代将軍
徳川家重
→ 211P
主従
側用人
大岡出雲守忠光
→ 156P
義理の兄弟
親子
兄妹
お庭番
村垣三太夫
→ 270P
主従
上司と部
八代将軍
徳川吉宗
→ 218P
主従
町奉行・寺社奉行
大岡越前守忠相
→ 157P
伏見宮貞建親王
主君
桜町天皇
→ 235P
→ 190P
朝廷

織江緋之介見参　シリーズ

それはまだ戦国の気風や因縁が色濃く残る江戸時代初期のこと。天下の御免色里、江戸は吉原に一人の若侍がふらりと現れた。

彼の名は織江緋之介《おりえひのすけ》。

この男、吉原のしきたりも何もまったく知らぬ朴念仁《ぼくねんじん》だが、とにかく腕が立つ。そこを遊女屋の主人に見込まれ長居することになったはよいものの、たびたび何者かの襲来を受けることに。背後には、吉原に隠された秘密をめぐる、幕閣領袖を巻き込んだ暗闘があった――。

緋之介、その真の名を「小野友悟《おのゆうご》」という彼は、複雑で悲しい過去を抱えている。ゆえにこそ、最初はその名を隠していたのだ。みずからの運命。そして吉原の命運。その二つをかけて過酷な闘いに挑むことになる。

緋之介は相当に強い剣客だ。なぜなら、小野派一刀流と柳生新陰流という二つの流派(ともに徳川将軍家の剣術指南役)のハイブリッドを駆使するからで、剣戟《けんげき》シーンともなれば面目躍如《めんもくやくじょ》である。

しかし、素顔は未熟な若者であり、克服しなければならない問題は山ほどあった。その中には剣で解決できないものも少なからずあり、徳川光圀《みつくに》や吉原の民、また親族たちに背中を押され、緋之介はその山をひとつひとつ乗り越えていく。

本作を分類するのであれば「剣豪もの」ということになるだろう。美しくも壮絶な剣戟がダイナミックに描かれる。その過程で「剣に生きるということ」「鬼になるということ」をたびたび問われながら、緋之介の前途が暗示されていくのだ。

また、本作は緋之介の「自分探し」「居場所探し」の物語でもある。彼は自分が本来いるべきだった場所を離れ、本当の名前も失い、流転の果てに吉原にやってきた。吉原という、江戸であって江戸でない、夢のように煌《きら》びやかで悪夢のように残酷な町は、彼を優しく包み込む。

物語の最終盤に緋之介はある決断をし、吉原を後にする。そのとき、吉原という町もまた一つの大きな決断を下す。

趣き深い描写と、息をつかせぬスリリングな展開。上田秀人のエッセンスが凝縮された、贅沢《ぜいたく》なシリーズといえよう。

作品情報

徳間書店刊。文庫七巻完結（『悲恋の太刀』『不忘の太刀』『孤影の太刀』『散華の太刀』『果断の太刀』『震撼の太刀』『終焉の太刀』、二〇〇四年～二〇〇九年）。

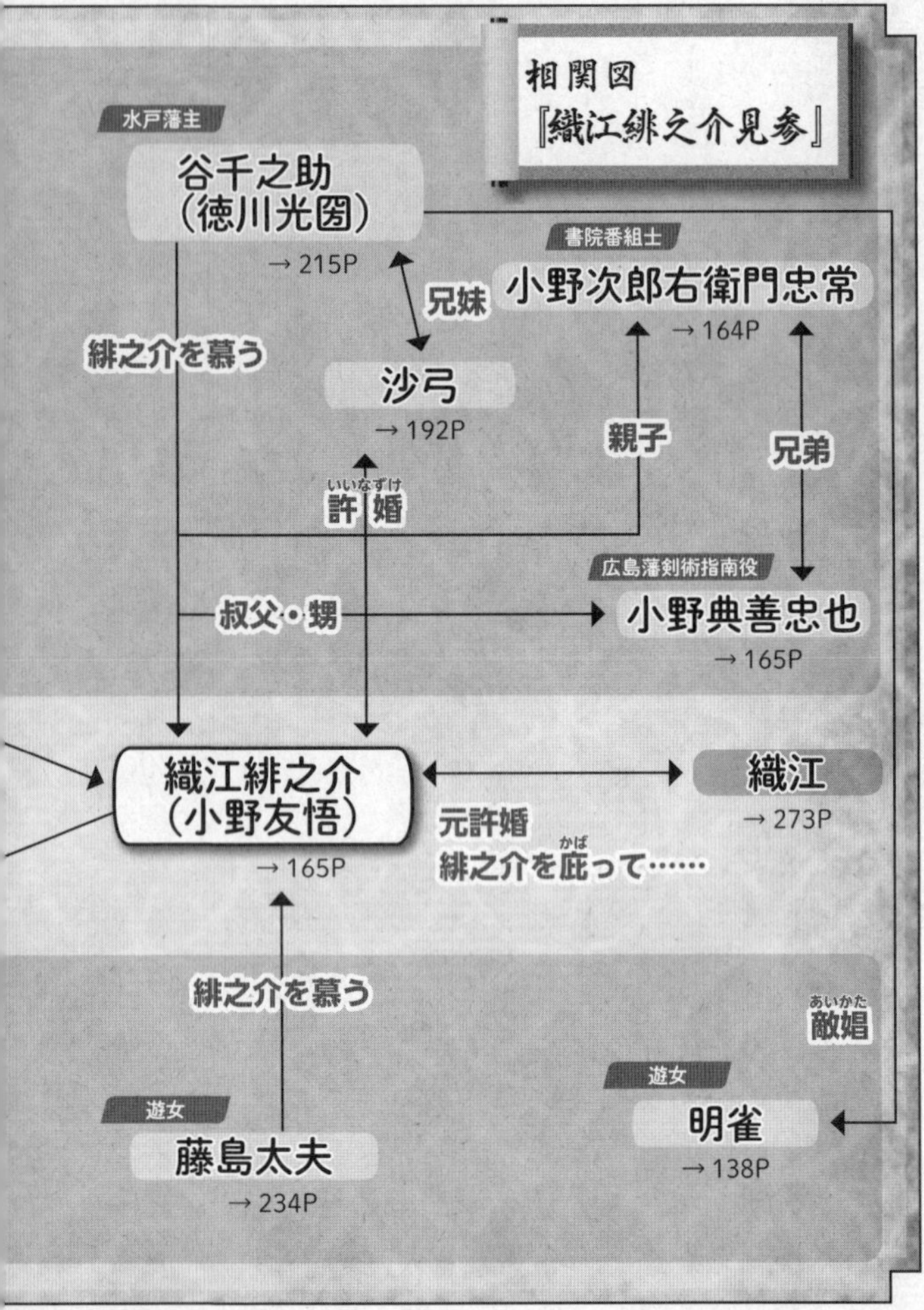
相関図
『織江緋之介見参』
水戸藩主
谷千之助
（徳川光圀）
→215P
書院番組士
小野次郎右衛門忠常
→164P
兄妹
緋之介を慕う
沙弓
→192P
親子
兄弟
許婚《いいなずけ》
広島藩剣術指南役
叔父・甥
小野典善忠也
→165P
織江緋之介
（小野友悟）
→165P
織江
→273P
元許婚
緋之介を庇《かば》って……
緋之介を慕う
敵娼《あいかた》
遊女
明雀
→138P
遊女
藤島太夫
→234P

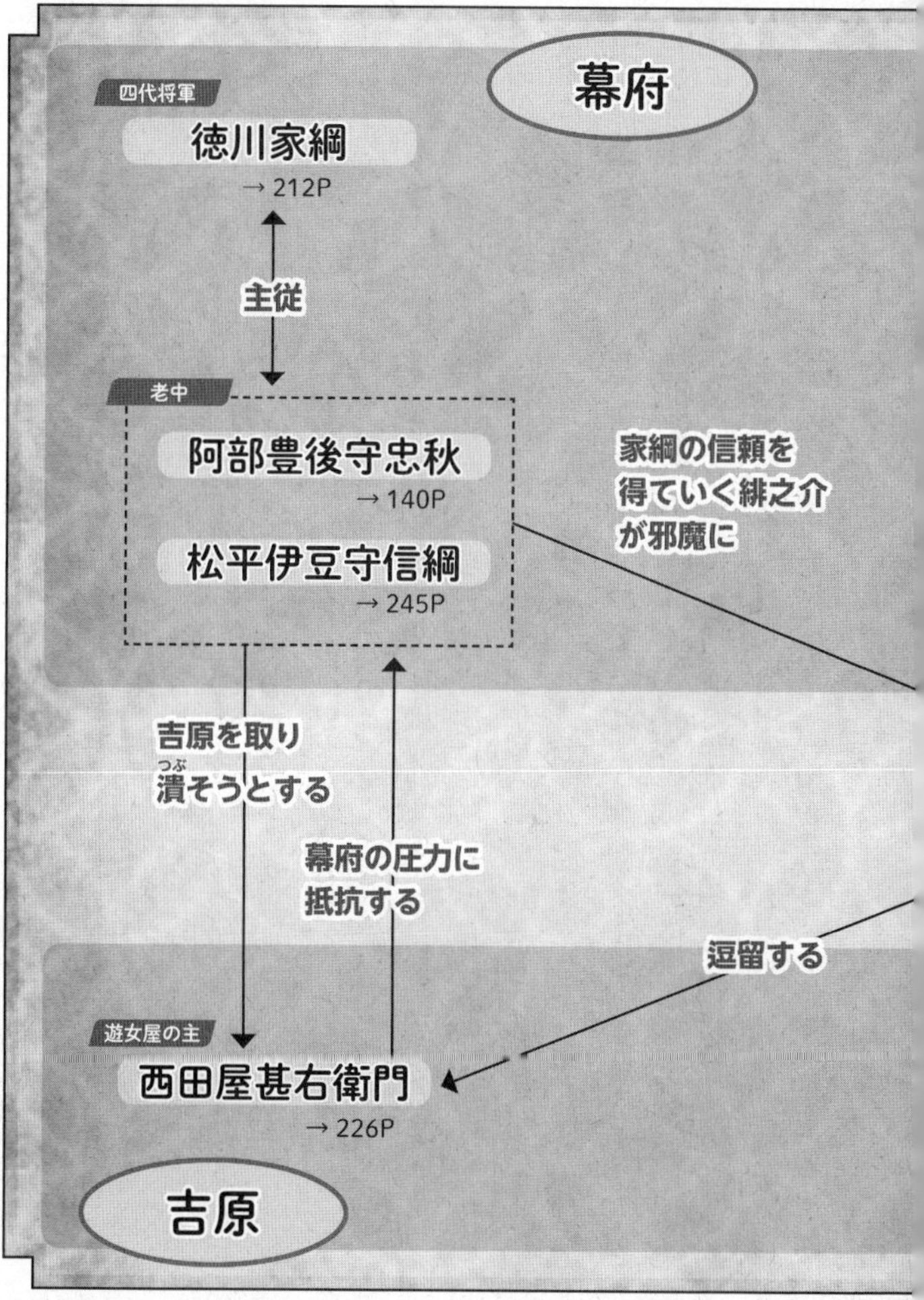
幕府
四代将軍
徳川家綱
→ 212P
主従
老中
阿部豊後守忠秋
→ 140P
松平伊豆守信綱
→ 245P
家綱の信頼を
得ていく緋之介
が邪魔に
吉原を取り
潰《つぶ》そうとする
幕府の圧力に
抵抗する
逗留する
遊女屋の主
西田屋甚右衛門
→ 226P
吉原

斬馬衆お止め記　シリーズ

信州松代《まつしろ》真田十三万石。大坂の陣の奮戦で知られる真田幸村《さなだゆきむら》の兄・信之《のぶゆき》を祖とするこの藩には、戦国時代の名残《なごり》をとどめる、ユニークな役職があった。

その名は斬馬衆《ざんばしゅう》。本陣めがけて突っ込んでくる騎馬武者を全長一丈（約三メートル）の大太刀《たち》で斬り落とす。それが戦《いくさ》における役割だった。

さて松代藩は、三代将軍家光《いえみつ》の治下に大きな危機を迎えていた。かつての軋轢《あつれき》を根に持つ幕府から頻繁にお手伝い普請を命じられ、財政危機に陥っていたのである。

そのような情勢のなか、藩政は信之から息子の信政《のぶまさ》に委譲される。その信政は藩を取り潰すためやってくる幕府の密偵を迎え撃つべく、奇想天外の一手を打つ。藩という本陣を死守するため、斬馬衆に密偵を斬らせようというのだ。無理を押し付けられて困ったのは若き斬馬衆、仁旗伊織《にきいおり》である。密偵、すなわち忍者の素早い動きを捉えるには大太刀はいかにも不向き。信政の命でついた女忍者・霞《かすみ》の叱咤《しった》激励を受けつつ、伊織の奮闘が始まる――。

本作の主人公は斬馬衆の伊織。泰平の世にあって戦国さながらの実戦に臨まねばならぬ苦悩と葛藤、そして脱皮が鮮やかに描かれる。

その伊織とともに物語を盛り上げるのは、いまだ矍鑠《かくしゃく》たる戦国武将の生き残り、真田信之、その人だ。

一般的な知名度こそ天才的な戦略家として名高い父・昌幸《まさゆき》や、あまりにも劇的な死を演じた弟・幸村に及ばないものの、本作ではその傑物ぶりが遺憾なく示される。剛毅さ、決断力。泰平に浸りきった気風のなかで発揮される、そうした戦国大名ならではの屈強さはまことにもって痛快なのである。

もちろん、際立つ脇役は信之のみにとどまらない。真田家を獲物と狙い定め、次々に姦計をめぐらせる、老中・土井利勝《どいとしかつ》。その狡猾《こうかつ》さ、執念には、狂気じみたものすら感じさせる凄みがある。

伊織の直接の敵となるのは斬馬衆と同様に、戦国時代の名残であり、やがて消えゆく定めにある戦陣坊主なる一団。忍者たちのように泰平の世に溶け込んで形骸《けいがい》化していくことすらも許されない存在なのだ。戦陣坊主という発想、それを物語の敵役とする配置の妙は著者ならではの絶技だ。

作品情報

徳間書店刊。

文庫二巻完結（『御盾』『破矛』。二〇〇九年～二〇一〇年）。

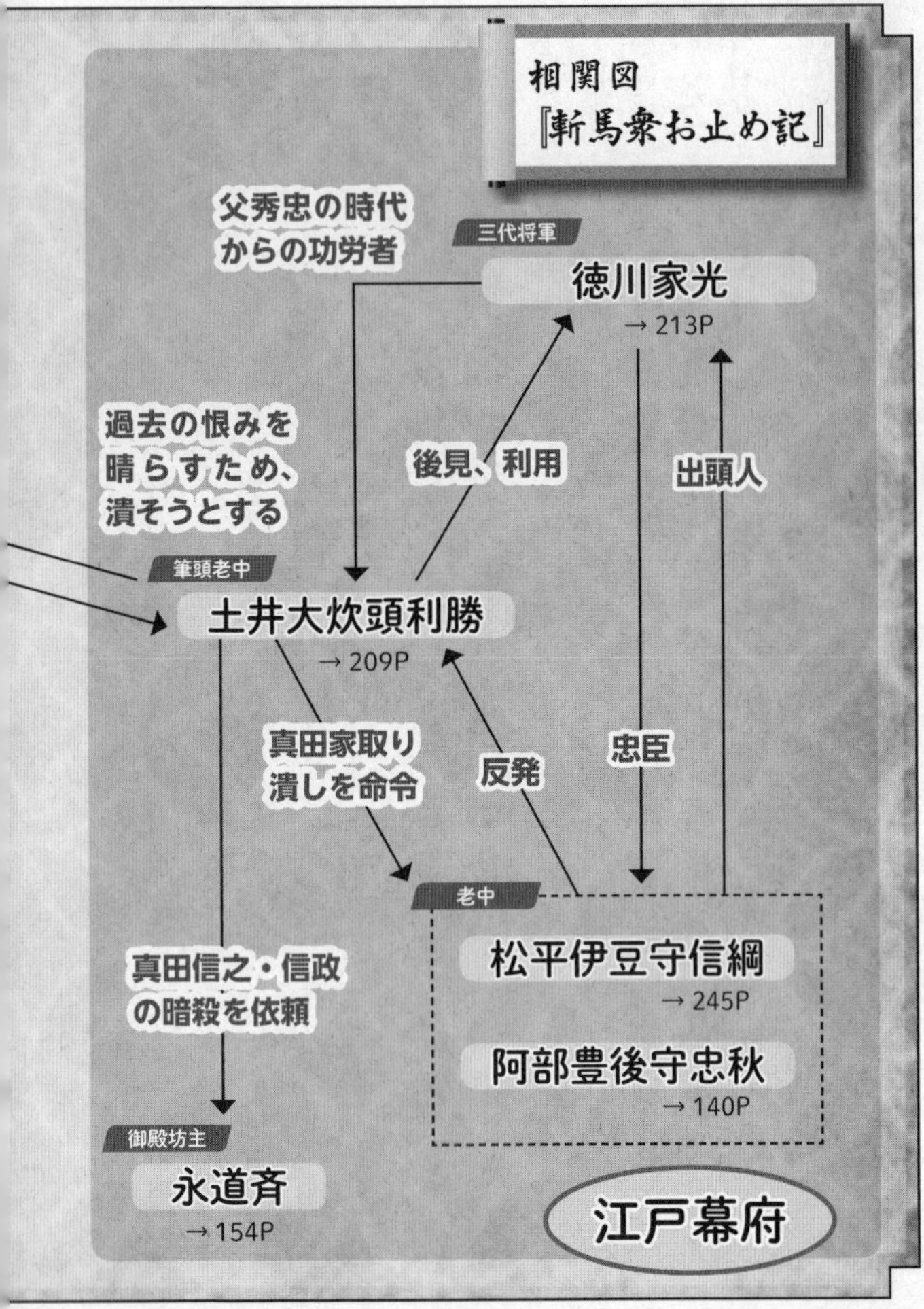
相関図
『斬馬衆お止め記』
父秀忠の時代
からの功労者
三代将軍
徳川家光
→ 213P
過去の恨みを
晴らすため、
潰そうとする
後見、利用
出頭人
筆頭老中
土井大炊頭利勝
→ 209P
真田家取り
潰しを命令
反発
忠臣
老中
松平伊豆守信綱
→ 245P
阿部豊後守忠秋
→ 140P
真田信之・信政
の暗殺を依頼
御殿坊主
永道斉
→ 154P
江戸幕府

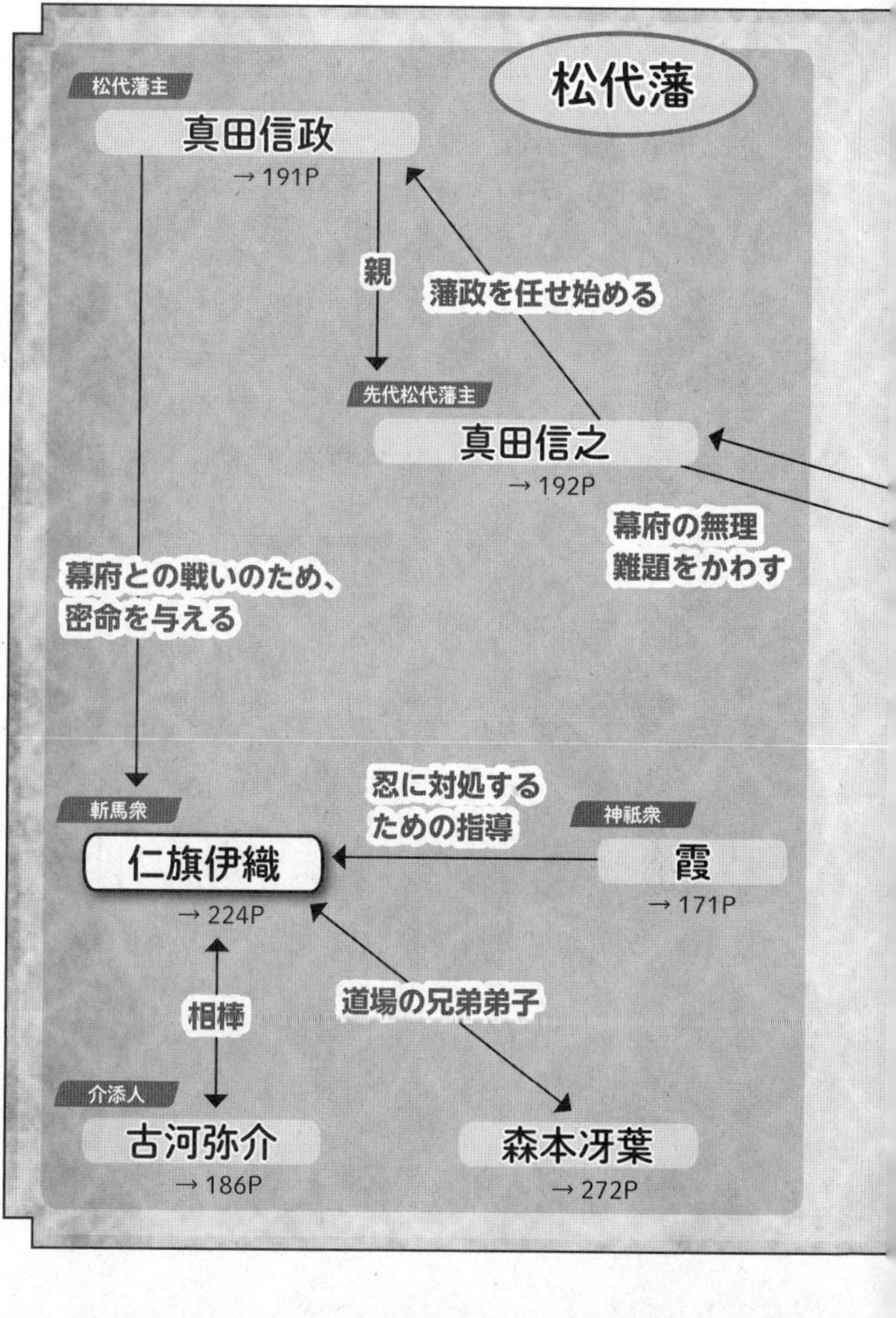
松代藩
松代藩主
真田信政
→191P
親
藩政を任せ始める
先代松代藩主
真田信之
→192P
幕府の無理
難題をかわす
幕府との戦いのため、
密命を与える
忍に対処する
ための指導
斬馬衆
仁旗伊織
→224P
神祇衆
霞
→171P
相棒
道場の兄弟弟子
介添人
古河弥介
→186P
森本冴葉
→272P

お髷番承り候　シリーズ

将軍身辺の雑務を担当する小納戸のうち、月代《さかやき》御髪《おぐし》係、通称お髷番《まげばん》といえば、将軍の髷を整えるのが役目の職である。

なんだ、ただの髪結いか、と侮るなかれ。髷を結ぶためにはまず月代を剃《そ》る必要がある。背後にまわって、剃刀を手にするのだ。刃物を持った人間に後ろに立たれる——。将軍にしてみれば、これほど無防備な状態はない。つまり、お髷番には絶対的な信頼を置ける人物が抜擢《ばってき》されることになる。

本作にて四代将軍・徳川家綱《いえつな》のお髷番に選ばれたのは、かつてお花畑番として竹千代《たけちよ》（家綱の幼名）に仕えた深室賢治郎《みむろけんじろう》である。その出自は曲折とともにある。徳川一門の大身旗本・松平《まつだいら》家に生まれ、幼少のころより家綱のそばに仕えていた。順調にいけば将軍の寵臣として大名に上り詰めるはずだった。ところが腹違いの兄によってその道を閉ざされ、いまや格下の深室家で肩身の狭い養子暮らしを送る身だ。

家綱はいかんともしがたい境遇にあった賢治郎をお髷番に指名し、再びみずからのそばに置いたのだ。賢治郎はいわば幼馴染。全幅の信頼を寄せるに足る存在ではある。しかし

家綱には別の思惑があった。それは、武家の頂点に立ちながら何一つ自由にできぬ自分の代わりに、賢治郎を調査人、密偵として働かせ、政《まつりごと》を行おうというものである。

　この時代、幕府制度はすっかり硬化し、大名や藩士は将軍という個人ではなく、制度そのものに従うようになった。結果、世の風紀を乱す事象があったとしても、有効な手立てをなかなか打てない。そんなジレンマを抱える家綱にとって、自分に絶対的な忠誠を捧げる賢治郎の存在は、ことのほか心強いものであった。

　家綱が最も憂慮《ゆうりょ》していたのは五代将軍の座をめぐる大名や陪臣、そして大奥の不穏な動き。賢治郎は家綱の秘命を受け、隠密として実態把握に乗り出す。やがて浮かび上がってきたのは、家綱の二人の弟、綱重《つなしげ》、綱吉《つなよし》を取り巻く徳川家骨肉の争いであった。

　家綱も賢治郎もまだ若く、いわば未熟の主従である。そして、その二人を大所高所から見守る、松平伊豆守信綱《いずのかみのぶつな》、阿部豊後守忠秋《あべぶんごのかみただあき》という先代家光《いえみつ》の寵臣たちの眼差《まなざ》しが物語に奥行きを与えている。

　賢治郎は風心流小太刀の遣い手でもある。家系図を駆使した謎解きを軸に、刺客との死闘を絡めていくスピーディーな展開は、無類のおもしろさだ。

作品情報

徳間書店刊。文庫六巻続刊中（『潜謀の影』『奸闘の緒』『血族の澱』『傾国の策』『寵臣の真』『鳴動の徴』。二〇一〇年〜）。

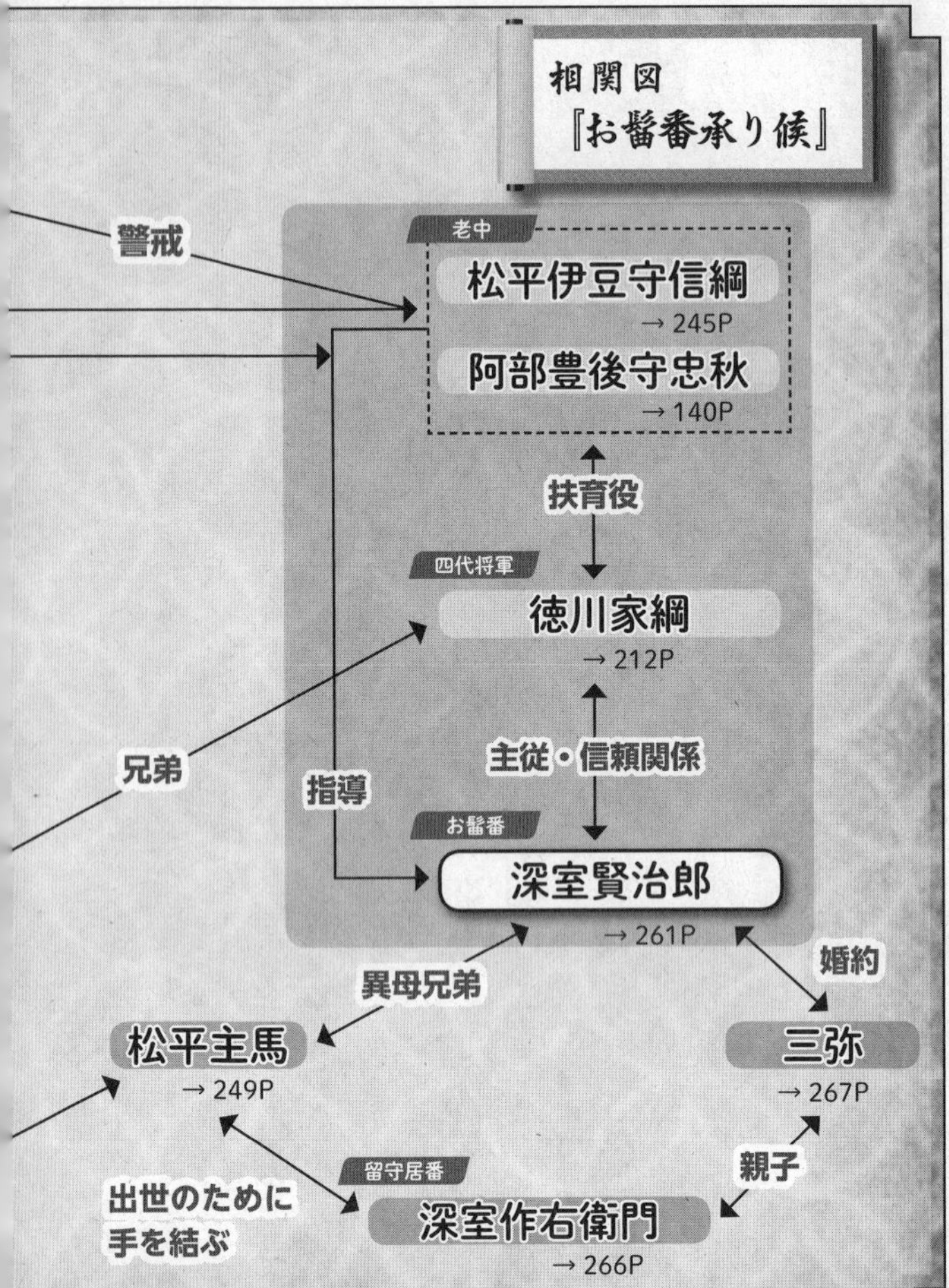
相関図
『お髷番承り候』
老中
松平伊豆守信綱
→245P
阿部豊後守忠秋
→140P
警戒
扶育役
四代将軍
徳川家綱
→212P
兄弟
指導
主従・信頼関係
お髷番
深室賢治郎
→261P
婚約
異母兄弟
松平主馬
→249P
三弥
→267P
親子
出世のために
手を結ぶ
留守居番
深室作右衛門
→266P

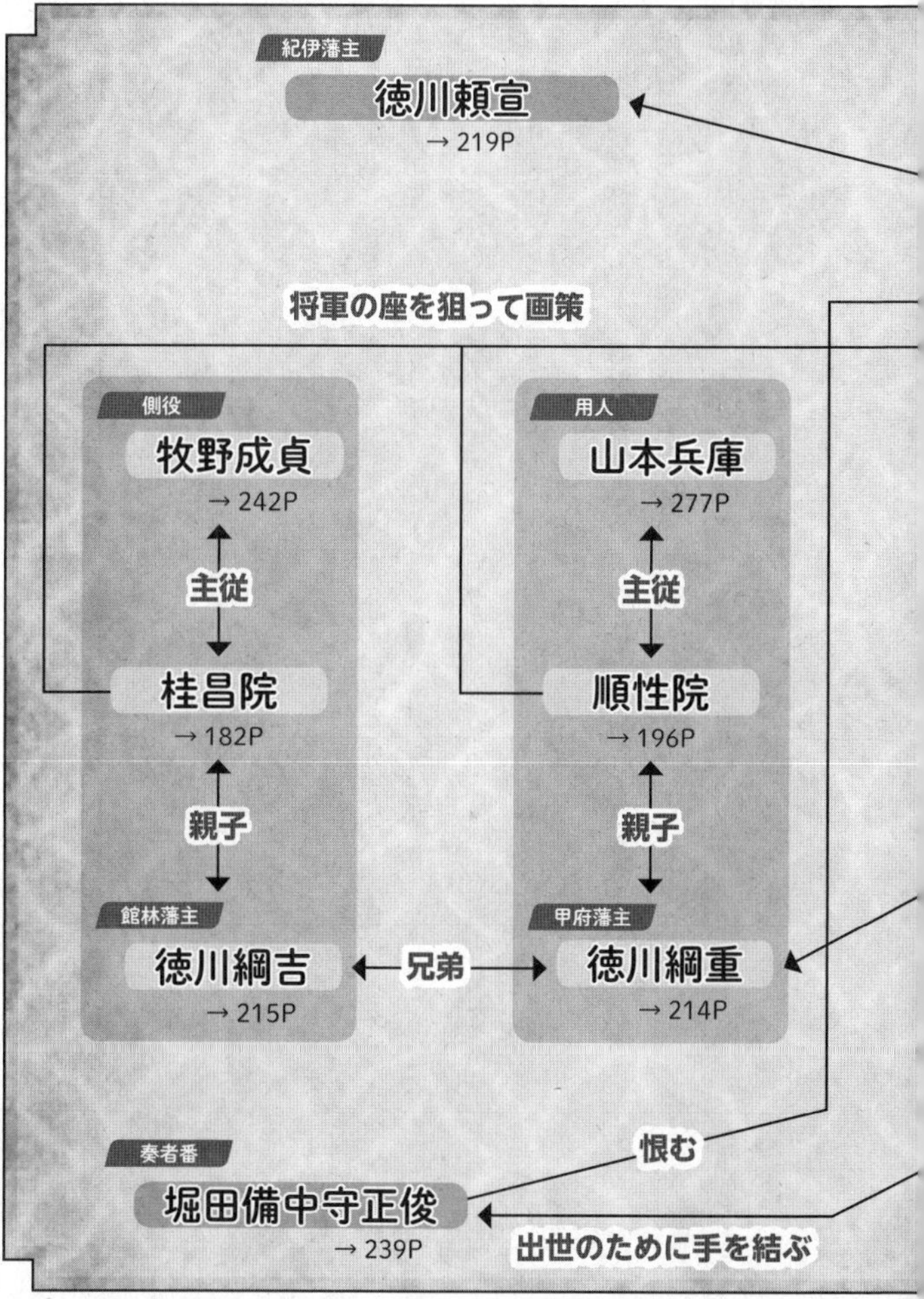
紀伊藩主
徳川頼宣
→ 219P
将軍の座を狙って画策
側役
牧野成貞
→ 242P
主従
桂昌院
→ 182P
親子
館林藩主
徳川綱吉
→ 215P
兄弟
用人
山本兵庫
→ 277P
主従
順性院
→ 196P
親子
甲府藩主
徳川綱重
→ 214P
恨む
奏者番
堀田備中守正俊
→ 239P
出世のために手を結ぶ

大奥騒乱　伊賀者同心手控え

御広敷伊賀者は武士の身分ではあるが極めて小禄で出世の見込みはない。泰平の世にあっては忍術を駆使する機会すらまれである。時は十代将軍家治《いえはる》の治下。そんな伊賀者の一人、御厨《みくりや》一兵《いっぺい》は組頭から大奥女中の外出にお供するよう命じられる。年に一回程度の珍しい仕事ではあるが、特別な役目ではなかった。ところが、その道中で起きた事件を機に、一兵は大奥表使い・大島《おおしま》の直命を受けて立て続く騒動の解決に乗り出すことになる。一連の騒動の背景には大奥の有力者や幕閣領袖が入り乱れる、激しい権力争いがあった――。

下っ端サラリーマン的存在である一兵が、強敵と戦い、陰謀に翻弄される中で成長していくさまが見どころ。特別な状況に置かれた特別でない男は、やがて特別な男に変貌を遂げるのだ。そして、徹底的に積み上げられたリアルにして世知辛《せちがら》い武家社会の描写が、そのおもしろさを一層際立たせているのである。

作品情報

徳間書店刊。

単行本一巻完結（二〇一一年）。

日輪にあらず　軍師黒田官兵衛

いわゆる「秀吉の二兵衛」の片割れとして知られる、黒田官兵衛《くろだかんべえ》（如水）を主人公にした歴史小説。

本作のおもしろさは、幾度となく大きな岐路に立たされる黒田官兵衛の数奇な生涯に根ざすことは間違いない。そして著者の透徹した視線が、人間・官兵衛に新たな命を吹き込んでいるのだ。情に厚いかと思えば、冷徹に人を見捨てる非情な一面も併せ持つ。すべては自分と仲間を守るためだ。激動の時代の中で時に翻弄されながらも、その一点だけは片時もぶれることがない。

歴史に詳しい人なら官兵衛が「秀吉の恐れた男」「野心家」として知られていることをご存知だろう。しかし、著者の描く官兵衛はもっと人間くさい「秀才」である。その新鮮な人物像に読者は魅了されること必至だ。

作品情報

徳間書店刊。文庫『月の武将　黒田官兵衛』（二〇〇七年）と『鏡の武将　黒田官兵衛』（二〇〇八年）として刊行された後、二〇一二年に加筆修正のうえ合本されて単行本に。

事件年表

徳間書店刊の全六作について、その作中で起きた事件を完全網羅。

長いスパンで綴られていく物語もあれば、短期間で嵐のように事件が起きて決着した物語もあり、それぞれの歴史を感じてほしい。

西暦	年号	作品中事件	歴史的事件
一五七三年	天正元年	黒田官兵衛、羽柴秀吉及び織田信長と出会う（『日輪にあらず　軍師黒田官兵衛』、以降『日輪にあらず』）	
		小寺氏、官兵衛の勧めで織田氏に臣従する（『日輪にあらず』）	
一五七七年	天正五年		羽柴秀吉、この頃から織田家の中国地方方面軍司令官をつとめる
一五七八年	天正六年	官兵衛、荒木村重の説得に失敗、幽閉される（『日輪にあらず』）	
一五八二年	天正十年	官兵衛、羽柴秀吉に織田信長の敵を討つことを勧める（『日輪にあらず』）	本能寺の変で織田信長死す

一五八七年	天正十五年	官兵衛、十八万石の領地を授かる（『日輪にあらず』）	
一五八九年	天正十七年	官兵衛、隠居して家督を息子の黒田長政に譲り、自らを如水軒と号する（『日輪にあらず』）	
一五九〇年	天正十八年		豊臣秀吉、天下を統一する
一五九三年	文禄二年		小野忠明が徳川家に仕え、剣術指南役となる
一五九八年	慶長三年		豊臣秀吉死去。享年六十二
一六〇〇年	慶長五年		関ヶ原の戦いで徳川家康が天下を取る
一六〇一年	慶長六年		柳生宗矩、徳川秀忠の剣術指南役となる

一六〇三年	慶長八年		江戸幕府が成立する
一六〇四年	慶長九年	官兵衛、死す（『日輪にあらず』）	
一六一七年	元和三年		幕府が葺屋町東の湿地帯を下賜し、吉原が始まる
一六二三年	元和九年		徳川家光、三代将軍となる
一六三二年	寛永九年		徳川秀忠が亡くなり、駿河大納言忠長が高崎への配流を命じられる
一六三四年	寛永十一年		真田信之の嫡男、真田信吉が病死
一六三七年	寛永十四年	真田信政、斬馬衆の仁旗伊織に幕府の隠密と戦うよう命じる（『斬馬衆お止め記』）	

		伊織、土井大炊頭利勝の命で真田信政を襲う御霊屋坊主を倒す（『斬馬衆お止め記』）	
一六三八年	寛永十五年	真田家に新たなお手伝い普請が命じられる（『斬馬衆お止め記』）	
		伊織、伊賀者や浪人を返り討ちにする（『斬馬衆お止め記』）	
		土井大炊頭利勝、松平伊豆守らの策で大老に祭り上げられ、幕府での権力を失う（『斬馬衆お止め記』）	
一六三九年	寛永十六年	伊織、森本冴葉と婚約する（『斬馬衆お止め記』）	
一六四四年	寛永二十一年	深室賢治郎、この頃から徳川家綱のお花畑番をつとめる（『お髷番承り候』）	

一六五〇年	慶安三年	小野友悟、許嫁の父の殺害現場を目撃する（『織江緋之介見参』）	
一六五一年	慶安四年		由井正雪の乱 徳川家綱、四代将軍となる
一六五五年	明暦元年		吉原の移転を命じられる
一六五六年	明暦二年	友悟、「織江緋之介」と名乗って吉原に現れる（『織江緋之介見参』）	
一六五七年	明暦三年	松平伊豆守信綱の策により吉原も含む江戸が炎上（『織江緋之介見参』）	明暦の大火（振袖火事） 吉原の移転が完了する
		緋之介、吉原から姿を消す（『織江緋之介見参』）	

一六五八年	万治元年	堀田上野介正信、幕政を非難して突如出家する（『織江緋之介見参』） 緋之介、吉原に戻ってくる（『織江緋之介見参』）	真田信之死去。享年九十三
一六六〇年	万治三年	松平伊豆守信綱、浪人狩りを行い緋之介を陥れようとする（『織江緋之介見参』） 緋之介、媛姫の死の真相を調べるよう徳川光圀から依頼される（『織江緋之介見参』）	
一六六一年	寛文元年	緋之介、阿部豊後守忠秋と対面する（『織江緋之介見参』）	徳川光圀、水戸藩主になる

一六六一年	万治四年	松平伊豆守信綱、爆発事件を起こし江戸の町を灰にしようと企むも緋之介に阻止される（『織江緋之介見参』）	
		賢治郎、小納戸の月代御髪、いわゆる「お髷番」を任せられる（『お髷番承り候』）	
一六六二年	寛文二年	緋之介、村正盗難事件を調査する（『織江緋之介見参』）	松平伊豆守信綱死去
		藤島太夫、身請けされる（『織江緋之介見参』）	
		緋之介、徳川光圀の妹・沙弓と婚約する（『織江緋之介見参』）	
		徳川頼宣、徳川光圀に対して村正に隠された秘密を解き明かす（『織江緋之介見参』）	

一六六三年	寛文三年	賢治郎、将軍後継を巡る陰謀に巻き込まれ、襲撃を受ける（『お髷番承り候』）
		徳川家綱、大奥女中・山吹の動きを不審に思い、賢治郎に調査を命じる（『お髷番承り候』）
		旗本殺害事件が起きる（『お髷番承り候』）
		賢治郎、徳川頼宣と対面（『お髷番承り候』）
		賢治郎、将軍への目通りを禁止されるも、後に許される（『お髷番承り候』）
		緋之介、「小野友悟」として吉原を去る（『織江緋之介見参』）

一六八〇年	延宝八年		徳川綱吉、五代将軍となる
一七一六年	享保元年		徳川吉宗、八代将軍となる
一七三六年	元文元年	三田村元八郎、定町廻り同心から寺社奉行大岡越前守の配下に（『将軍家見聞役 元八郎』、以降『将軍家見聞役』）	
一七三七年	元文二年	元八郎、松平左近将監乗邑と近衛内大臣内前の陰謀を阻止する（『将軍家見聞役』）	
一七三九年	元文四年	元八郎、徳川家重の寵臣・大岡出雲守の配下になる（『将軍家見聞役』）	

一七四三年	寛保三年	元八郎、柳生主膳から家重を守り、再び将軍家と朝廷の間を取り持つ（『将軍家見聞役』） 元八郎、香織と結婚する（『将軍家見聞役』）	
一七四五年	延享二年		徳川家重、九代将軍となる
一七四七年	延享四年	寄合旗本・板倉修理勝該が刃傷事件を起こし、元八郎が調査を命じられる（『将軍家見聞役』）	
一七五二年	宝暦二年	元八郎の父・順斎が殺害され、敵を追う元八郎は琉球の王位継承を巡る陰謀を解決する（『将軍家見聞役』）	

一七五二年	宝暦二年	元八郎、京都所司代の謎の死を調査し、呪詛の宮と黄泉の醜女を倒す（『将軍家見聞役』）	
一七五九年	宝暦九年	加賀藩と田沼主殿頭意次の抗争が激化、元八郎は火消しを命じられる（『将軍家見聞役』） 元八郎、田沼主殿頭意次に手を貸すよう誘われるが断る（『将軍家見聞役』）	
一七六〇年	宝暦十年		徳川家治、十代将軍となる
一七八六年	天明六年		田沼意次、失脚する
一八四五年	弘化二年	御厨一兵、大奥中臈佐久間の参拝の供をした際、無頼を退治（『大奥騒乱　伊賀者同心手控え』、以降『大奥騒乱』）	

一八五八年	安政五年	一兵、表使い大島の命で動くことに（『大奥騒乱』）	紀州高家松平家の娘を母に持つ徳川家茂が十四代将軍になる
		一兵、松平越中守定信の命令で動くお庭番・和多田要と敵対（『大奥騒乱』）	
		大奥に侵入者（和多田要）が現れる（『大奥騒乱』）	
		大奥女中のおすわ、徳川家治の子を懐妊する（『大奥騒乱』）	
		一兵、おすわを紀州高家松平家に送り届ける（『大奥騒乱』）	
		一兵、和多田要を倒す（『大奥騒乱』）	

江戸幕府役職紹介

上田秀人作品で重要な意味を持つのが「役職」。登場人物の多くは役職を持ち、それにまつわる責任や因縁を背負っている。だからこそ、彼らは魅力的に輝くのだ。ここでは上田作品で扱われている役職について紹介。その奥深さを知れば面白さ倍増だ。

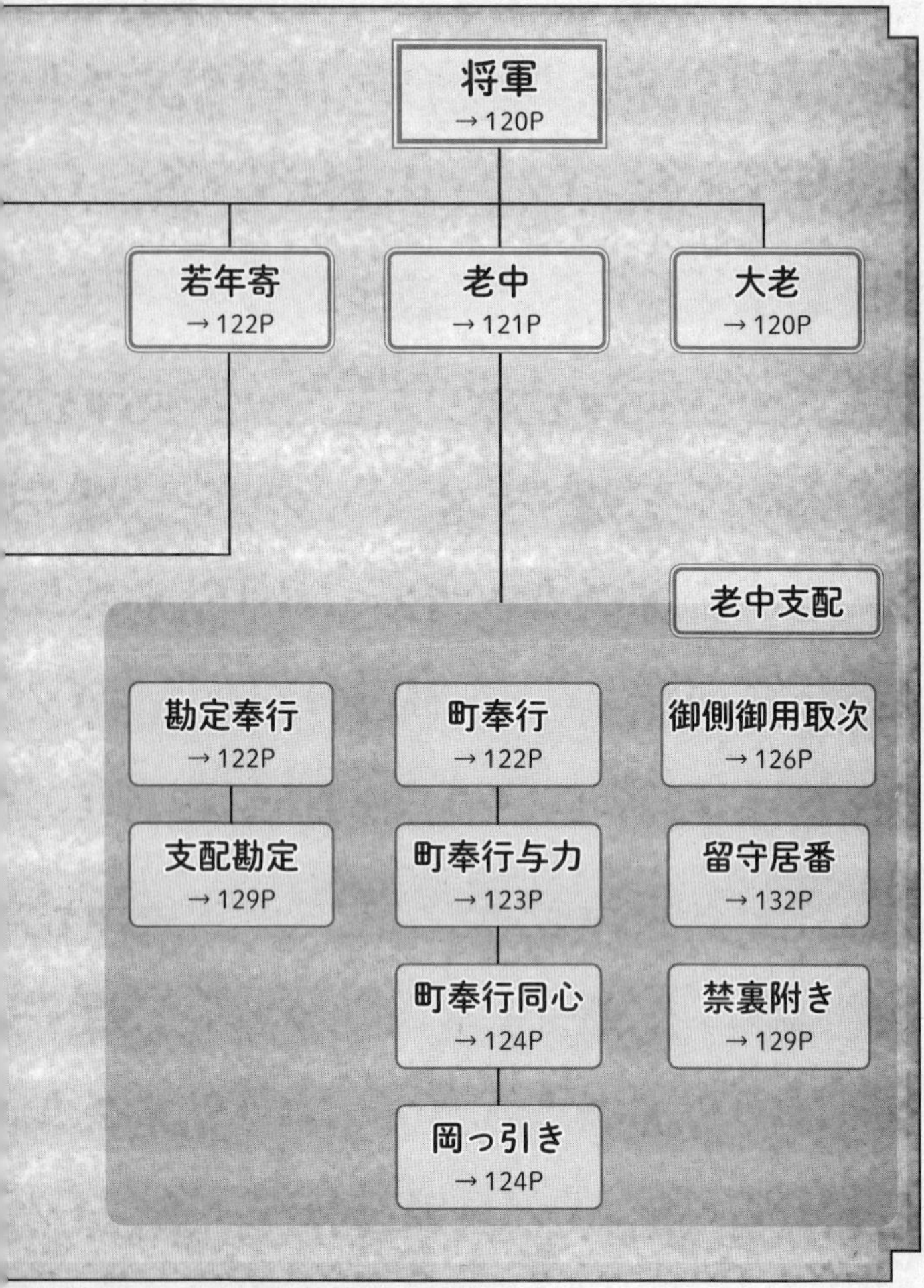
将軍
→120P
若年寄
→122P
老中
→121P
大老
→120P
老中支配
勘定奉行
→122P
支配勘定
→129P
町奉行
→122P
町奉行与力
→123P
町奉行同心
→124P
岡っ引き
→124P
御側御用取次
→126P
留守居番
→132P
禁裏附き
→129P

江戸幕府役職略図

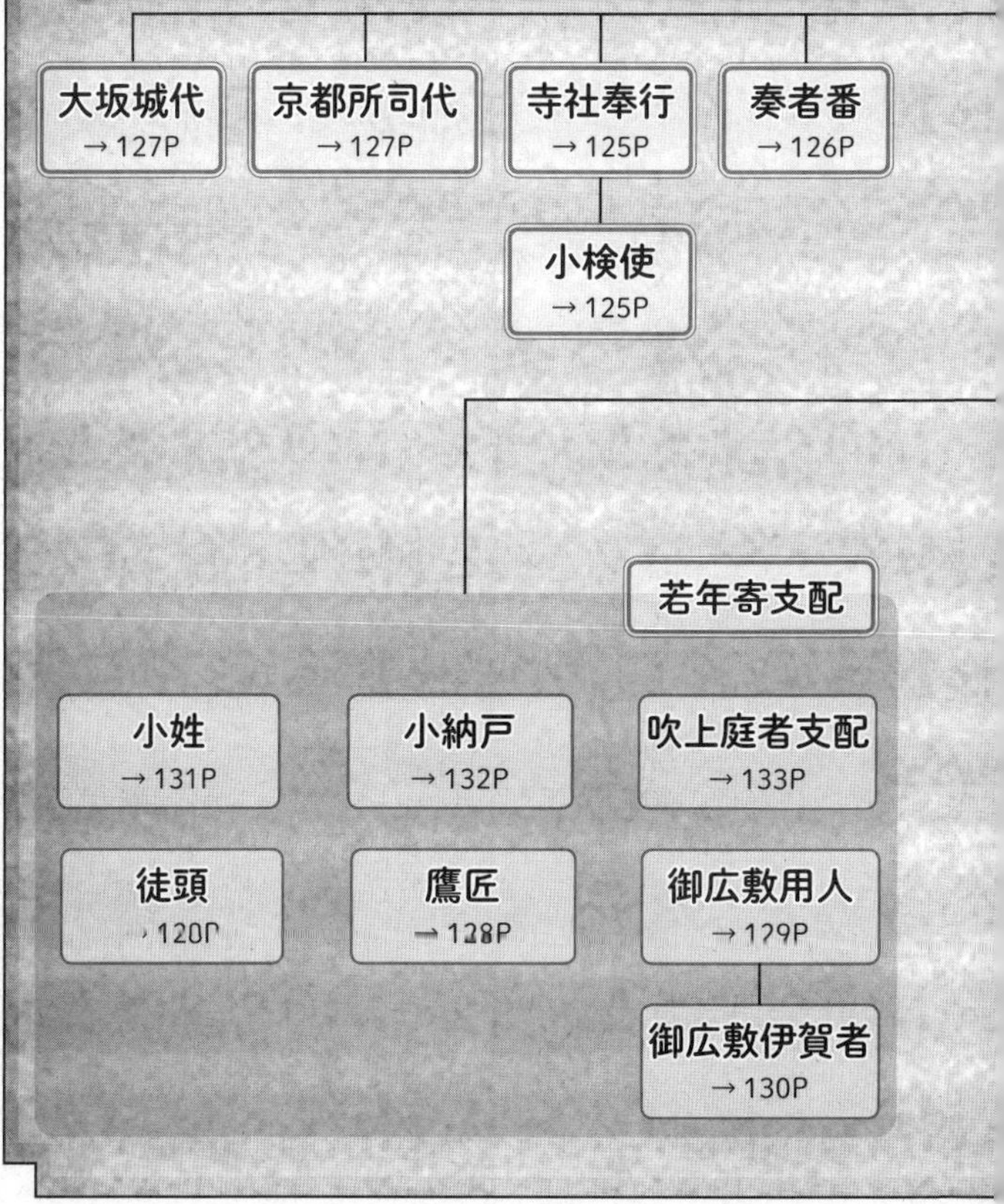
大坂城代 →127P
京都所司代 →127P
寺社奉行 →125P
奏者番 →126P
小検使 →125P
若年寄支配
小姓 →131P
小納戸 →132P
吹上庭者支配 →133P
徒頭 →120P
鷹匠 →128P
御広敷用人 →129P
御広敷伊賀者 →130P

◆将軍【しょうぐん】

江戸幕府の頂点。実権の有無は時代によって大いに異なり、初期は将軍自身が直接幕政を執るケースが多かった。しかし、三代将軍・徳川家光《いえみつ》が病床に倒れた頃から老中を始めとする幕閣が将軍に代わって政治を行うようになる。それ以後、八代将軍・吉宗《よしむね》のようなケースを除き、将軍はあくまで象徴的な存在にとどまり、実際の幕政は巨大官僚組織たる江戸幕府の譜代大名、旗本らによって運営されていった。

本来は徳川将軍家（宗家）が継承するものだが、直系の血筋は途中で絶えている。これを補完するものとして御三家（初代将軍・家康《いえやす》の子が立てた尾張、紀州、水戸の三家）と御三卿《ごさんきょう》（吉宗の子を祖とする田安、一橋、清水の三家）が存在したが、しばしばこれらの家によって苛烈《かれつ》な後継者争いが演じられることになった。

《作中に登場する人物》

徳川家綱（↓212P、『織江緋之介見参』『お髷番承り候』）、徳川吉宗（↓218P、『将軍家見聞役 元八郎』以降『将軍家見聞役』）、徳川家重（↓211P、『将軍家見聞役』）、徳川家治（↓213P、『大奥騒乱　伊賀者同心手控え』以降『大奥騒乱』）

◆大老【たいろう】

幕閣における最高役職。老中と違い定員は一人で、毎日登城する。

ただし常に置かれているわけではなく、江戸幕府の歴史を通しても十人しか存在しない。また、その呼称とは裏腹に名誉職的な色合いが強く、十人の大老の中で実際に幕政の最高権力者として力を振るったのは幕末混乱期の井伊直弼《いいなおすけ》くらいであったという。

《作中に登場する人物》

酒井雅楽頭忠清（↓188P、『織江緋之介見参』『お髷番承り候』）、土井大炊頭利勝（↓209P、『斬馬衆お止め記』）

◆老中【ろうじゅう】

常に置かれている役職としては、この老中こそが幕閣における最高役職となる。中堅の譜代大名にとっては出世すごろくの「あがり」的存在であったため、多くの大名たちがこの地位を目指してしのぎを削った。寺社奉行を経由して奏者番から老中になるものが多かったというが、他にも若年寄や側用人、大坂城代に京都所司代などからも老中に昇格した。「年寄」「宿老」「執政」「加判の列」「奉書連判」など様々な呼び方が存在する。

定員は四人あるいは五人で、月番制。その職務は朝廷関係、海外問題、財政、知行割、大規模な普請などの統括、また諸大名からの届出の受付など非常に多岐にわたる。これらの問題について、小さいことであれば月番が単独で処理し、大きい出来事であればその時の老中が合議制によって対応した。

《作中に登場する人物》

松平伊豆守信綱（↓245P、『織江緋之介見参』『斬馬衆お止め記』『お髷番承り候』）、土井大炊頭利勝（↓209P、『斬馬衆お止め記』）、田沼主殿頭意次（↓206P、『将軍家見聞役』『大奥騒乱』）

◆若年寄【わかどしより】

「若い年寄（老中の別称の一つ）」という字義通り、幕閣において老中の次に位置する役職。定員は三～五名。老中が全国のこと――すなわち大名の統括を行ったのに対し、若年寄は幕府直轄である旗本の支配を主な役目とした。他に特別なものでない普請などの統括も仕事の一部。その多くが一万～三万石の小規模な譜代大名であったが、少数の例として外様大名からなった者、また幕末の混乱期に旗本からなった者もいる。

◆町奉行【まちぶぎょう】　勘定奉行【かんじょうぶぎょう】

町奉行は町奉行所の長であり、江戸の町における行政、司法、警察、消防などを統括する役職。その職務は多岐にわたっており、しばしば現代に例えて「都知事と警視総監と裁判官と消防司令官を合わせたような」激職と表現される。そのため、江戸の町には北南二つの奉行所が置かれ（一時期は中町奉行所が存在した）、月番で交代して業務を行った。

よく誤解されるが江戸を北南に分けて統括したわけではない。また、非番であっても、新しい訴えを受け付けないだけで、登番月に受け付けた仕事の処理をしていたようだ。

勘定奉行は町奉行と後述する寺社奉行と合わせて「三奉行」と称される重要な役職。勘定所の長官として、天領支配、貢租徴収、財政運営や関八州の大名・旗本領などの訴訟を担当した。定員は四名で、役高は三千石。元禄年間までは「勘定頭」とも称した。

《作中に登場する人物》

大岡越前守忠相（南町奉行）（↓157P、『将軍家見聞役』）

◆町奉行所与力【まちぶぎょうしょよりき】

巨大な官僚組織である江戸幕府において、諸奉行などの下に付き、実動部隊である同心を直接に動かしたのが与力である（ルーツは「寄騎」すなわち侍大将に附属した騎馬の士）。

その中でも代表的な存在が町奉行所の与力。庶務・受付担当の「当番方」や取調べ・裁判を担当する「吟味方」、風の強い日（それ以外も）に見回りをする「風烈廻り」など様々な役職に分かれ、その下にそれぞれ同心がいた。

《作中に登場する人物》

須藤半平太（↓198P、『織江緋之介見参』）

◆町奉行所同心【まちぶぎょうしょどうしん】

与力と同じく様々な役職に分かれており、与力にないものとしては町の様子を見まわって歩く「定町廻り」や、町奉行直属で密《ひそ》かに調査を行う「隠密廻り」などがいる。

《作中に登場する人物》

三田村順斎（隠密廻り）（↓259P、『将軍家見聞役』）、三田村元八郎（定町廻り）（↓256P、『将軍家見聞役』）

◆岡っ引き【おかっぴき】

旧称は「目明し」。その他に「手先」「小者」「御用聞き」「首代」とも。同心に個人的に雇われ、事件調査のための下働きを担当する。更にその下に下っ引きという子分を従えるものもいた。罪人が罪を軽減される代わりに岡っ引きになることも多かったようだ。ヤクザと兼業したり不正を働いたりするようなものも多く、ついには幕府が同心に対して岡っ引きを使うことを禁止するほどだった。しかし犯罪調査のためには非常に有効な存在であったため、なし崩し的にそのまま残ったのである。

《作中に登場する人物》

貞五郎（↓191P、『将軍家見聞役』）

◆**寺社奉行【じしゃぶぎょう】**

全国の寺社・寺院などを統括する奉行。他にも寺社領の住民、また連歌師や陰陽師といった人々の支配、さらには徳川将軍家の墓などの管理までがその職務範囲だった。町奉行、勘定奉行と並ぶ三奉行の一角ではあるが、両者とは少なからず性質の違いがある。すなわち、寺社奉行は譜代大名が務める将軍直轄の役職で、専用の奉行所は持たず、家臣が事務作業などを行っていた（町奉行と勘定奉行は老中支配下で奉行所を持つ）。また、後述する奏者番の中から選ばれて兼任するのも特徴である。

《作中に登場する人物》

大岡越前守忠相（↓157P、『将軍家見聞役』）

◆**小検使【しょうけんし】**

寺社領内における犯罪の捜査、巡回、逮捕などを行う。町奉行所の廻り方与力などに相当する。

ちなみに小検使の手に余るような大事件が起きると、大検使という役人（宗教者の犯罪や素行などの調査をする寺社役と兼任）が派遣される。

《作中に登場する人物》

三田村元八郎（↓256P、『将軍家見聞役』）

◆奏者番【そうしゃばん】

江戸城内において武家関係の各種儀式を執り行う役職。主なものに年始の儀式や大名が参勤交代で江戸にやってきたり離れたりする際の使者、大名の子息が将軍に拝謁《はいえつ》する際の儀式伝授などがある。

大名役であり、かつ才覚に優れたものしか務まらないとされる役職だった。ここから出発して大坂城代などを経るかたちで老中にたどり着く例が多く、出世コースといえる。

《作中に登場する人物》

堀田備中守正俊（↓239P、『織江緋之介見参』『お髷番承り候』）

◆御側御用取次【おそばごようとりつぎ】

将軍の側近である側衆（旗本役）から三人が選ばれ、幕閣と将軍の間の取り次ぎなどを行う役職。八代将軍・吉宗《よしむね》の時代、それ以前に同種の役目を務めていた側用人が廃止され、これに代わって設置された。

将軍と非常に近しい存在であり、その権勢は時に老中さえ恐れさせるほどであったとされる。なぜなら彼らは単に機密を扱える立場であっただけでなく、各種の案件についても何を将軍に伝えるか、あるいは伝えないかを恣意的《しいてき》に選択することさえ可能だったからだ。

《作中に登場する人物》

大岡出雲守忠光（↓156P、『将軍家見聞役』）

◆大坂城代【おおさかじょうだい】

幕府直轄地である大坂の行政を担当し、大坂城を預かる役職。任期は一年あるいは三年だった時期もあるが、多くの場合は不定期だった。有力な外様大名の多い西国を監視するという役目もあったため重要な立場にあり、奏者番から大坂城代へ、さらに京都所司代を経て老中へ、という出世コースの中間地点に位置した。

《作中に登場する人物》

阿部備中守正次（『将軍家見聞役』）

◆京都所司代【きょうとしょしだい】

京都における幕府の責任者。大坂城代と同じく西国諸大名を監視するだけでなく、京都を始めとする近畿諸国の行政を預かり、朝廷や公家、寺社・寺院にまつわる諸事も管轄した。ここから老中になるものが多い。

《作中に登場する人物》

牧野越中守貞通（↓242P、『将軍家見聞役』）

◆鷹匠【たかじょう】

訓練された鷹を操って狩りをする「鷹狩」は武家にとってある種のスポーツ、軍事訓練としての側面があり、これに備えて鷹や犬を訓練する役職があった。鷹匠支配（鷹匠頭）の下に二名あるいは三名の鷹匠組頭がおり、それぞれの下にさらに鷹匠がついていたようだ。

《作中に登場する人物》

長田金平（↓222P、『織江緋之介見参』）

◆徒頭【かちがしら】

武家用語としての「徒」には身分を示す場合（軽装・徒歩の下級武士）と役職を示す場合があり、徒頭は後者の「徒」を統括する役職。武芸に優れたものが選ばれたという。直属の部下として徒組頭がいて、更にその下に一組二十八人の徒がついた。徒は将軍の身辺警護を主な役目とし、ここから出世していく機会をつかむものも多かった。

《作中に登場する人物》

曾根因幡守五郎兵衛（↓201P、『将軍家見聞役』）

◆禁裏附き【きんりづき】

朝廷・天皇を守護し、監視し、またその経費などを司っていた役職。そのため毎日参内し、天皇の様子などを観察して何かあれば京都所司代に報告する役目を担っていた。また朝廷と親しく付き合う関係から、千石級の旗本役ながらその格式は高い。

《作中に登場する人物》

曾根因幡守五郎兵衛（↓２０１Ｐ、『将軍家見聞役』）

◆支配勘定【しはいかんじょう】

勘定奉行の部下として事務作業を行う役職。奉行の下に勘定組頭が、その下に勘定がおり、支配勘定は更にその下に位置する。

《作中に登場する人物》

三田村元八郎（↓２５６Ｐ、『将軍家見聞役』）

◆御広敷用人【おひろしきようにん】

大奥というと「男子禁制」のイメージがあるが、実際には男性役人が働いているスペースもあり、そこは御広敷と呼ばれていた。ここの最高責任者が御広敷用人である。立場としては若年寄支配下。

《作中に登場する人物》

玉城上総介正則（『大奥騒乱』）

◆御広敷伊賀者【おひろしきいがもの】

戦国期に隠密（いわゆる忍者）として活躍した伊賀者の末裔《まつえい》であるが、隠密の任に当たったのは江戸初期まで。御庭番にその任を取って代わられた後は、御広敷役人として大奥の風紀取締にあたった。位としては他の役職における同心クラス。

《作中に登場する人物》

百地玄斎（組頭）（↓272P、『大奥騒乱』）、御厨一兵（↓253P、『大奥騒乱』）

◆奥女中【おくじょちゅう】

江戸時代、武家の私的生活スペースは「奥」と呼ばれ、そこで働く女性たちをまとめて奥女中と呼ぶ。ここではその中でも将軍家の奥、すなわち「大奥」の女中たちについて紹介する。大奥女中は大きく分けて「将軍付き」と「御台所《みだいどころ》（将軍の正室）付き」の二つに分かれ、これがさらに御目見以上と以下の身分によっても分かれた。

役職も細かく分かれており、頂点に位置するのが「上臈《じょうろう》（あるいは上臈御年寄）」である。これは公家出身者が多い。そのほかには、大奥の一切を取り仕切る「女性版老中」ともいうべき「御年寄」、さらにそれ以下の大奥女中たちは武家出身者の女性によって占められていたようだ。ただし、肉体労働で働く下級の女中などには町民出身もいたとされる。

対外折衝役として「表使い」という役職もある。表使いは御広敷と女性たちの居室の間にある出入口を管轄し、男性役人たちとの交渉の窓口役をこなすとともに、大奥女中たちの買い物を一手に取りまとめる役目も担った。

《作中に登場する人物》

高岳（上臈）（↓202P、『大奥騒乱』）、飛鳥井（上臈）（↓139P、『大奥騒乱』）、滝川（上臈）（↓203P、『大奥騒乱』）、大島（表使い）（↓157P、『大奥騒乱』）

◆小姓【こしょう】

将軍や大名の側近くに仕え、身辺警護なども含め身近な用事を果たす。将軍の場合、六番まで小姓組があり、それぞれの頭を小姓組頭と呼ぶ。

江戸幕府の初期には詰所の近くに花畑があったため「花畑番」と呼ばれたが、後の移転にともなってこの呼び名はなくなった。

《作中に登場する人物》

深室賢治郎（↓261P、『お髷番承り候』）、大山高衛（組頭）（↓160P、『お髷番承り候』）

◆小納戸【こなんど】

将軍のそばで身の回りの世話などをする役職であり、小姓によく似ているが、こちらのほうが地位としては比較的低い。様々な役割があり、その中の一つに月代御髪係《さかやきおぐし》――すなわち、将軍の髷を結う者もいる。

《作中に登場する人物》

深室賢治郎（月代御髪係）（↓２６１Ｐ、『お髷番承り候』）

◆留守居番【るすいばん】

大奥の警備などを担当する役職。

元々、最初期の将軍たちが出陣した後の江戸城を守る「留守役」をルーツに持つ「留守居」という役職があり、証人（大名が出す人質）の管理や重要な幕政に参画するなど広い範囲の仕事を行っていた。後にそれらの役目のほとんどは消滅するか別の役職に移されて、「旗本が辿《たど》り着く最終役職」という位置づけになった。

この留守居が持っていた番方（軍事）的機能を果たしていたのが留守居番である。

《作中に登場する人物》

深室作右衛門（↓２６６Ｐ、『お髷番承り候』）

◆吹上庭者支配【ふきあげにわものしはい】

吹上御苑（江戸城西の丸背後にあった庭園）の宿直・見回りをする吹上御庭番らを管轄する役職。ここでいう吹上御庭番とは、いわゆる御庭番――八代将軍・吉宗《よしむね》の時代に設置され、将軍の命令で隠密任務を行う密偵のことであり、ただの庭の管理人ではない。

《作中に登場する人物》

三田村元八郎（↓256P、『将軍家見聞役』）

◆小普請組【こぶしんぐみ】

直参（徳川家直属の旗本・御家人）のうち無役のものが編入される組織の名であり、また役職の一種。旗本は「小普請支配」、御家人は「小普請組」と呼ばれた。

《作中に登場する人物》

三田村元八郎（↓256P、『将軍家見聞役』）

◆将軍家見聞役【しょうぐんけけんぶんやく】

『将軍家見聞役 元八郎』に登場する架空の役職。治世における数々の功績を評価された三《み》田村元八郎《たむらげんぱちろう》に与えられた。将軍・家重《いえしげ》の文字通り「耳目」として多種多様な事件の調査・解決に携わる。

◆斬馬衆【ざんばしゅう】

『斬馬衆お止め記』に登場する架空の役職。松代藩《まつしろ》真田《さなだ》家が召し抱える集団で、本陣に騎馬武者が突っ込んできた際、独自の大太刀を構えて立ちはだかり、馬の足を斬って食い止める任を負った。

しかし戦の絶えた江戸時代になると、戦国時代の名残で連日城内に詰めてはいるが、夜明けから日没まで座っているだけでなかば形骸化する。

《作中に登場する人物》

仁旗伊織（↓224P、『斬馬衆お止め記』）

◆介添え役【かいぞえやく】

『斬馬衆お止め記』に登場する架空の役職。斬馬衆の助手的存在であり、大太刀を抜く補佐をすると共に、落下した騎馬武者に止《とど》めを刺す。

《作中に登場する人物》

古河弥介（↓186P、『斬馬衆お止め記』）

◆神祇衆【じんぎしゅう】

『斬馬衆お止め記』に登場する架空の役職。普段の役目は戸隠神社の祭りを執り行うことだが、その正体は真田家の隠密。

《作中に登場する人物》

霞（↓171P、『斬馬衆お止め記』）

◆御霊屋坊主【みたまやぼうず】

『斬馬衆お止め記』に登場する架空の役職。江戸城紅葉山に設けられている家康《いえやす》と秀忠《ひでただ》の霊廟の管理を主務とする僧侶たちのこと。徳川家に仇《あだ》なすものを始末するというもう一つの役割も持っている。

《作中に登場する人物》

宗達（↓200P、『斬馬衆お止め記』）、深泉（↓197P、『斬馬衆お止め記』）

◆大奥別式女衆【おおおくべっしきめしゅう】

大奥の防衛を役目とする女武芸者たち。奥向きで戦うことに特化した優れた技術を持つが、立場的には冷遇されており、伊賀組同心よりも禄が少ないほど。

《作中での活躍》（↓157P、『織江緋之介見参』）

登場人物事典

『将軍家見聞役　元八郎』『織江緋之介見参』『斬馬衆お止め記』『お髷番承り候』『大奥騒乱　伊賀者同心手控え』『日輪にあらず　軍師黒田官兵衛』の六作品に登場するキャラクターたちを徹底紹介。主要人物については著者コメント付き。

茜【あかね】

『織江緋之介見参』シリーズ

万字屋の格子女郎。次期太夫《たゆう》。藤島太夫に頼まれて緋之介を呼びに行った。その際、緋之介の身の回りの世話をしている風花と口論になる。

顕子【あきこ】

『お髷番承り候』シリーズ

将軍家綱よりも一つ年上の正室。伏見宮貞清親王の娘。姫らしくおとなしい性格で家綱との夫婦仲は良好だが、子供ができないでいる。妻の次は母にしてほしいと家綱にすがり、女として子供を育ててみたいと想いを伝える。

明雀【あけすずめ】

『織江緋之介見参』シリーズ

徳川光圀の敵娼《あいかた》（相手の遊女）。元吉原一の太夫である二代目高尾太夫の一人娘。父親は大名の板倉重昌だと言われており、吉原は本来大名の子どもとして扱われるはずだった彼女を中心にして結束を固めている。吉原雀とも言われており、彼女が吉原の頂点とされている。光圀は西田屋の客だが明雀は三浦屋の遊女であり、吉原の決まりとして本来は敵娼にはできない。しかしその決まりを破ってまでの関係は好意的に見られている。

その光圀から、江戸から姿を消した緋之介の探索を命じられる。忘八たちを使い高崎にて緋之介を見つけると、彼を説得して江戸に戻させた。その後も光圀や緋之介に情報をもたらす。

明智 光秀【あけち・みつひで ?〜一五八二年(天正十)】

織田信長の家臣であったが謀反《むほん》を起こし、京都本能寺にて信長を自害に追い込む。その後すぐに羽柴秀吉によって討たれた。

『日輪にあらず　軍師黒田官兵衛』

光秀の慎重な性格を見透かした勘兵衛の作戦により、信長の仇討ちに来た秀吉に山崎で敗れた。

明楽 多兵衛【あけら・たひょうえ】

『将軍家見聞役 元八郎』シリーズ

お庭番村垣一族の一人。吉宗の命令で元八郎を始末しようとするが、返り討ちにされる。

明楽 妙之進【あけら・みょうのしん】

『将軍家見聞役 元八郎』シリーズ

御広敷お庭番。田沼の命で江戸を離れた元八郎を追うが、元八郎といる女忍の羽咋を香織と勘違いし、手出しを控えてしまう。

飛鳥井【あすかい】

『大奥騒乱　伊賀者同心手控え』

大奥上﨟《じょうろう》第三位。

松平越中守定信の「自分に従うように」という提案を断り、表使いの大島に彼への警戒を命じる。中﨟おすわが懐妊した際にはその噂を流すなど策を練った。定信と大奥に侵入したお庭番の関係を知らされると、定信の本当の狙い(将軍になること)

を推察する。更に大奥上臈第二位の花園を使いおすわの排除を大島に命じた。しかし、花園が失敗し、上臈第四位の滝川が警護の女中を手配したことを聞くと、一兵におすわを暗殺させるよう、大島に命令する。

阿部豊後守忠秋【あべ・ぶんごのかみ・ただあき】

一六〇二年(慶長七)～一六七五年(延宝三)

江戸幕府の老中で三代将軍家光の家臣。家光の小姓に任じられると禄を増やされる。初め千石から最終的には八万石にまで上り詰めた。家光死去の際には、家綱を扶育するようにとの遺言のため、殉死を許されなかった。松平伊豆守とは共に家光に仕え、六人衆として活躍した間柄。

『織江緋之介見参』シリーズ

松平伊豆守信綱とは違い、家光を慕っているものの将軍家綱に誠心誠意仕えるべきだと考える。そのため、信綱を邪魔に思っている。

信綱とは別に邪魔な緋之介を殺そうとする。が、配下が失敗し緋之介と対面することに。そこで家光や家綱、信綱への思いを吐露した。鳥見役を使い信綱の息がかかっている鷹匠《たかじょう》(鷹狩りに使用する鷹や狩り場を管理する)頭を排除しようとするも緋之介に鳥見役を倒されてしまう。

上島常也が緋之介の始末に失敗したため叱責すると、名案を授けられる。名案とは浪人織江緋之介の討伐を小野家に命じることだった。だが、忠常、忠也らにうまくかわされてしまい、実現することはなかった。

家綱が日光へ下向する際に護衛として忠常と緋之介を召しだし、その間に始末しようと企み刺客を送るが失敗に終わる。

『斬馬衆お止め記』シリーズ

真田信之に国替えの申し出を出すようにと進言するなど、松平伊豆守の真田家潰しの手助けをする。

『お髷番承り候』シリーズ

家綱が賢治郎のことを信頼しているのを知りながら、不相応な対応があれば賢治郎にも家綱に対してもはっきりと注意のできる人物。賢治郎を家綱の寵臣にと考えている。

旗本ばかりが殺される事件が続いた際は賢治郎に囮役《おとり》を命じたり、家綱に側室を勧めるよう頼んだりと、しばしやりづらい用を命じる。が、どれも賢治郎の剣の腕や家綱からの信頼の厚さを買ってのこと。

ゆくゆくは賢治郎を寵臣として必要と考え、未熟で軽率さの目立つ家綱にも指導をする。

家綱が賢治郎を密使として使った際は、周囲への影響と賢治郎への危険を考えるよう伝える。その後、病床の松平伊豆守と面会し、賢治郎のため人を出すよう頼む。自分が生きている間のみと言う松平伊豆守に、「この一件が終わるまで生きろ」と伝える。

賢治郎が失言をして目通りを禁じられたことを知り、一度口にしたことを簡単に取り消すことはできないと、君主としての言葉の重みを家綱に諭す。その後、主馬の松平家、婿養子入りした深室家の両家から賢治郎絶縁の手続きが出されたことを家綱に報告。手続きが済むのに一ヶ月かかることを伝える。処理をする右筆（文官）には、賄賂を受け取って処理を早めることのないようにと釘を刺す。

大名の襲封への立ち会いの席で会った堀田備中守（家綱家臣）に、真の寵臣になれと伝える。

賢治郎を呼び出し、寵臣ではなくお花畑番として家綱に仕えるという賢治郎の意思を聞く。

●上田秀人コメント

阿部豊後守は松平伊豆守と並んで扱われることが多いですが、『織江緋之介見参』シリーズでは松平伊豆守より深い部分で将軍家光を愛した存在として描いています。松平伊豆守の家光に対する忠義は男色によるところが大きい一方で、阿部豊後守の忠義は松平伊豆守とは別のところに根ざしていると。そうすれば、幕閣の人間模様を描くうえで多様なアプローチができると思ったんです。

天草忍【あまくさしのび】

『将軍家見聞役 元八郎』シリーズ

島原の乱を生きのびたキリシタンである忍。幕府がひっくり返るほどの秘密（春日局がキリシタンであること）を握っているため、現在まで生き延びることができた。

熊本藩主・細川宗孝が将軍家と姻戚関係になったため金が必要になり、わずかな禄を減らされる。そのため、江戸城の刃傷事件を仕組んで、宗孝を始末した。

荒木 村重【あらき・むらしげ】

一五三五年（天文四）～一五八六年（天正十四）

摂津の武将。織田信長の才能に早くから気付き臣従する。家臣の裏切りが発覚し、信長に殺されると思いこんで自暴自棄となり、信長への謀反を行う。最後は毛利氏の元に逃げ、信長が亡くなると茶人として再び世に現れた。

『日輪にあらず 軍師黒田官兵衛』

織田と誼《よしみ》を通じたい官兵衛を羽柴秀吉に紹介した。謀反を起こした際には説得にやってきた官兵衛を土牢に十ヶ月も監禁。官兵衛の足に障害を残した。

淡路屋 後右衛門【あわじや・ごうえもん】

『将軍家見聞役 元八郎』シリーズ

京都で履物屋を営む。但馬屋後兵衛とは旧知の仲で、彼に頼まれて京都を訪れた元八郎の面倒を見る。

安国寺 恵瓊【あんこくじ・えけい】

？～一六〇〇年（慶長五）

毛利家の使僧。

『日輪にあらず 軍師黒田官兵衛』

羽柴秀吉が備中高松の清水宗治を攻める際に、毛利氏からの依頼で和睦の使者を務める。何度か交渉は決裂したが、信長の死を知らされ毛利に和睦を勧めた。

安藤 帯刀 直清

【あんどう・たてわき・なおきよ】

一六三三年(寛永十)?～一六九二年(元禄五)?

安藤直次(老中)の娘の子。安藤家の直系が絶え、養子に入ったあと家督を継いだ。六歳年上の徳川光貞に気に入られ、側に仕える。

『お髷番承り候』シリーズ

父・頼宣に巻き込まれ家が潰れるのを恐れる光貞に、頼宣に隠居してもらうことを提案する。

光貞に任されたことを堀田備中守に報告し、頼宣の隠居がうまくいったあかつきに、遠江《とおとうみ》掛川の拝領を約束される。

頼宣が黒鍬者《くろくわもの》へは何もせず様子を見る姿勢であると、根来《ねごろ》衆の導師より知らせを受けた。すると家綱との繋《つな》がりを失った頼宣の様子を見ようと考える。

安藤 対馬守 重博

【あんどう・つしまのかみ・しげひろ】

一六四〇年(寛永十七)～一六九八年(元禄十一)

『織江緋之介見参』シリーズ

御三家紀州徳川の付家老。吉原西田屋の格子女郎・霧島を敵娼にしている。堀田家が改易《かいえき》になったため、佐倉にある城の受け取りを任じられる。無事受け取りを終えて江戸へ戻るとすぐさま吉原へ。そこで緋之介を発見し、連れて来ていた家臣に捕縛を命じる。ところが失敗し、緋之介とともにいた徳川光圀に事を収めるようにと言われる。緋之介を捕まえようとしたのは暗殺を試みている刀鍛冶・旭川と関係があるためだった。

飯篠 新無斉【いいざさ・しんむさい】

『斬馬衆お止め記』シリーズ

真田家のお抱え忍び集団・神祇衆《じんぎしゅう》の頭。娘の霞ら神祇衆に命じて真田家を守る。

伊賀者【いがもの】

幕府の忍。四つに分かれる。

御広敷伊賀者：大奥の警護をする。

明屋敷伊賀者：明屋敷や御用屋敷を管理する。

山里伊賀者：江戸城の逃口である山里の口を護衛する。

小普請方伊賀者：江戸城の屋根や壁の崩れを修繕する。

『将軍家見聞役 元八郎』シリーズ

田沼意次に届ける密書を京都所司代酒井讃岐守忠用から預かるが、行方が分からなくなる。江戸に残った半田小平太らに状況から死亡と判断される。

『大奥騒乱 伊賀者同心手控え』

大奥を守る役目についている。

『斬馬衆お止め記』シリーズ

松平伊豆守の命によって真田家を探る。

池田 新右衛門【いけだ・しんえもん】

『将軍家見聞役 元八郎』シリーズ

太捨《たいしゃ》流の池田道場主。元八郎の父・順斎とはともに修行をした仲。元八郎に二天一流や宝蔵院の三日月鎌槍について教える。

る。

池田 恒興【いけだ・つねおき】

一五三六年(天文五)～一五八四年(天正十二)

信長の乳兄弟。幼少の頃から信長に仕える。

『日輪にあらず　軍師黒田官兵衛』

信長の死後、清洲で後継者を決める会議を開き、三法師(織田信忠の子)を後継者に推す秀吉を支持する。

石谷 左近将監 貞清【いしがや・さこんしょうげん・さだきよ】

一五九四年(文禄三)～一六七二年(寛文十二)

『織江緋之介見参』シリーズ

町奉行。吉原の名代を呼び出して、吉原移転の内示を伝える。名代たちには幕府から命令されるまでもなく、自分たちから吉原移転を希望するようにと願い出る。その後、大火によって吉原の楼閣がすべて焼けたため、吉原はやむなく日本橋へ移ることとなった。その後体調を崩して役を退いている。

石田 三成【いしだ・みつなり】

一五六〇年(永禄三)～一六〇〇年(慶長五)

豊臣秀吉の家臣。秀吉に可愛がられ、彼の死後は徳川家康と関ヶ原で戦った。しかし、一日で決着がつき敗北。京都の六条河原で首を斬られた。

『日輪にあらず　軍師黒田官兵衛』

若さゆえか、官兵衛を呆《あき》れさせる策を多く実行してしまっていた。

和泉 五左衛門【いずみ・ござえもん】

『織江緋之介見参』シリーズ

和泉多紀の父親。浪人中のうえ、家宝の村正を盗まれ生活資金に困り、泣く泣く娘を吉原へ奉公に出し金を受け取る。

和泉 多紀【いずみ・たき】

『織江緋之介見参』シリーズ

和泉五左衛門の娘。浪人の父に仕官先がなく、家にあった家宝の刀剣・村正が盗まれたので、家族を養うために吉原で奉公することになった。

出雲【いずも】

『織江緋之介見参』シリーズ

大奥別式女衆の頭。堀田備中守正俊に呼び出されて緋之介始末を命じられ、配下の三人にその役を任せるも失敗する。

伊豆山【いずやま】

『お髷番承り候』シリーズ

綱重に味方せよ、という順性院の申し出を断った賢治郎を兵庫の命で襲うが、返り討ちにされ左手を失う。

磯崎【いそざき】

『織江緋之介見参』シリーズ

日光への下向する将軍・家綱の先見役を引き受けた緋之介、小野忠常を狙った刺客。他の刺客と共に仁藤の指示で戦ったが、緋之介に返り討ちにされた。

板垣 図書【いたがき・ずしょ】

『将軍家見聞役 元八郎』シリーズ

土佐藩留守居役。一条道香と通じて密貿易を行おうと企む。加賀での密貿易のカラクリを摑もうとする元八郎を始末するため、一領具足を動かす。

板倉 佐渡守 勝清【いたくら・さどのかみ・かつきよ】

一七〇六年(宝永三)～一七八〇年(安永九)

『将軍家見聞役 元八郎』シリーズ

若年寄となったため板倉一族の期待を背負っている。

板倉 修理 勝該【いたくら・しゅり・かつかね】

?～一七四七年(延享四)?

『将軍家見聞役 元八郎』シリーズ

本家争いで若年寄板倉佐渡守ともめていたが、若年寄となった板倉佐渡守が板倉一族の期待を集めるため、板倉修理は邪魔になった。そんな板倉家と君主の浪費を止めたい細川家の利害が一致して罠《わな》にはめられ、修理は江戸城内で誤って細川越中守を刃傷する。乱心として、幕府から切腹を命じられた。

井谷 左馬助【いたに・さまのすけ】

『織江緋之介見参』シリーズ

阿部豊後守の家臣。宿場での昼食の際、

阿部豊後守が忠常や緋之介と面会するために取り次ぎを行った。

伊丹 播磨守【いたみ・はりまのかみ】

『織江緋之介見参』シリーズ

勘定奉行。神尾備前守から吉原の運上（税金）が半分になると相談され慌てる。

一条 兼香【いちじょう・かねか】

一六九三年（元禄五）〜一七五一年（寛延四）

『将軍家見聞役 元八郎』シリーズ

朝議を主催するなど、病気静養中の関白に代わって事務を行う。その後、関白へと昇進した。桜町天皇を廃して幼い天皇の補佐として権力を握るために、朝廷と幕府の関係悪化を企んだが、桜町天皇に幕府の真意を知らせた元八郎によって企みは阻止された。

一条 道香【いちじょう・みちか】

一七二二年（享保七）〜一七六九年（明和六）

『将軍家見聞役 元八郎』シリーズ

一条兼香の子息。摂政をしていたが、伏見宮が先帝の遺言を盾にしたために、摂政を離れることになる。その後外国との交易を行ってあがりを手にしようと画策していたが、失敗に終わる。腹いせに伏見宮を殺害しようと刺客を雇うが、隠珀と菊次郎の活躍によってこれも阻止されてしまう。

一太【いちた】

『織江緋之介見参』シリーズ

揚屋《あげや》井筒屋の若い衆頭。揚屋が立て替えた代金を吉原で遊んだ客から回収する。その最中おうぎ屋の忘八に襲われるが、おうぎ屋主人のしまに口止め料を渡され、なかったことにする。

市之助【いちのすけ】『織江緋之介見参』シリーズ

吉原西田屋の忘八。緋之介に小伝馬町の牢獄の恐ろしさを教える。

一領具足【いちりょうぐそく】『将軍家見聞役 元八郎』シリーズ

武芸に秀で、忍の技術を持つ土佐の郷士。加賀藩士に成りすまして元八郎の命を狙うが、失敗に終わる。

一郎兵衛【いちろべえ】『お髷番承り候』シリーズ

黒鍬者。牧野成貞の命で賢治郎の始末を任され、組頭である堀田善衛に報告しに行った。

牧野成貞の別命で田中矢右衛門と彼を知る者の始末を任された。

厳島【いつくしま】『将軍家見聞役 元八郎』シリーズ

能登忍の長。元八郎に海外との交流が必要な能登の現状について話し、密貿易、難破した朝鮮人を見逃して欲しいと乞う。

井筒屋 一太郎【いづつや・いちたろう】

『織江緋之介見参』シリーズ

井筒屋の若旦那。藤島太夫にほれ込んでおり、なかなか会おうとしない彼女に嫌がらせをするが、緋之介に阻止される。その後、回状が出されたため吉原に入ることすらできなくなる。

井筒屋 弥左衛門【いづつや・やざえもん】

『織江緋之介見参』シリーズ

札差業を営む、藤島太夫のなじみ客。藤島太夫に会うため一晩で十両もの金を使うほど執心。最後には千両とも言われる大金で藤島太夫を身請けする。

いづや 総兵衛【いづや・そうひょうえ】

『織江緋之介見参』シリーズ

遊女屋いづやの主で、吉原創成に加わった一人。行くところのない緋之介をいづやに滞在させる。実は徳川家康の小姓で本名は稲田徹右衛門。家康から託された明王朝の金印を守るために吉原に居り、金印を奪いにきた伊賀者を道連れにして死んだ。

伊都【いと】

『お髷番承り候』シリーズ

根来衆のくノ一。身元を偽り徳川家綱の大奥へ入る。家綱を始末する機会を探る。

伊胴 元弥【いどう・げんや】

『お髷番承り候』シリーズ

田岡源兵衛が手配した口入れ屋嘉平に賢治郎の始末を依頼されるが、返り討ちにされる。

伊藤 成治【いとう・なりはる】

『将軍家見聞役元八郎』シリーズ

将軍家お側役・大岡出雲守忠光の腹心。元八郎と忠光のつなぎ役として働く。襲われた忠光を守ろうとして死を遂げた。

稲葉 美濃守 正則【いなば・みののかみ・まさのり】

一六二三年(元和九)〜一六九六年(元禄九)

江戸時代前期の大名で二代小田原藩主。老中。春日局の孫でもある。

『織江緋之介見参』シリーズ

最年少の老中で、堀田上野介正信からの上申書に困惑する。

『お髷番承り候』シリーズ

堀田備中守は彼の女婿にあたる。また堀田備中守は正則の祖母春日局に養子入りしているため、義理の兄弟でもある。家綱に目通りした際、初めて賢治郎の姿を目にする。その後、賢治郎の始末に手間取っている堀田備中守を呼び出し、苦言を呈した。

稲村 宗次郎【いなむら・そうじろう】

『織江緋之介見参』シリーズ

柳生に仕える。吉原に入り緋之介のことを調べていたが、酒を飲んで戻ったため激怒した宗冬に殺された。

井上 市之丞【いのうえ・いちのじょう】

『将軍家見聞役 元八郎』シリーズ

大垣の浪人で、神陰流の剣士。扇子《せんす》しか持たない柳生主膳に挑むが、完敗して気絶させられる。

隠珀【いんはく】

『将軍家見聞役 元八郎』シリーズ

怪我を負った元八郎を介抱した。宝蔵院一刀流の使い手で、元八郎の師匠である惣次郎の師だと名乗る。元八郎が「宝蔵院一刀流は多人数を相手に戦えない」と考え違いをしていることを見抜き、修行のやり直しと奥義の伝授を行う。

江戸に戻った元八郎の代わりに伏見宮邸を警護し、現れた黄泉の醜女を倒す。それ以後伏見宮屋敷に住みつく。

●上田秀人コメント

元八郎の父・順斎が死んだあと、彼の代わりになる存在が物語を進めるうえでどうしても必要になりました。それが隠珀です。順斎と同じく、ときに元八郎を厳しくたしなめ、またときにこの上なく頼もしい助っ人になる。彼がいるからこそ物語は活性化します。

上島 常也【うえしま・じょうや】

『織江緋之介見参』シリーズ

老中・阿部豊後守忠秋の留守居役。実は忠秋の弟。緋之介の命を狙うが敵《かな》わないと悟り、忠秋と対面させる。

その後も何度となく緋之介抹殺を図るが失敗し、業を煮やした忠秋から叱責されて次に失敗すれば放逐すると言い放たれる。

宇喜多 直家【うきた・なおいえ】
一五二九年(享禄二)～一五八一年(天正九)

備前の武将。主君・浦上宗景を追い出すという下剋上によって領主となった。初め毛利についていたが、後に織田に寝返る。

『日輪にあらず 軍師黒田官兵衛』

官兵衛の説得によって毛利を裏切り織田方についた。官兵衛とは互いに認め合った関係である。

卯萩【うはぎ】

『織江緋之介見参』シリーズ

吉原陣屋の遊女。もとはいづやに居た。緋之介を見張るためにやってきた奥村八郎右衛門の相手をする。

永道斉【えいどうさい】

『斬馬衆お止め記』シリーズ

殿中の雑事をこなす御殿坊主。土井大炊頭利勝から真田信政暗殺を請け負い、御霊《みたま》屋《や》坊主の宗達に依頼した。信政暗殺が失敗に終わると、今度は真田信之の殺害を命じられる。しかし、これも失敗。再度信之殺害を命じられたが、戦陣坊主が居なくなったことを理由に断った。

江戸柳生家【えどやぎゅうけ】

『将軍家見聞役 元八郎』シリーズ

将軍家に使える柳生家。柳生家でありながら柳生の印可《いんか》を持っていない。その弱みを主膳につけ入れられる形で元八郎の命を狙う。しかし「暗殺者は指南役に相応《ふさわ》しくない」と将軍から苦言を受け、藩を守ることを優先して主膳と縁を切り、元八郎の暗殺から手を引く。

円城寺 市正【えんじょうじ・いちまさ】

『織江緋之介見参』シリーズ

鳥見組頭。沙弓を助けに来た緋之介に敗れ、緋之介から彼女が水戸家の姫だと聞かされる。鳥見役を存続させるために沙弓を緋之介に返し、後ろ盾として阿部豊後守忠秋の力を借りる。

円宗【えんそう】

『将軍家見聞役 元八郎』シリーズ

寛永寺の僧侶。家重の駕籠《かご》を襲った実行犯。寛永寺に乗り込んできた元八郎を始末しようとしたが返り討ちにあって死んだ。

遠藤 玄左郎【えんどう・げんさろう】

『将軍家見聞役 元八郎』シリーズ

徒目付頭。田沼意次の命令で加賀の江戸藩邸にもぐりこんだが、誰ももどってこないことを報告。意次に見捨てられそうになったため、意地を見せて最後の機会をもらう。八人を率いて再び江戸藩邸に忍び込むが、自分だけが生還する。その後意次に頭を下げ、死んだ者の家が家督を継げるように願い出る。

おあん

『将軍家見聞役 元八郎』シリーズ

京都の履物屋・淡路屋の女中。元八郎が淡路屋に滞在している間、彼の身の回りの世話をする。

大居 但馬【おおい・たじま】

『織江緋之介見参』シリーズ

堀田家の江戸家老。正信を隠居させる手続きに奔走する。

大浦 権太夫【おおうら・ごんだゆう】

?〜一六六五年(寛文五)

『将軍家見聞役 元八郎』シリーズ

対馬《つしま》藩国家老。元八郎の人柄を信頼し、朝鮮を経由した琉球行きに娘の数江を同行させる。

大岡 出雲守 忠光【おおおか・いずものかみ・ただみつ】

一七〇九年(宝永六)〜一七六〇年(宝暦十)

一七二四年(享保九)に、後の九代将軍である徳川家重の小姓となる。言語不明瞭な家重の言葉を理解できる者として、将軍の側にいて取り次ぎを行い、出世していく。

『将軍家見聞役 元八郎』シリーズ

一族の大岡越前守忠相の紹介で元八郎を知り、さまざまな謎や事件を彼に解決させるよう命じる。田沼主殿頭意次に負わされた怪我が災いし亡くなった。

●上田秀人コメント

将軍家重のためになるのであれば手段を選ばずなんでもやる。逆にメリットがないことは絶対にやらない。そういう人物として描いています。ですから時に主人公とも対立します。

大岡 越前守 忠相【おおおか・えちぜんのかみ・ただすけ】

一六七七年(延宝五)〜一七五一年(寛延四)

大岡忠高の四子として生まれ、大岡忠真の養子となる。養父の家督を継いでからは書院番、御使番、御目付などを歴任し、一七一七年(享保二)から町奉行を務めている。

『将軍家見聞役 元八郎』シリーズ

南町奉行から寺社奉行へ転出となった。定町廻り同心をしていた元八郎の力を見込んで自らの家臣とした。九代将軍家重の忠臣である大岡出雲守忠光に元八郎を引き合わせ、元八郎が将軍家見聞役となるきっかけを作っている。元八郎が家臣でなくなってからも助言や協力をし、江戸城で板倉修理による刃傷事件が起きた際には手を引くように助言している。

●上田秀人コメント

将軍吉宗に対する忠誠だけで出世した人物。たえず吉宗側に立つので、主人公と敵対することもしばしば。

大奥別式女衆【おおおくべっしきめしゅう】

『織江緋之介見参』シリーズ

大奥で必要になる武力をになう女武者。阿部豊後守の依頼で、緋之介を始末するために男装して吉原に侵入するが、緋之介に剣を握れないように腱を斬られ、自害する。

大島【おおしま】

『大奥騒乱　伊賀者同心手控え』

大奥の表使い。大奥と外部との関わり全

てを管理する。実家は八百石の旗本。

伊賀者・一兵いわく美しいが眉《まゆ》が濃すぎる顔立ち。大奥上臈の飛鳥井の命を受けて松平越中守定信を警戒することに。中臈の佐久間が無頼（ごろつき）に狙われた際の対応の良さを買い、一兵を手駒とする。筆頭上臈の高岳が金を盗まれた際は一兵から事情を聞き、盗まれた額と日時を彼に伝えることで事件解決に協力した。

大奥で最も身分の低いお末の話から、中臈おすわが懐妊しているのではないかという推測を立てる。ただちに飛鳥井に報告し、奥医師から話を聞きだしたり一兵におすわの実家を調べさせたりした。一兵の報告により懐妊の事実、さらに大奥に侵入者があったことを知ると、一兵には侵入者の排除を命じ、その足で飛鳥井におすわの懐妊を報告。しかし、侵入者の始末に失敗する。後に侵入者が松平越中守定信と繋がっていることを聞かされ、飛鳥井に報告。そこで飛鳥井から己らの行く末（おすわが子を産み、滝川が筆頭上臈になれば大奥を追い出され、実家も潰される）を諭され、大奥上臈第二位の花園（上臈に代わり諸事を任される女中）を使っておすわの排除を企む。それが失敗し、滝川が警護の女中を手配したことを知ると、一兵におすわ暗殺を命じた。

●上田秀人コメント

プライドの高い女性です。伊賀者に対して人間とも思っていない。一兵が孫会社の営業だとすると、彼女は本社の重役秘書といったところ。だから、大島と一兵は仕事以外で接触することはありません。

太田川【おおたがわ】

『斬馬衆お止め記』シリーズ

松代藩士。幕府の草（隠密）であったが真田家に寝返った。屋敷に忍び込んだ伊賀者を始末している。

太田 辰之介【おおた・たつのすけ】

『斬馬衆お止め記』シリーズ

山里伊賀組に属する。真田家の中屋敷に忍び込み、唯一生きて戻って来た。その後、仲間とともに伊織へ復讐を決行するが失敗、ただ一人生き残る。松平伊豆守から、壊滅状態となった山里伊賀組の再建を任された。

大津屋 しま【おおつや・しま】

『織江緋之介見参』シリーズ

家康のお墨付きである吉原に手出しができないため、内部から壊そうと試みた阿部豊後守に乗せられていた一人。百両で西田屋の首を買う（殺してほしい）と緋之介に申し出るも、断られる。それ以外にも吉原のしきたりに反した経営や、忘八に西田屋の酒に薬を盛ろうとしたことがばれて、西田屋甚右衛門を怒らせる。甚右衛門の報復によって人別を失い、吉原の外に戻れなくなる。

大髑髏組の六兵衛【おおどくろくみのろくべえ】

『織江緋之介見参』シリーズ

御影太夫に入れ込んでいるが相手にされ

ず、伝奏《てんそう》屋敷へ向かう途中の御影太夫を力ずくで奪おうとする。しかし、助けに入った緋之介に殺される。

大山崎 伊豆介【おおやまさき・いずのすけ】
『将軍家見聞役 元八郎』シリーズ

一条道香の家人。道香が土佐藩と通じ密貿易を行うに際して、田沼意次の許可をもらうために江戸を訪れる。

大山 高衛【おおやま・たかえ】
『お髷番承り候』シリーズ

小納戸組頭で賢治郎の上司。賢治郎が月代《さか やき》御髪《おぐし》の職務に入る際、人払いすることを反対した。その後も賢治郎が出過ぎたことをしないか目を光らせる。

大山 伝蕃【おおやま・でんば】
『お髷番承り候』シリーズ

牧野成貞に雇われ、甲府館を襲い兵庫と対決するが、逃亡に成功。甲府館襲撃での手腕を買われ、綱重の家臣・新見備中守に逆に雇われる。旗本殺害の依頼を受け、仲間の浪人を集めて襲う。囮となっていた賢治郎と対決し、仲間を殺されて逃走。結果を知った新見備中守に身を隠すよう言われ、しばらくその通りに従う。

その後、江戸に戻った徳川頼宣の紀州邸に賢治郎が入ったことを知った新見備中守から、再び賢治郎を始末するよう命じられる。しかしまたも失敗し、賢治郎の小太刀で致死の傷を負った。

お鏡【おきょう】

『将軍家見聞役 元八郎』シリーズ

貞五郎の妻。貞五郎が関取になったときに結婚している。一時期荒れていた貞五郎が改心した時に、金を借りて料理屋を始めると、そこの女将《おかみ》として切り盛りをしている。

奥村 権之丞【おくむら・ごんのじょう】

『織江緋之介見参』シリーズ

松平伊豆守信綱の家臣でかつて男色の相手をしていた。堀田上野介正信暗殺の際に信綱の差し向けた刺客が皆殺しにされたため、その犯人を捜し出すように命じられる。弟の八郎右衛門を使って緋之介を殺害しようとするも失敗した。

さらに刺客を雇って緋之介の始末を図るが、またしても失敗。煙硝蔵《えんしょうぐら》の爆発を緋之介に妨害された松平伊豆守から叱責を受ける。その後松平伊豆守の死去とともに名誉挽回の機会のないまま彼に殉死している。

奥村 八郎右衛門【おくむら・はちろうえもん】

『織江緋之介見参』シリーズ

松平伊豆守信綱の家臣・奥村権之丞の弟。八百石取りの旗本。過去に信綱のスパイとして軍学者・由井正雪の弟子になり、彼の謀反を報《しら》せたことによって旗本に推挙された。権之丞から、堀田上野介正信暗殺の際に刺客を皆殺しにした犯人を捜し出すように命じられる。緋之介の情報を握ると権之丞とともに信綱に報告。緋之介殺害を命じられ、吉原で狙うも失敗する。その後、高崎で再度襲うも敗北。権之丞から絶縁された。

小河 三河守【おごう・みかわのかみ】

『日輪にあらず 軍師黒田官兵衛』

小寺家の宿老。織田信長に不信感を持ち、味方することに反対する。

長田屋【おさだや】

『織江緋之介見参』シリーズ

研ぎ師。松山藩主・織田山城守長頼から預かった村正を盗まれ、その責任を取って馴染みの遊女・松葉と心中する。

おすわ

『大奥騒乱 伊賀者同心手控え』

大奥上臈第四位・滝川の部屋子。本名は須摩。将軍家治の子を宿した。このことで命を狙われ、将軍から賜った鱚《きす》を食べて体調を崩す。田沼主殿頭意次の進言によって家治から暇を与えられ、紀州の高家、松平家に預けられる。

織田 信長【おだ・のぶなが】

一五三四年(天文三)〜一五八二年(天正十)

尾張国の戦国武将。味方する者には増援や褒美を惜しまないが、裏切り者には容赦しない苛烈な性格。本能寺の変で家臣の明智光秀の謀反によって倒れる。

『日輪にあらず 軍師黒田官兵衛』

羽柴秀吉の仲介によって出会った官兵衛を気に入り、愛刀を渡している。荒木村重が謀反を起こし、説得に向かった官兵衛が戻らなかった時は裏切られたと思い、人質にしていた官兵衛の息子を殺すように命じる。しかし、息子は秀吉の計らいにより生き延びた。秀吉と官兵衛が備中高松の清水宗治を攻めている最中に家臣の明智光秀に本能寺で襲撃され、自害した。

織田 山城守 長頼【おだ・やましろのかみ・ながより】

一六二〇年(元和六)～一六八九年(元禄二)

『織江緋之介見参』シリーズ

大和《やまと》国宇陀《うだ》郡松山藩主。研ぎ師に預けた村正を家臣に探させる。信長愛用の村正の威光にすがり付いている。

玉蘭【オツラン】

『将軍家見聞役 元八郎』シリーズ

洪啓禧の娘。父とともに来日し、元八郎に助けられる。元八郎が朝鮮経由で琉球へ行こうとしたときに再会し、無理やり同行する。

朝鮮の難破船の乗務員を日本へ迎えに来た時にも元八郎と再会。元八郎を慕い、彼といるため日本に残ろうとするが、元八郎に諭され帰国する。

●上田秀人コメント

子供ができたため、香織が元八郎に同行しない場合もでてくるので、ヒロインがもう一人いると考えて登場させました。

鬼瓦の弥介【おにがわらのやすけ】

『将軍家見聞役 元八郎』シリーズ

名古屋の岡っ引き。大坂屋の押しこみについて順斎から尋ねられ、遺体の絵図を見せている。

小野 次郎右衛門 忠常 【おの・じろうえもん・ただつね】

?～一六六六年（寛文五）

『織江緋之介見参』シリーズ

緋之介の父。書院番兼将軍家剣術指南役。緋之介と柳生との事件を知らぬまま息子の行方を案じていた。行方が知れると緋之介の助けとなる。緋之介が松平伊豆守信綱に剣を向けると、家を案じて彼を行方知れずとし籍から抜いた。

阿部豊後守忠秋から緋之介殺害を命じられた際は、忠也の助言により期日のないことを利用して命を無視する策に出た。忠秋が老中としての命令であると権力を行使するも、自分たちが仕えるのは老中ではなく、将軍一人のみとしてその命を絶った。

その後、阿部豊後守忠秋と上島常也の策により、緋之介とともに家綱の日光下向の護衛を命じられ、家綱の命を狙う死兵から家綱を守り抜いた。

●上田秀人コメント

小野家はずっと柳生家と比べられていたのだと思います。向こうは万石なのに、小野家ははじめ六百石です。ともに将軍家の御手直役なのにあまりにも差が大きい。忠常はその差を埋めたい一心で将軍家綱に仕えます。実直で、家格を上げるために努力を惜しまない人物です。

小野 忠於 【おの・ただお】

『織江緋之介見参』シリーズ

小野次郎右衛門忠常の嫡男で緋之介の兄。緋之介とは歳《とし》がかなり離れている。道場にやってきた緋之介と試合をし、彼を負かした。

小野 典膳 忠也【おの・てんぜん・ちゅうや】
一六〇二年（慶長七）～一六四九年（慶安二）
『織江緋之介見参』シリーズ

小野忠常の弟で緋之介の叔父。剣術において天性の才覚を持ち、激烈な修行をした。五十歳を過ぎると広島に道場を開き、弟子を取るように。江戸に来ると緋之介のもとを訪れ、稽古をつけた。広島へ帰る際、緋之介に伊藤一刀斎（小野一刀流始祖・小野忠明の師匠）から教わった全てを叩きこみ、また遊女の霧島を身請けした。その後行われた家綱日光下向の際、刺客に襲われる家綱の護衛を任された緋之介の助太刀をしている。

●上田秀人コメント

緋之介の人生の指南役のひとりですね。叔父ということもあって助言を与えるにしても、忠常ほど厳しくない。吉原の女性とくっつけたのは、彼女たちの運命のひとつに「身請け」ということがあるのを示すためでした。

お吉【およし】
『織江緋之介見参』シリーズ

かつては辰二郎とともに美人局《つつもたせ》を行っていたが、奥村権之丞を罠にはめようとした際に見初《みそ》められ、彼の妾となった。

織江 緋之介【おりえ・ひのすけ】
『織江緋之介見参』シリーズ

主人公。本名は小野友悟。

ふらりと吉原に現れ遊女屋いづやに滞在している最中、他の店で取り籠《こ》もり事件が発生。犯人を斬ることで事件を解決させた。行くところのない緋之介はこのことがきっかけでいづやに滞在することになった。それからはいづやの用心棒的存在となり、揉《も》め事の解決にあたるように。

彼が偽名を名乗っているのは、逃亡中の身であるためだ。実家は将軍家指南役の小野家で、同じ指南役の柳生家に狙われていた。柳生十兵衛三厳の養女・織江と婚約をしていたが、十兵衛三厳が弟である烈堂和尚《おしょう》に襲撃されたのを目撃したことで緋之介の運命が変わる。緋之介が十兵衛三厳の元に駆け寄った時、彼の命は尽きようとしていた。そんな十兵衛三厳から緋之介は柳生流の秘太刀・飛燕《ひえん》を教わる。そして襲撃のことは誰にも話すなと口止めをされ、彼を看取った。その後、烈堂たちも見物する中で剣の才覚がある織江と立ち合い、はだけた彼女の乳房を見たことで不覚にも飛燕を使ってしまった。このことで十兵衛三厳殺害を目撃していたことが烈堂に知れてしまい、その日の夜に襲撃に遭う。追ってきた烈堂を斬って大和から江戸へ逃亡し、吉原にやってきたのだ。吉原を選んだ理由は女の乳房を見ても揺らがないように修行するためだった。この時彼は二十五歳だが、まだ女を知らなかった。

いづやは緋之介を殺そうとする柳生と、いづやが隠し持っている明王朝の金印を欲しがる松平伊豆守信綱から狙われることになり、数々の刺客が襲いかかる。刺客らには勝利するも自らを好いてくれた御影太夫と桔梗、誤解が解けてともに戦ってくれた織江、総兵衛を喪《うしな》った。いづやの織江緋之介として信綱を斬ろうとするが、ひょんなきっかけで出会い縁深くなった徳川光圀に止められる。幕府に刃向かったとみなされた緋之介を実家の小野家はそのままにしておくわけにもいかず、一連の事件で起こった火災（明暦の大火）によって行方不明になったことにした。このため緋之介は籍のない人間となる。その後、失意を抱《いだ》いたまま江戸から出て行った。

江戸から出た緋之介は一切の食事も休憩も取らずに歩き続けたことにより倒れ、高崎の刀鍛冶・旭川に拾われる。しばらく旭川の元に滞在していたが、光圀の使いである遊女・明雀の説得により江戸に戻ることに。いづやはすでにないため西田屋の世話になり、さらに籍のない緋之介のために光圀が百俵の士籍を作っておいてくれた。緋之介はそんな光圀に全てを委《ゆだ》ね、命を聞く。

吉原で起こる騒ぎの仲裁をしつつ、突如やって来る刺客を返り討ちにしている緋之介。そんな折、光圀の命により高崎へ行くことになる。徳川忠長の家臣であった旭川と関係があるらしい。旭川と再会すると、忠長が自害した原因は将軍家が安藤家に命じたからだと聞かされる。その証拠となる書付を入手すると、ここでも信綱の刺客が襲ってきた。返り討ちにするも旭川が銃弾に倒れ、彼の遺言により書付は光圀に渡された。

余命わずかとなった信綱の魔の手が再び襲いかかり、信綱の手配で役付にされそうになる。お役につけば定期的に登城しなければならず、なにより吉原に住むことなどできない。緋之介は光圀の助言により隠居勘当され、再び浪人になった。そこに浪人狩りが始まり、緋之介は身の危険にさらされるが、光圀からの命を果たすために度々吉原から出ていた。案の定尋問に遭うが、叔父の忠也の助けによって事なきを得る。

光圀からの命は、保科家の姫が亡くなった真相を調べることであった。その先で、鳥見役を使い信綱が飼っている鷹匠頭を始末した阿部豊後守忠秋と対面する。彼は緋之介を狙っており、更に忠秋の弟・上島常也から保科家の姫の一件の真相を聞かされる。

煙硝蔵の爆発事件が起きた際には、阿部豊後守から事件に関わるなと忠告され、光圀が煙硝蔵を持っていること自体に疑問を感じて調査を始めた。稽古の帰りに偶然通りかかった堀田邸で火事場泥棒を退け、堀田家の家老と知り合うが、礼に訪れた際に堀田家にかかわらないで欲しいと言われる。調査はその後も行い、復興した堀田邸に煙硝蔵が再建されていることを確認し、もう一度爆発が起きると踏む。

そんな折、緋之介の元に刺客が現れた。襲われたため反射的に斬ってしまうが、刺客が女性だったために後悔した緋之介は、部屋に籠もるようになる。だが緋之介を慕う沙弓、藤島太夫に励まされ、また叔父の忠也の激励を受けて立ち直り、煙硝蔵の爆発を食い止めるために動き始める。煙硝蔵の爆発を阻止すると黒幕である松平伊豆守から計画の全てを聞かされ、その力を見込まれて一門に迎えると言われるが、幕府を守るために個人をないがしろにする松平伊豆守のやり方に反発して、これを断った。

　再び光圀の命があり、村正の盗難事件を調べることに。真実に近付くためにも越前松平家、沙弓が所持している村正を守ろうとしたが、村正の真相から光圀を遠ざけたい徳川頼宣に妨害され、刀は本庄宮内小輔の命で動く黒鍬者に盗まれる。秘事を摑むのは時間の問題と考えた徳川頼宣が緋之介と光圀に秘事を伝える。その最中、藤島太夫に身請け話、沙弓に見合い話が持ちあがり、二人の女性からどちらかを選んで欲しいと言われた緋之介は沙弓を選択。二人は婚約した。

　安宅丸《あたけまる》を見学した将軍家綱を賊から守ったことで信頼され、日光下向の供を依頼される緋之介。綱重を将軍にするために動く死兵から家綱を守りきり、さらなる家綱の信頼を得ていく。さらに沙弓との婚姻が決まり縁ができたことで、周囲の人間は、緋之介は吉原に居てはいけないと考え彼を追い出した。彼らの思いを汲んだ緋之介は本名の『小野友悟』を再び名乗《なの》り、吉原を出ていく。

●上田秀人コメント

彼の生きる目的は居場所探しです。実家には帰れず、結婚相手の郷里にも入れない。なにを、どうして生きればいいのかわからない、そういう状態です。

　吉原という異界に自分の場所を見つけるのか、あるいはその外に新たな道を拓くのか。彼の行く末については執筆中もずっと迷っていました。個人的にとても思い入れが強いキャラクターです。吉原にいるのは諦《あきら》めた人たち。諦めているからこそ緋之介に希望の光を見ようとする。だから彼はいろんな人たちのいろんな思いを背負うことになるんです。

覚全【かくぜん】

『将軍家見聞役 元八郎』シリーズ

寛永寺の僧侶。家重の駕籠を襲った実行犯。寛永寺に乗り込んできた元八郎を始末しようとしたが返り討ちにあって絶命。

風花【かざはな】

『織江緋之介見参』シリーズ

西田屋の格子女郎。名のある商家の出身。織江緋之介の身の回りの世話をする。ずっと側にいた緋之介が自分には手を出さず、藤島太夫に紋付を贈ったことから意地になって彼に迫るも受け入れてもらえなかった。その後起きた椿の弥十郎襲撃事件で、緋之介が斬った死体を見て寝込んでしまう。

数江【かずえ】

『将軍家見聞役 元八郎』シリーズ

大浦権太夫の娘。父が元八郎に協力を申し出て、通訳として朝鮮を経由した琉球行きに同行。田沼意次の命令で動く薩摩藩士に誘拐されるが、元八郎らに助け出される。

上総屋 辰之助【かずさや・たつのすけ】

『お髷番承り候』シリーズ

江戸で評判の髪結い屋の主人。仮結いなしで髷の本結いができる確かな腕を持っている。賢治郎の髷結いの師。

小納戸月代御髪係に就くことになり見学を頼み込んだ賢治郎に、十日ばかり仕事をみただけでできるようになるものではないと叱る。未熟さを理解し一度は帰った賢治郎が翌日、翌々日と通うようになった五日目、根負けし見学を許す。

賢治郎が髪結い屋に通い続けるうちに、熱心な彼を受け入れるようになり、客と賢治郎の雑談にも加わるようになる。気さくな主人。

霞【かすみ】

『斬馬衆お止め記』シリーズ

真田家お抱えの忍である神祇衆の頭・飯篠新無斉の娘。自身も神祇衆として真田家に仕え、伊織に忍との戦い方を教える。伊賀者ともたびたび戦い、最後は弥介を助けようと左手に重傷を負う。騒動の数ヶ月後に婚姻した伊織と冴葉の監視を命じられる。

●上田秀人コメント

『斬馬衆お止め記』シリーズにはふたりのヒロインが登場します。森本冴葉と、この霞です。彼女は伊織を好きでしたが、上からの命令を聞かざるを得ませんでした。忍としての任務に翻弄された悲劇のヒロインです。

数屋 喜太【かずや・きた】

『斬馬衆お止め記』シリーズ

山里伊賀者で小頭を務める。三枝鋳矢とともに真田信政が持つ書付を奪い、鋳矢と二人だけ生き残った。その後、真田信吉の死の真相を知るために仙堂藤伯の診療所を漁《あさ》った。三枝鋳矢の号令のもと、伊織への復讐を決行するが、返り討ちにあう。

勝木 才助【かつき・さいすけ】

『将軍家見聞役 元八郎』シリーズ

柳生藩用人。留守居役もかねている傑物。柳生主膳から柳生の印可を譲る条件で、元八郎の始末を依頼される。将軍吉宗からの苦言で主膳の計画から手を引く。

加藤 寅之助【かとう・とらのすけ】

『将軍家見聞役 元八郎』シリーズ

南町奉行所の内与力。大岡越前守忠相の直臣。大岡越前守が寺社奉行になった際、吟味物調方に就任している。実は松平左近将監乗邑のスパイ。

神尾 備前守 元勝【かみお・びぜんのかみ・もとかつ】

一五八九年(天正十七)〜一六六七年(寛文七)

『織江緋之介見参』シリーズ

南町奉行。負役免除を取り下げてほしい吉原店主たちの取り次ぎ願いをあっさりと聞き流す。すると店主たちから運上(税金)を半分にすると脅されたため、勘定奉行に相談する。

余命わずかな松平伊豆守信綱に呼ばれ、緋之介を捕らえるために浪人狩りを行うよう命じられる。配下の与力に任せるがうまくいかず、緋之介が小野忠也の弟子を名乗ったため浪人として捕らえることが不可能になり信綱から任務の中止を言い渡される。その後、役を退いている。

神谷 志摩守 久敬【かみや・しまのかみ・ひさたか】

『将軍家見聞役 元八郎』シリーズ

勘定奉行。支配勘定となった元八郎の上司。朝鮮通信使が来日する旨を元八郎に伝える。

巌海和尚【がんかいおしょう】

『お髷番承り候』シリーズ

下谷坂本町の善養寺の住職。厳路坊の弟子で、厳路坊が己の修行の旅に出た後、賢治郎の面倒を見ている。

悩みや迷いがあったときに訪ねてくる賢治郎に、その都度修行をつけて諭す。また善養寺は賢治郎にとって唯一甘えられる場所でもあり、昼餉《ひるげ》や宿を求めて訪れる賢治郎を巌海は快く迎える。

将軍家綱の怒りを買い深室家を追い出された賢治郎を善養寺に置いたことも。賢治郎が厳路坊に叱られ座禅を組んでいる際、厳路坊とともに賢治郎を見張っていた黒鍬者を蹴散らし追い返した。

神戸 信孝【かんべ・のぶたか】

一五五八年(永禄元)～一五八三年(天正十一)

『日輪にあらず 軍師黒田官兵衛』

織田信長の三男。信雄よりも先に生まれているが、母の格が下のため弟とされた。

清洲会議で信長の後継者に推されるも秀吉によって阻止される。これに不満を抱き挙兵するが、柴田勝家の敗北を知って降参。信雄に捕らえられて自害した。

桔梗【ききょう】

『織江緋之介見参』シリーズ

いづやの遊女で、御影太夫の妹女郎（次期太夫）。実家は武家。御影太夫の代わりに緋之介から指名を受け、その後いづやに滞在することになった彼の身の回りの世話をするようになる。緋之介に惚れるも手を出されることはなかった。松平伊豆守信綱の使者が放った矢から織江を庇い重傷を負う。最期は緋之介に口吸いを求め、恋する女の変化を織江に教えて亡くなった。

菊池 主馬之助【きくち・しゅめのすけ】

『将軍家見聞役 元八郎』シリーズ

薩摩藩士で示現《じげん》流の使い手。近衛内大臣内前の雑色として、田安宗武の将軍継承を邪魔する元八郎を始末するために付け狙った。しかし、元八郎が空庵ら甲賀組に多勢で襲われていると助太刀に入る。最期は元八郎との一対一の斬り合いに敗れて、命を落とす。

生介【きすけ】

『織江緋之介見参』シリーズ

揚屋井筒屋の使い。兄貴分の一太とともに揚屋が立て替えた代金を吉原で遊んだ客から回収する。その最中おうぎ屋の忘八に襲われるが、おうぎ屋主人のしまに口止め料を渡され、なかったことにする。

北畠（織田）信雄【きたばたけ・のぶかつ】

一五五八年（永禄元）～一六三〇年（寛永七）

織田信長の次男。

『日輪にあらず　軍師黒田官兵衛』

明智光秀謀反の際には近江土山まで兵を進めるが、結局戦わなかった。清洲会議で信長の後継者に推されるも、秀吉によって阻止される。旧領を三法師（織田信忠の子）が手に入れたことに不満を感じ、徳川家康と手を組んで秀吉と戦った。しかし、こう着状態となり、家康に無断で和睦してしまう。

木津【きづ】

『お髷番承り候』シリーズ

山本兵庫に雇われた侍。綱重に味方せよ、という順性院の申し出を断った賢治郎を兵庫の命で襲うが、返り討ちにされる。

狐の源次【きつねのげんじ】

『将軍家見聞役 元八郎』シリーズ

人入れ人足稼業を行いながら十手を預かる。賭場を仕切っており悪事に手を染めている。柳生主膳とは賭場で知り合い、元八郎の捜索を依頼される。主膳の顔を知っているため口封じで殺された。

鬼頭 玄蕃介【きとう・げんばのすけ】

『斬馬衆お止め記』シリーズ

土井大炊頭利勝に雇われた浪人。大坂夏の陣で多大な成果をあげているが、手柄のためなら味方を犠牲にすることも厭《いと》わない。伊織と戦うも敗北した。

木村 縫殿之助【きむら・ぬいどのすけ】

『斬馬衆お止め記』シリーズ

真田家家老。真田信之に命じられ、信政の補佐を行う。

京屋 利右衛門【きょうや・りえもん】

『織江緋之介見参』シリーズ

遊郭京屋の主。京都島原からやって来て十年ほどで名主の一人になるほどのやり手。朝鮮通信使との茶席に向かう太夫を襲わせたり、金で揚屋を牛耳り自分の見世の女郎だけを揚げさせるように仕向けたりと悪行を重ねる。吉原惣名主になるため火事にまぎれていづやを潰しに来るも、緋之介に斬られた。

旭川【きょくせん】

『織江緋之介見参』シリーズ

高崎の城下はずれに住む刀鍛冶。失意で放浪し行き倒れた緋之介を拾う。緋之介が元吉原のいづや総兵衛からもらった胴太貫《どうたぬき》がわずかに歪《ゆが》んでいることを見抜き、また少し短くなったそれを見ただけで新たな鞘を作ってしまう。前身は武士で徳川家光の弟・忠長の元近習頭《きんじゅ》。忠長が高崎で自害すると、家臣の中で唯一その場に残った。そんな旭川がなにかしでかせば、手に入れた後職や家を失ってしまうと不安視している旗本の兄によって命を狙われる。

忠長が自害した理由を調べるために高崎に残り、将軍家から安藤家へ駿河大納言忠長暗殺命令があったことをつきとめる。その証拠となるであろう書付を、高崎にきた緋之介と一緒に探すことに。すると安藤家の元家老・榊原八羽が現れ、旭川が探していた家光の花印が押された密書を渡される。更に黒幕は松平伊豆守信綱、阿部豊後守忠秋であると知らされた。密書を持って緋之介らと江戸に向かうが奥村八郎右衛門に狙撃され、緋之介に密書を徳川光圀に託すように頼んで絶命した。

霧【きり】

『将軍家見聞役 元八郎』シリーズ

甲賀の女忍者で、柳原弾正尹光綱を色香でたらしこむ。甲賀者が御所を襲うときに、元八郎が泊まっていた淡路屋の襲撃を任された。しかし三田村順斎の妨害によって襲撃は失敗、霧自身は順斎に敗れてがけの下に落ちる。一命をとりとめて再び元八郎に襲いかかるも、返り討ちにあい、死亡した。

霧島【きりしま】

『織江緋之介見参』シリーズ

太夫の居ない西田屋を代表する格子遊女。緋之介の叔父である小野忠也や安藤対馬守重博の敵娼。忠也が広島に帰る際に身請けされた。

櫛橋 甲斐守【くしはし・かいのかみ】

『日輪にあらず 軍師黒田官兵衛』

官兵衛の舅。織田信長に不信感を持ち、味方することに反対する。

工藤雪【くどう・ゆき】

『将軍家見聞役 元八郎』シリーズ

田川夏の姉。徳川綱重に仕えた伊賀者田川甚兵衛の娘。妹・夏とともに自分達の素性を明かし、元八郎に甚兵衛こと伊賀組頭領・百地一柳斎の考えを伝える。

久能山御総門番【くのうざんおんそうもんばん】

『将軍家見聞役 元八郎』シリーズ

徳川家康の遺骸を安置する久能山東照宮を警護する役。その後家康の遺骸は日光東照宮に移動しているが、役目はそのまま残った。陰の任務は、徳川宗家の障害となる者を始末すること。

熊の仁介【くまのにすけ】

『織江緋之介見参』シリーズ

井筒屋の若旦那に雇われた顔役。藤島太夫と緋之介を襲うが、返り討ちにされて両腕を斬られる。

内蔵介【くらのすけ】

『織江緋之介見参』シリーズ

根来衆の一人。徳川頼宣から水戸家所蔵の村正を盗み出すように命じられ、命令遂行の過程で多くの犠牲者を出したが黒鍬者に先を越されてしまう。

黒鍬者【くろくわもの】

『織江緋之介見参』シリーズ

綱吉に仕える忍。綱吉を快く思わない小

野家の暗殺未遂、水戸藩の村正を盗むなど綱吉のために働く。

『お髷番承り候』シリーズ

娘の伝を綱吉の側室とし、旗本になるために働く。

組織としての黒鍬者は幕府に属する組織であり、表向きは交通整理などの雑用をやらされる。

黒田 官兵衛【くろだ・かんべえ】 一五四六年（天文十五）〜一六〇四年（慶長九）

播磨《はりま》国の小寺政職に仕えた戦国武将。諱《いみな》は孝高。小寺氏が織田氏に臣従すると決めた後は、軍師としての才能を高く評価した羽柴秀吉のもとで働く。秀吉没後、関ケ原の戦いでは東軍（徳川方）についた。

『日輪にあらず 軍師黒田官兵衛』

主人公。小寺政職に仕えていたが、尾張の織田信長が天下を取るのではないかと予見する。しかし、西国の毛利氏も無視できず両方と誼を通じようと、まずは織田につてを作るべく信長家臣の荒木村重のもとを訪れた。村重から秀吉を紹介され、彼の仲介で信長と対面が実現。その時小寺氏は毛利氏に傾いていたが、官兵衛が政職を説得すれば、本領を安堵《あんど》したままで信長に仕えることを許される。さらに信長から「圧切《へしきり》」という愛用の太刀を受り取った。

織田の多大な戦力を知った官兵衛は、織田へ臣従するよう政職を説得。他の家臣たちは毛利への臣従を勧める中、政職は織田につくことを決めた。このことによって官兵衛は毛利と戦になったが、見事に勝利を収め、信長から感状（功績をたたえる書状。武士にとって名誉なもの）を受け取る。官兵衛にとって大きな功績となった戦だったが、身の程に大きすぎた。このせいで同僚からは嫉妬され、政職の態度も冷たいものに変わっていく。

同じころ、秀吉から自分が来るまで播磨のことを任せるという旨の書状を受け取る。この時、人質を求められた。裏切り防止のためである。官兵衛は子息の松寿丸を差しだし、彼は秀吉の妻・ねねに預けられた。

秀吉や彼の軍師・竹中半兵衛とともに西国で戦を繰り広げる官兵衛。彼の働きによって宇喜多直家が織田に翻ったが、そんな中、荒木村重謀反の報せが入る。村重は秀吉の説得にも応じなかったため、官兵衛が村重の居城である有岡城へ。しかし話し合いは決裂し、官兵衛は土牢に閉じ込められてしまう。十ヶ月後に助け出されるも足に障害を残す結果となった。その間に病気であった半兵衛は亡くなり、官兵衛は彼の法名「深龍水徹」を兜の裏に書き、戦の際はそれを見ながら策を考えた。

村重の一件で信長から信頼を獲得し、官兵衛は正式に直臣の格を与えられる。さらに人質であった松寿丸を返してもらえることになった。

秀吉とともに三木の別所長治を落とすと、この時織田に抵抗していた政職から取りなしの願いがやってくる。しかし官兵衛はそれを受け入れず、政職は毛利の元へ。官兵衛はこの時から小寺姓を捨てて名を義高から孝高へと変えている。

備中高松の清水宗治を攻め、毛利の使僧・安国寺恵瓊と和睦交渉をしている最中、明智光秀の謀反により信長が自害。愕然《がくぜん》とする秀吉に、官兵衛は光秀を討つよう説得する。恵瓊との和睦を取りまとめた官兵衛と秀吉は急ぎ大坂へ。光秀を討つことに成功する。

その後、秀吉に清洲会議（信長の後継者と領地の分配を決める会議）にどのような態度でのぞむべきかを教授。会議は官兵衛と秀吉の思惑通りに進んだ。

その後、秀吉は自分が信長の後継者だと公言。天下統一のために各地の諸将と戦い、官兵衛もこれに付き従う。九州を平定すると、官兵衛は十八万石の領地を預かることになった。しかし、秀吉の次なる狙いである朝鮮との戦いでは自分は役に立たないと悟り、隠居を願い出る。秀吉はそれに応えるも、自分のそばに仕えることを命じた。朝鮮にも渡るが、秀吉子飼いの家臣のやり方についていけず、帰国。その後もう一度朝鮮に渡ったものの、交渉に先がないことを悟り無断で戻った。これに激怒した秀吉は官兵衛に切腹を命じるかと思われたが、その最中に秀吉の側室・茶々が男子を出産。この祝いにより官兵衛は放免された。

その五年後、秀吉が病によって亡くなる。これにより徳川家康が台頭し、秀吉家臣の石田三成と関ヶ原で戦うことに。官兵衛は家康側につき、その一方で自身が九州を掌握する計画を立てた。しかし、関ヶ原の戦いがたった一日で終わったことにより官兵衛の計画も失敗。その後黒田家は五十二万三千石を拝領した。官兵衛は領地から離れ京都伏見で隠遁《いんとん》生活に入り、その四年後に亡くなった。

●上田秀人コメント

官兵衛は関ヶ原の合戦のとき、九州で兵を挙げ、あちこちで戦いました。九州をすべて支配したとしても天下は取れない。しかもその時すでに彼は老境に差しかかっていた。天下を手中にしたいなら別のところを攻めるべきだった。官兵衛ほどの知将がそこに考えが至らなかったとは思えません。なぜ九州にこだわったのか、長年の疑問でした。その私なりの答えを作中では示したつもりです。

桂昌院【けいしょういん】 一六二七年（寛永四）〜一七〇五年（宝永二）

三代将軍家光の側室。徳川綱吉の生母。

『お髷番承り候』シリーズ

四代将軍家綱が将軍となったときすでに大奥を出されてしまっていたため、己の代理として山吹を大奥へ送り、家綱に側室をとるよう勧めさせている。家綱に娘ができた折には綱吉に嫁がせ、綱吉を五代将軍に継承させようと考えていた。

家綱が綱重を次期将軍に考えていることを知って、綱重の排除を目論む。そこで、彼を綱吉の駕籠を襲った犯人に仕立てあげることに。

しかし綱吉が家綱の前で御前進講をした際「よき領主となるよう」と言われたことで、綱吉が五代将軍を継承する望みがないことを悟る。家綱の密使（賢治郎）が綱吉に家綱の言葉を伝えたことを知ると、その内容を聞き出そうと綱吉に縋《すが》るが教えてもらえない。賢治郎から直接聞き出そうとも考えるが、一度目は失敗。再び女中を遣いに出して呼びだすが、またしても断られる。

大奥に入っている桂昌院付きの女中・吉が綱重のお手つきになったことを知ると、中臈を通して綱重との共寝中に自害するよう命じた。

景瑞院【けいずいいん】
『お髷番承り候』シリーズ

松平多門の正室で、主馬の生母。賢治郎にとっては義母にあたるが、辛辣《しんらつ》にあたる兄・主馬とは対照的に、息子として接してくれる。家綱の命を受けた賢治郎に、実家の書庫を見せる許可を出す。

異母兄弟とはいえ、あまりに不仲な主馬と賢治郎の関係に胸を痛めている。

厳路和尚【げんじおしょう】
『お髷番承り候』シリーズ

賢治郎の剣の師匠。巌海和尚の兄弟子。

己の修行のため旅に出ていたが、突然帰ってくる。師匠帰還の報せに善養寺を訪れた賢治郎に、真剣を抜かせて稽古をつける。本気になった賢治郎の刀筋に躊躇《ためら》いがなかったことで、人を斬ったことを見抜く。「子ができなければ人は不要か」と問う賢治郎に、家綱のことだと察し「直系の子がいる継承は世の乱れを防ぐ」と諭す。

稽古を付けてもらうため訪れた賢治郎の話で、松平伊豆守からの呼び出しが罠であると気付き、賢治郎を助ける。

善養寺に留まっていたが、賢治郎が将軍家綱の怒りを買って深室家を出てきたと聞き、彼を叱り座禅を組ます。その間に賢治郎を見張っていた黒鍬者を撃退した。

数日後、深室の遣いで来た清太（深室家の奉公人）を追い返そうとするが、賢治郎の許嫁の三弥に月のものがあったことを知る。報せを聞いても「すでに深室家を追い出されている」とためらう賢治郎を「妻の一大事に駆けつけぬ情けなしは弟子ではない」と叱り、諭す。

好海【こうかい】

『将軍家見聞役元八郎』シリーズ

寛永寺の僧侶。家重の駕籠を襲った実行犯。寛永寺に乗り込んできた元八郎を始末しようとしたが返り討ちにあって絶命。

甲賀者【こうがもの】

幕府方の忍。

『将軍家見聞役元八郎』シリーズ

幕府直属の隠密組となることを夢見て、松平左近将監乗邑に従う。近衛内大臣内前の腹心である柳原家に忍び込んだ元八郎の始末を謀《はか》り、御所を襲撃して幕府の仕業《しわざ》に見せかけようとした。結局乗邑らの計画は失敗に終わり、幕府直属の隠密になる夢も潰《つい》えてしまう。

『織江緋之介見参』シリーズ

表向きは大手門の警備をしているが、内郭の警戒も行っている。

高坂 藤左【こうさか・とうざ】
『織江緋之介見参』シリーズ
南町奉行所の筆頭与力。奉行の神尾備前守元勝から、緋之介の捕縛を命じられる。年番方与力の武藤とともに緋之介を尾行する。

公遵法親王【こうじゅんほっしんのう】一七二二年(享保七)?～一七八八年(天明八)
『将軍家見聞役 元八郎』シリーズ
桜町天皇の弟。呪詛の宮の秘事を探る幕府を遠ざけるために、家重の駕籠を襲わせた。

江田 善兵衛【ごうだ・ぜんのひょうえ】
『日輪にあらず 軍師黒田官兵衛』
小寺家の宿老。織田信長に不信感を持ち、味方することに反対する。

上月 十郎 景貞【こうづき・じゅうろう・かげさだ】
『日輪にあらず 軍師黒田官兵衛』
上月城城主。
秀吉に攻められ、籠城戦を決意。櫛橋甲斐守の娘を娶《めと》っており、その妹を娶った官兵衛の義理の兄に当たる。そのため官兵衛は彼を助けようと動くが、籠城の意思は固かった。秀吉に取り入ろうとした家臣に裏切られて首をはねられる。

郡 軍太夫【こおり・ぐんだゆう】

『斬馬衆お止め記』シリーズ

神道無念流道場主で、伊織の剣の師匠。伊織が人を殺した罪悪感に苛《さいな》まれていた際に彼を諭すなど、何かと手を差し伸べてくれる存在。

古河 弥介【こかわ・やすけ】

『斬馬衆お止め記』シリーズ

斬馬衆である伊織の介添え役。大太刀を抜く際の補佐を行う。仁旗家に住んでおり、伊織が生まれたころから行動をともにする。伊織にとって兄のような存在である。

黒蔵【こくぞう】

『織江緋之介見参』シリーズ

百地家の下忍で柳生に仕える。伊賀組頭領で松平伊豆守信綱に仕える服部定斎に殺された。

黒龍の嘉兵衛【こくりゅうのかひょうえ】

『織江緋之介見参』シリーズ

旭川を狙う賊。居合わせた緋之介に雇った浪人をすべて斬り殺され、戦意を失う。

小助【こすけ】

『織江緋之介見参』シリーズ

南町奉行所の与力・須藤半平太の配下。半平太から吉原を見張って緋之介を捜すように命じられる。手下を使って藤島太夫の太夫道中の際に騒ぎを起こし緋之介を見つける。半平太に報告すると出世をほのめかされ、緋之介のことを更に調べることに。旗本で手が出せないと知ると半平太の命で緋之介を連れ去ろうとするも、手下が失敗を犯す。面子《メンツ》にかけて殺害を企てるが果たせず、自害した。

小寺 政職【こでら・まさもと】

一五一七年(永正十四)?～一五八二年(天正十)?

播磨の武将。黒田官兵衛が最初に仕えた人物。

『日輪にあらず 軍師黒田官兵衛』

織田氏に味方すると決めた後も、状況によって主を替えようとするため官兵衛に見限られた。そのため毛利氏のもとへ逃げる。

近衛 内大臣 内前【このえ・ないだいじん・うちさき】

一七二八年(享保十三)～一七八五年(天明五)

八歳の時に権中納言に任ぜられ、その後も権大納言、内大臣と出世し、一七四五年(延享二)に右大臣となっている。

『将軍家見聞役 元八郎』シリーズ

関白になる野望を抱き、大老を志す松平左近将監乗邑と手を結ぶ。家重の将軍継嗣を妨害するが元八郎の活躍で失敗し、関白の地位は夢で終わった。

権田【ごんだ】

『お髷番承り候』シリーズ

小姓組頭を務める。将軍家綱より牧野成貞と新見備中守を呼ぶよう命じられるが、二人ともすでに旗本に籍はなく、君主の目通りを許すわけにはいかない。前例がないと渋ったせいで家綱の怒りを買ってしまうが、阿部豊後守に助けられた。同時に、君主の要望を独断で断ることは分を超えていると叱られる。

蔡温【さいおん】

『将軍家見聞役 元八郎』シリーズ

先代の王の時代から琉球の政治を担っている三司官。長男と王の姫が婚姻したため、王族となった。

蔡温の屋敷を訪れた元八郎と会い、収穫が少なく属国になることでしか生きられない琉球の苦しい現状と、それにまつわる決断について語る。

酒井雅楽頭忠清【さかい・うたのかみ・ただきよ】

一六二四年(寛永元)～一六八一年(天和元)

厩橋藩主。奏者番を経て大老となった。

『織江緋之介見参』シリーズ

亡くなった松平伊豆守の後任人事を幕閣らと話し合うが、意見が割れて決まらなかった。

『お髷番承り候』シリーズ

稲葉正則らと結託し、先代からの寵臣松平伊豆守信綱から権力を奪うため、静養を理由に筆頭老中から老中次席、勝手勤めとしてしまう。

酒井 玄蕃【さかい・げんば】
『織江緋之介見参』シリーズ
越前松平家家老。村正の所蔵が阿部豊後守に知られ、藩を守るために言い逃れを行った。

酒井 讃岐守 忠用【さかい・さぬきのかみ・ただもち】
一七二〇年（享保五）〜一七七五年（安永四）
七代小浜藩主。寺社奉行、大坂城代、京都所司代と出世する。
『将軍家見聞役 元八郎』シリーズ
京都所司代が立て続けに亡くなり、その後任となる。将軍家の系譜を示した密書を田沼意次に届けようとするが、黄泉の醜女に妨害されて失敗に終わる。

榊原 一学 久周【さかきばら・いちがく・ひさちか】
『将軍家見聞役 元八郎』シリーズ
久能山総門番。徳川宗家の障害となる者を始末するため、由の出自を知る三田村順斎、元八郎を殺害しようとする。家康が愛用した日の丸威胴丸具足を着ており、一瞬の隙《すき》をついて順斎を抹殺。元八郎も始末しようとするが、敗れて命を落とす。

榊原 隠岐守 康長【さかきばら・おきのかみ・やすなが】
『将軍家見聞役 元八郎』シリーズ
先祖からの命で駿府御分物《おんわけもの》（徳川家康が遺《のこ》したもの）の鎧《よろい》を身につけた者を屋敷に泊める。

榊原 八羽【さかきばら・はちう】
『織江緋之介見参』シリーズ
安藤家の元家老。すでに隠居している。書付を探す緋之介、旭川の前に現れる。安藤家が滅びないようにと、徳川家光の花印が入った忠長殺害を命じる密書を渡す。
佐久間【さくま】
『大奥騒乱　伊賀者同心手控え』
大奥中臈。参詣の際に無頼に狙われる。

桜町天皇【さくらまちてんのう】
一七二〇年（享保五）～一七五〇年（寛延三）
中御門天皇の第一皇子として誕生。一七三五年（享保二十）に父から譲位され、天皇に即位している。
『将軍家見聞役 元八郎』シリーズ
朝廷が幕府に政治を任せているにもかかわらずうまくいっていないことに不満を感じ、さらに近習に「家重は将軍になる器ではない」と吹き込まれたため幕府を快く思っていなかった。しかし賊を排除して幕府の真意を届けに来た元八郎の言葉を信じ、近習の言いなりになっている自分の行動を省みて、家重の将軍宣下を認める。
その後、京都所司代が横柄な振る舞いをして朝廷と幕府の関係がこじれた際にも元八郎に助けられ、信頼を深めている。
左田 求馬【さだ・きゅうま】
『将軍家見聞役 元八郎』シリーズ
元八郎の義兄で定町廻り同心。元八郎が

同心を辞めるにあたって、跡継ぎに長男の俊馬を三田村家に求められる。当初は渋ったが、将来次男・源馬の養子先を探さなくていいと妻の孝に助言され、養子に出す決意をする。

●上田秀人コメント

読者に同心とはどのようなものなのかを説明するために登場させた、いわば、狂言回し的な存在です。だから物語の途中からはいっさい出てきません。お役御免というわけです（笑）。

貞五郎【さだごろう】

『将軍家見聞役 元八郎』シリーズ

三田村元八郎配下の岡っ引き。江戸相撲の元関取で、怪我で止《や》むなく辞めた後は定職に付かず徒食の身だった。履物問屋に言いがかりをつけて店を壊そうとしたところを元八郎に止められて喧嘩沙汰に。その時、履物問屋が「立ち直るため」と貸してくれた五十両で、料理屋を始める。更生後に元八郎の配下の岡っ引きとして働くようになった。

元八郎が同心を辞めた後も彼を慕う。

真田 信政【さなだ・のぶまさ】

一五九七年（慶長二）〜一六五八年（万治元）

『斬馬衆お止め記』シリーズ

二代松代藩主。真田信之の次男。

藩主は高齢である父が担っていたが、藩政は任されるようになる。真田を恨んでいる土井大炊頭利勝に何度も命を狙われた。

真田 信之【さなだ・のぶゆき】

一五六六年（永禄九）～一六五八年（万治元）

松代初代藩主。真田昌幸の長男で、幸村の兄。徳川家康の娘婿。関ヶ原の戦いでは昌幸、幸村と分かれ徳川方につく。戦勝に貢献したことで昌幸の領地であった上田を賜り、後に松代に移封。松代藩主となる。

『斬馬衆お止め記』シリーズ

七十三歳という高齢にしてなお藩主に君臨していた。真田家の未来を考え信政に政治を任せるようになるが、隠密の危険性を認識し、書付を信政に渡し伊賀者の囮にさせたりと策を講じる。

佐乃【さの】

『織江緋之介見参』シリーズ

湯所風呂の客引き。店の女が憔悴《しょうすい》しきっていると緋之介に指摘されたことに逆上し、襲うが返り討ちにされる。

佐ノ山【さのやま】

『お髷番承り候』シリーズ

大奥上臈。子供のできない将軍家綱に天下安泰のためには世継ぎがいたほうが良いと、側室を持つように進言する。

沙弓【さゆみ】

『織江緋之介見参』シリーズ

徳川光圀の妹。馬をこよなく愛し、男のような格好をしている。緋之介が光圀の屋敷の庭で稽古をしていたところ、その殺気にあてられてしまった。身分の差を理由に光圀と緋之介の付き合いをよく思っていないため、緋之介に反発していたが、徐々に惹かれていく。

同じく緋之介に好意を寄せる藤島太夫に身請け話が持ち上がり、自身にも見合い話が来ていたため、緋之介にどちらかを選んでもらうよう持ちかける。最終的に緋之介に選ばれ、彼と婚約した。

●上田秀人コメント

緋之介にとって「家」の女性は「太陽」であり、「吉原」の女性は「月」です。危ういバランスで塀の上を歩いているような状態にある緋之介は沙弓、つまり「太陽」を選びました。女によって男はその進む道を決定づけられるのが世の常だと思っています。沙弓は緋之介を表の世界へ引き戻した重要なヒロインです。

佐波【さわ】

『お髷番承り候』シリーズ

根来衆のくノ一。徳川頼宣出府の際、彼の命で女芸人に化け他の根来衆二人と共に一足先に江戸に入った。刺客として大奥に侵入すると家綱に側室として召し出されることに成功。彼を始末する機会を探る。

獅子頭の勝助【ししがしらのかつすけ】

『織江緋之介見参』シリーズ

井筒屋の旦那に雇われた顔役。一人息子が吉原から絶縁状を叩きつけられ、同業の集会に顔を出せなくなったことを恨む井筒屋の旦那から藤島太夫と緋之介の殺害を依頼される。稽古をしていた緋之介を十数人の手下とともに襲うが失敗。忘八に引き渡された後、責め問いによって黒幕である井筒屋の旦那の名を吐かされる。

治介【じすけ】

『織江緋之介見参』シリーズ

緋之介の父・小野次郎右衛門忠常に仕える。道場の下働きをしており、緋之介に剣の振り方を教えた。

七化けの嘉太【しちばけのかた】

『織江緋之介見参』シリーズ

三浦屋の忘八として潜入した刺客。藤島太夫の殺害を謀るが、忘八に妨害され仕損じる。その後、忘八の責め問いにあい黒幕である井筒屋の旦那の名を吐いた。

柴田 勝家【しばた・かついえ】 ?〜一五八三年(天正十一)

信長の父・信秀の代から仕える、織田家の筆頭宿老。

『日輪にあらず 軍師黒田官兵衛』

出世頭である羽柴秀吉を妬《ねた》ましく思っており、『猿』と陰口を叩いている。明智光秀謀反の際は一切手を出せず手柄をすべて秀吉に持っていかれてしまった。織田信長の妹・お市の方を妻に迎える。その後秀吉と戦うも敗北し、お市の方とともに自害した。

島田 勘解由【しまだ・かげゆ】

『将軍家見聞役 元八郎』シリーズ

島原藩山奉行。島原を訪れた元八郎を幕

府の偵察だと勘違いし、自宅に招き監視する。誤解が解けた後、元八郎と島原を散策し、島原についての情報を教える。元八郎が毒に倒れると、彼に関わった宿屋の主や医者に他言無用と言い含めてくれた。実は島原藩隠密の頭領。

清水 宗治【しみず・むねはる】

一五三七年（天文六）〜一五八二年（天正十）

『日輪にあらず　軍師黒田官兵衛』

備中高松城主。

毛利氏方についたことにより羽柴秀吉から水攻めに遭う。和睦の条件に自身の命を提示され、切腹した。

下総屋 矢兵衛【しもふさや・やへえ】

『織江緋之介見参』シリーズ

岡場所三崎屋の主。江戸の遊女屋を仕切らせることを条件に上島常也に手を貸すが、失敗に終わる。

謝名 親方【じゃな・うえかた】

『将軍家見聞役 元八郎』シリーズ

琉球仮屋の長。琉球に渡る船に乗せてくれるよう頼んできた元八郎と話をする。船には乗せられなかったが、琉球への行き方のヒントを与えた。

首藤 巌之介【しゅどう・いわのすけ】

『お髷番承り候』シリーズ

松平伊豆守信綱の家臣。信綱の命により

山本兵庫（順性院の用人）らに襲われていた賢治郎を助ける。信綱の命で賢治郎に正体を明かす。病床の信綱と引き合わせる案内役を務め、信綱に死の直前に託された手紙を賢治郎に届けた。

順性院【じゅんしょういん】

一六二二年（元和八）？〜一六八三年（天和三）？

徳川綱重の生母。

『お髷番承り候』シリーズ

綱重が次期将軍の座につくことだけを考え、ときに強引な方法も辞さない。家臣・山本兵庫を使い、賢治郎に小納戸の職を退かせようとするがうまくいかなかったため、直接面会し綱重の家臣になるよう迫る。しかし勧誘を断られ、賢治郎の殺害にも失敗する。

賢治郎と紀州家の繋がりを知り迂闊《うかつ》に手を出せないことを知る。所詮《しょせん》分家である紀州家に身の程を知らしめるべく、兵庫に命じ、改めて賢治郎の抹殺を謀る。

突然家綱からの遣いで現れた賢治郎から、家綱に子ができなければ綱重を将軍にし、子ができれば副将軍にすると伝えられる。確実に綱重を将軍にしたいため、家綱に世継ぎができる前に失脚させることを目論む。

綱重に側室を選ばせようとするが、綱吉の母・桂昌院の息のかかった吉を選んだため、吉を脅して寝返らせる。数日後、吉が桂昌院の手のものを通じて自害を命じられたことを知ると、吉の家族を保護した。

神祇衆【じんぎしゅう】
『斬馬衆お止め記』シリーズ
真田家に仕える忍。伊賀者と激しい戦いを繰り広げる。

新左【しんざ】
『織江緋之介見参』シリーズ
南町奉行所与力の須藤半平太の配下・小助の手下。藤島太夫の太夫道中の際に騒ぎを起こした。その後、緋之介を捕らえるべく浪人を雇って襲うも敗北。小助の家に緋之介を案内するはめに。そのせいで手下の最下層に落とされそうになり、緋之介を殺そうとしたものの敗れた。

辰齋【しんさい】
『お髷番承り候』シリーズ
御殿坊主。賢治郎と堀田備中守正俊が城内で話をしているのを松平伊豆守信綱に伝える。

深泉【しんせん】
『斬馬衆お止め記』シリーズ
江戸城紅葉山に設けられている家康と秀忠の霊廟を管理し、徳川家に敵対する者を始末する御霊屋坊主。宗達とともに真田信政を襲うも失敗、逃げ帰った。その後真田信之暗殺を決行するが、信之の気迫に押されて失敗。切腹して果てた。

呪詛の宮【すそのみや】

『将軍家見聞役 元八郎』シリーズ

皇統が武家の血で薄まることを危惧《きぐ》して組織された。朝廷に仇なすものを始末している。元八郎を始末しようとするが、返り討ちにあい絶命。

須藤 半平太【すどう・はんぺいた】

『織江緋之介見参』シリーズ

南町奉行所の与力。松平伊豆守信綱の出入り（金を払い、なにかあったときに内々で済ましてもらう与力・同心）。信綱の腹心・中島太郎右衛門から織江緋之介を捜すように依頼される。配下の小助を使って緋之介を捜しだすが、裏があると感じ、出世に目がくらんで太郎右衛門に報告しなかった。緋之介が旗本で手が出せないと知り、彼を連れ去ろうとするも失敗。諦めて太郎右衛門に緋之介の居場所を教えた。その後、再び中島に呼ばれ半ば脅されて凶悪な強盗犯・椿の弥十郎を解き放つ。椿の弥十郎が緋之介の始末に失敗した後、変死している。

清吉【せいきち】

『将軍家見聞役 元八郎』シリーズ

出雲屋の奉公。金を持ち逃げして行方をくらませた。その後、出雲屋の床下から遺体となって発見される。

静証院【せいしょういん】

『将軍家見聞役 元八郎』シリーズ

六代紀州藩主・徳川宗直の娘で細川越中

守宗孝の妻。宗孝が亡くなったことにより出家し、友姫からこの名に変えている。元八郎は細川の屋敷に忍び込んだ際、彼女の宗孝に対する愚痴を盗み聞きした。

清太【せいた】
『お髷番承り候』シリーズ

賢治郎が深室家へ来て以来、中間《ちゅうげん》として仕える深室家の奉公人。賢治郎よりも十歳ほど歳上だが、賢治郎を次期当主として慕っている。賢治郎が外出する際には求められる限り供をし、荷物持ちなどをする。賢治郎の職務がある日は、必ず自宅と江戸城間を送り迎えしている。賢治郎にとっても深室家で唯一気兼ねなく会話ができる人物。また、夫婦の関係に悩む賢治郎に男女の機微を教える。

将軍家綱のお目通りを禁じられ、数日家を出ていた賢治郎を連れ戻すため善養寺まで走り、厳路坊へ事情を説明した。

然空【ぜんくう】
『将軍家見聞役 元八郎』シリーズ

鞍馬《くらま》寺の高僧。鬼一法眼《きいちほうげん》流について尋ねてきた元八郎の応対をする。その後元八郎を追う修験者を撤退させた。

泉盛寺 弥助【せんじょうじ・やすけ】
『織江緋之介見参』シリーズ

奥村権之丞の小者。緋之介暗殺に失敗した辰二郎を始末し、奥村に命じられて緋之介に挑むが、敵わずに命を落とす。

仙堂藤伯【せんどう・とうはく】

『斬馬衆お止め記』シリーズ

真田家のお抱え医師。真田信吉の死の真相を知っている。そのため、伊賀者の三枝鋳矢に拉致され、松平伊豆守の元へ連れて行かれる。

宗達【そうたつ】

『斬馬衆お止め記』シリーズ

江戸城紅葉山に設けられている家康と秀忠の霊廟を管理し、徳川家に敵対する者を始末する御霊屋坊主。御殿坊主の永道斉から真田信政暗殺依頼を引き受け同僚の深泉とともに強襲するも伊織に斬られた。

宗対馬守義如【そう・つしまのかみ・よしゆき】

一七一六年(享保元)～一七五二年(宝暦二)

『将軍家見聞役元八郎』シリーズ

大御所(徳川吉宗)の考え次第では藩の取り潰しがあると考え、通信使一行に同行。かつて対馬藩が改ざんした親書を奪うため、正使・洪啓禧を始末しようとする。

宗播磨守義真【そう・はりまのかみ・よしざね】

一六三九年(寛永十六)～一七〇二年(元禄十五)

『織江緋之介見参』シリーズ

伊賀組頭領で松平伊豆守信綱に仕える服部定斎にそのかされ、いづやを襲った。

楚 周建【ソ・シュウケン】

『織江緋之介見参』シリーズ

明国の禁軍都尉。朝鮮通信使に混じって日本へやってきた。目的は徳川家康が遺した明王朝の金印を取り戻すことだったが、部下とともに総兵衛に勝負を挑み、敗北。朝鮮通信使従事官の南龍翼に刀を託した。

曾根 因幡守 五郎兵衛【そね・いなばのかみ・ごろうひょうえ】

『将軍家見聞役 元八郎』シリーズ

禁門付。毎日朝廷を恫喝《どうかつ》するような朝稽古を行う。一条兼香と通じており、朝廷と幕府の関係を悪化させようとしている。それを阻む元八郎と戦い、左肩の筋を斬られて敗走した。事件後は勤務姿勢をとがめられ、小普請組入り閉門を命じられている。

祖父 江左衛門【そふ・えさえもん】

『日輪にあらず 軍師黒田官兵衛』

福原家家老。秀吉との戦いで劣勢になり、死の恐怖を感じた足軽が逃げようとすると、それを斬った。このことにより混乱が生まれ、戦は敗北。城に火をつけ福原則尚と逃走するが、城につけた火が明かりとなってしまい逃亡中に秀吉の家臣に囲まれ戦死した。

田岡 源兵衛【たおか・げんべえ】

『お髷番承り候』シリーズ

三代将軍家光に仕えた堀田正盛の家臣で、正盛殉死後は堀田備中守正俊の保育係となった。正盛のことを盲信している。息子・綱重のため手段を選ばない順性院を落ち着かせるため、順性院が目障りに思っている賢治郎を始末するよう堀田備中守から命じられる。浪人を雇うが失敗した。

孝【たか】

『将軍家見聞役 元八郎』シリーズ

元八郎の姉。元八郎の同僚であり義兄・左田求馬の妻。二人の間には長男・俊馬、長女・幸、次男・源馬が生まれている。元八郎の求めに応じて、俊馬を三田村家の跡継ぎにするため養子に出した。

高岳【たかだけ】

『大奥騒乱 伊賀者同心手控え』

大奥筆頭上臈。大奥の権威を落とすには高岳の力を削《そ》ぐのが良案と考える松平越中守定信によって、金を盗まれる。金は一兵の働きによって取り戻された。

田上和磨【たがみ・かずま】

『織江緋之介見参』シリーズ

堀田家家人。泥棒が屋敷に侵入してきたところを堀田邸を見に来た緋之介に助けられ、その礼をしに吉原の緋之介を訪ねる。

高山右近【たかやま・うこん】

一五五二年(天文二十一)〜一六一五年(元和元)

高槻城主。十二歳で洗礼を受けたキリシタンである。

『日輪にあらず 軍師黒田官兵衛』

荒木村重の与力衆となり、村重を信長謀反へと促した。

田川 甚兵衛【たがわ・じんべえ】

『将軍家見聞役 元八郎』シリーズ

吹上《ふきあげ》御苑出入りの植木屋。本当の正体は百地一柳斎という名の伊賀組である。父・綱重の死の真相を知ろうとした家宣の命で調査を進めるうちに、徳川の秘事をつかんでしまう。その秘事を知る綱吉や吉宗を見張るため、植木屋をして監視している。

田川 夏【たがわ・なつ】

『将軍家見聞役 元八郎』シリーズ

田川甚兵衛の娘。徳川綱重に仕えた伊賀組。徳川の秘事を守りたい百地一柳斎の命により元八郎に協力する。

滝川【たきがわ】

『大奥騒乱　伊賀者同心手控え』

大奥上臈第四位。部屋子のおすわが懐妊したことにより、自身の身分向上のため彼女を守る。食事に毒が盛られたことでおすわの精神が不安定になると、老中・松平周防守に従者を増やしたいと申し出る。

竹中 祥三郎【たけなか・しょうざぶろう】

『織江緋之介見参』シリーズ

南町奉行所定廻り同心。高坂藤左の命で浪人狩りを行う。一度は緋之介を捕らえようとするが、藤左から手荒なことはするなと命じられていたため騒ぎを避けようと配下の辰吉を引かせ、緋之介の捕縛を断念した。

竹中 半兵衛【たけなか・はんべえ】

一五四四年(天文十三)〜一五七九年(天正七)

美濃斎藤氏に仕えていた武将。隠遁《いんとん》生活を送っていたが、それを惜しんだ羽柴秀吉によって軍師として招かれる。

『日輪にあらず 軍師黒田官兵衛』

官兵衛とともに秀吉を支えたが、病気のため早くに亡くなってしまう。官兵衛の息子・松寿丸が殺されそうになった時は、ねねに手紙で知らせるなど官兵衛の助けになった。

竹腰 山城守 正武【たけのこし・やましろのかみ・まさたけ】

一六八五年(貞享二)〜一七六〇年(宝暦九)

尾張徳川家付家老。

『将軍家見聞役 元八郎』シリーズ

江戸城へ呼び出されて宗春の隠居処分を聞かされるが、将軍吉宗に反抗する宗春を嫌っているため弁護はしなかった。さらに宗春が将軍襲撃に関与したことがわかると、それを機に国表へ逼塞《ひっそく》させてしまう。

田島 主馬【たじま・しゅめ】

『織江緋之介見参』シリーズ

陰流の剣士。緋之介に一対一の勝負を挑むが、右腕を斬られて敗北する。

但馬屋 後兵衛【たじまや・ごへえ】

『将軍家見聞役 元八郎』シリーズ

同心時代の元八郎の出入りの店・但馬屋の主人。元八郎の新居を提供した。元八郎と香織の仲人も請け負っている。

立花 藤兵衛【たちばな・とうべえ】

『将軍家見聞役 元八郎』シリーズ

酒井家留守居役。田沼意次の命で来た伊賀者に密書を預ける。それを黄泉の醜女に盗まれると藩士を率いて取り戻しに行くが、返り討ちにあって命を落とした。

辰吉【たつきち】

『織江緋之介見参』シリーズ

浅草を縄張りとしている岡っ引き。浪人狩りが行われている最中、緋之介を見つけ尋問するも気を失わされてしまう。その後同心を連れて再び緋之介の元に現れるも、一緒にいた小野忠也にやりこめられて捕縛は叶《かな》わなかった。面子を潰された辰吉は恨みを晴らすため緋之介が滞在する西田屋へ向かい、甚右衛門を脅迫した。しかしその後、甚右衛門の命を受けた遊女によって暗殺される。

辰二郎【たつじろう】

『織江緋之介見参』シリーズ

かつてはお吉とともに美人局を行っていたが、奥村権之丞を罠にはめようとした際に彼に格の違いを見せつけられて犯行を断念。その後、奥村権之丞の命令で動き、緋之介を殺すために刺客を捜す。女の刺客を雇ったものの失敗し、後がなくなったため、自ら緋之介に挑む。しかし返り討ちにされて殺された。

伊達 美濃【だて・みの】

『織江緋之介見参』シリーズ

柳生肥後に雇われた浪人。緋之介を襲撃するも返り討ちにあう。

田中 十郎太【たなか・じゅうろうた】

『将軍家見聞役 元八郎』シリーズ

阿波の浪人。大和道場で柳生新陰流を学び元八郎に挑んだが、敗北して命を失う。

田中 矢右衛門【たなか・やえもん】

『お髷番承り候』シリーズ

浪人であったため館林徳川家の新規家臣募集に応募。徳川綱吉の側用人・牧野成貞に声をかけられ三百石で館林家に仕える藩士となった。甲府館の襲撃を命じられる。

その後、頼宣の排除を命じられ浪人を集めるが失敗し、口封じのため殺された。

田沼 主殿頭 意次【たぬま・とのものかみ・おきつぐ】

一七一九年（享保四）〜一七八八年（天明八）

江戸時代中期の老中。徳川家治の時代に政治の実権を握った。賄賂政治を行ったことでも有名。

『将軍家見聞役 元八郎』シリーズ

家重の人格は認めるが、将軍になったことは失敗だと考えている。家重の口となっている寵臣・大岡出雲守を妬む者が、攻撃の矛先《ほこさき》を家重に向けないようにするため大岡出雲守を襲い、幕府の安定を図ろうとした。このように幕府を生かすためであれば多少の犠牲には目を瞑《つむ》る非情なところがあり、元八郎とは反りが合わず、家臣にと誘うも断られている。

『大奥騒乱　伊賀者同心手控え』

大奥とはいい関係を持っていた。松平越中守定信とは険悪な関係であったが、彼がおすわの子の引目役となることについては歓迎する。おすわ暗殺を命じられた一兵に助けを乞《こ》われると、将軍家治に事情を話しておすわに暇を取らせるよう進言。一兵にはおすわの護衛を命じた。

●上田秀人コメント

将軍家重の時代を舞台にする『将軍家見聞役 元八郎』シリーズにおいて、家重の時代から活躍し、家重没後に大きな権力を持つ彼の存在は重要です。田沼は吉宗の弟子のようなものですから、幕府のために冷酷になれる人物として物語に緊迫感をもたらしています。

『大奥騒乱』ではどちらかといえば主人公の味方として登場しますが、『元八郎』シリーズと人物造形において大きな違いはありません。

田沼は一般的に悪役のイメージが強いように思います。私は天邪鬼ですから、そうした流れに逆らって真摯な政治家として描きました。

田宮 伊織【たみや・いおり】

『織江緋之介見参』シリーズ

壮年の紀州藩士。居合抜きの達人である田宮平兵衛の孫。緋之介の朝稽古を見てその腕を褒め、吉原で騒ぎがあった際は緋之介を助太刀した。松平伊豆守信綱の画策で緋之介と斬りあい、敗北する。

田安 宗武【たやす・むねたけ】
一七一五年(正徳五)〜一七七一年(明和八)

八代将軍吉宗の次男。別家して田安家を興す。

『将軍家見聞役 元八郎』シリーズ

野心が強く、周囲の者達が名君と担ぎ上げるため、将軍になった暁には執政が入り込む隙のない、将軍親政を目指している。しかし宗武を担ぎ上げた松平左近将監乗邑と近衛内大臣内前による計画が失敗に終わり、兄の家重が九代将軍となった。

朝鮮通信使【ちょうせんつうしんし】

『織江緋之介見参』シリーズ

朝鮮の使節団。将軍の代がわりを祝して日本にやってきた。

柘植 源五【つげ・げんご】

『大奥騒乱 伊賀者同心手控え』

伊賀者。一兵の幼馴染でもある。特命を受けた一兵に協力しつつも、多くの給金をもらっていることに他の伊賀者同様不満を持っていた。一兵が組頭の百地玄斎を殺害すると、その後始末を引き受ける。

●上田秀人コメント

伊賀者としての不遇を嘆いていますが、やがて同じ伊賀者の一兵が重要な使命を帯びて変わっていくのに対し、彼は相変わらず託《かこ》つばかりで成長しない。対照的に位置づけることで、一兵の活躍を際立たせる役割をさせました。

椿の弥十郎【つばきのやじゅうろう】

『織江緋之介見参』シリーズ

押し入った家の者を皆殺しにして金品を奪う凶悪な強盗犯。捕縛されて大番屋にいたが、南町奉行所の与力・須藤半平太に解き放たれた。引き換えに緋之介を殺そうとするも返り討ちにあう。

伝【でん】

『お髷番承り候』シリーズ

桂昌院付きの黒鍬者（忍）の十二歳の娘。桂昌院により、牧野成貞（綱吉の側用人）の預かり子としたのち、徳川綱吉付の中﨟となった。

土井大炊頭利勝【どい・おおいのかみ・としかつ】

一五七三年（天正元）～一六四四年（天保元）

二代将軍秀忠、三代将軍家光に仕え、江戸幕府の老中や大老を任される。徳川家の縁戚である水野信元の子とされているが、家康の子だという説も。三歳の時に土井家の養子となる。

『斬馬衆お止め記』シリーズ

徳川家に恥をかかせた真田家を恨んでおり、負担の重いお手伝い（賦役《ふえき》）をさせて藩を潰そうとする。その後も真田信之の揚げ足を取ろうとしたりと策を講じるが上手くいかず、御霊屋坊主に真田一族全員の殺害を命じる。が、これも失敗。松平伊豆守の策略によって真田家を潰せなくなってしまうが、江戸の総堀浚《ざら》いを命じて真田家にダメージを与えた。

信政を殺害するため、家光から領地を手に入れ、戦の経験がある浪人を集める。しかし彼らも伊織らに敗れ、目論みは失敗に終わる。その後、松平伊豆守らによって利勝の所業は家光の耳に入り、大老に祭り上げられる。大老となれば政治に口を出すことはできない。真田を呪う利勝は意趣返しとして、伊織と冴葉を婚姻させた（冴葉は幕府の隠密で、利勝の息がかかっている）

●上田秀人コメント

出自をめぐっては謎の多い人物です。徳川家に仇なす可能性がある者はすべて排除しようとした、冷徹な人物として描きました。

塔田健吾【とうだ・けんご】

『将軍家見聞役 元八郎』シリーズ

伊賀組頭・半田小平太の配下。小平太とともに行動する。しかし小平太と別行動をしていた際に、鞍馬寺の奥の院の修験者に殺される。

道明寺【どうみょうじ】

『織江緋之介見参』シリーズ

根来衆の一人。徳川頼宣から水戸家所蔵の村正を盗み出すように命じられる。水戸屋敷の村正を守る緋之介に斬られて絶命する。

唐物屋 喜三郎【とうもつや・きさぶろう】

『将軍家見聞役 元八郎』シリーズ

表向きは博多から対馬に米を運んでいるが、裏で抜け荷を行っている。元八郎の人柄や目的を推測できないため、大浦権太夫に面会させて元八郎を対馬行きの舟に乗せるかどうか判断を仰ぐ。

遠山 治三郎 兼安【とおやま・じさぶろう・かねやす】

『斬馬衆お止め記』シリーズ

土井大炊頭利勝が家光から手に入れた領地で最初に召し抱えた人物。真田信政の暗殺を命じられ、戦の経験があって腕に覚えのある浪人を集める。

徳川 家重【とくがわ・いえしげ】

一七一一年(正徳元)〜一七六一年(宝暦十一)

八代将軍吉宗の長男として生まれる。生来病弱で、幼い頃に患った病のせいで言語不明瞭となった。唯一話を理解できる大岡忠光を重用する。

『将軍家見聞役 元八郎』シリーズ

幼いころに患った病のせいで言葉を発することができない。自分の意見が伝わらず癇癪《かんしゃく》を起こすこともあるが、聡明で人一倍優しい心の持ち主。徳川宗春に家重暗殺を命じられた柳生主膳が駕籠を襲った際にも、家臣が斬られることに心を痛め、標的である自分を狙わせるため江戸城から浜御殿へ移動している。

松平左近将監乗邑と近衛内大臣内前に

よって将軍継承を妨害されたが、元八郎の活躍によって無事に九代将軍となる。忠義を尽くす元八郎を将軍家見聞役に任じ、信頼を寄せる。

●上田秀人コメント

うまく発話できないだけで、その実、極めて英邁《えいまい》な人物として描きました。そのような設定にすれば、彼を支える主人公たちが伸び伸び動くことができると思ったんです。

徳川 家綱【とくがわ・いえつな】

一六四一年（寛永十八）〜一六八〇年（延宝八）

江戸幕府四代将軍。三代将軍家光の嫡男で、綱重や綱吉の兄。幼名は竹千代。父の家光が亡くなったとき、わずか十一歳で将軍となったため、浪人由井正雪らによって謀反事件（慶安の変）が画策される。

『お髷番承り候』シリーズ

自分に〝将軍〟としてしか接しない周囲に嫌気がさしている。自分の存在意義や将軍に求められるものに疑問を抱く。城外へ自由に出ることも許されないため世間を知ることができない。

徳川頼宣の「我らも源氏」という謎掛けの真意を解くため、自分の手足となる者として、幼少期に家綱のお花畑番として同じ時間を過ごした賢治郎を小納戸月代御髪係として召し出す。賢治郎が家綱の月代を剃る際は人払いをして二人になる時間を作り、弟たちへの密使として走らせるなど彼を頼る。しかし、それは賢治郎の命を危険にさらすものであると同時に、ほかの家臣たちに「自分は信用されていないのか」と思わせる行為であった。扶育係として幼いころから顔見知りの阿部豊後守(家綱家臣)に、兄弟の争いを収めるには仲裁よりも嫡子を作ることが一番だと助言される。さらに賢治郎を勅使として使ったことを咎《とが》められ、己の軽率さに気付く。

●上田秀人コメント

周りに優秀な人間が多いのが逆に足かせとなり、みずから何も手を下せず、自分の存在意義について悩む将軍として描いています。

徳川 家治【とくがわ・いえはる】 一七三七年(元文二)〜一七八六年(天明六)

江戸幕府十代将軍。しかし、政治は老中の田沼意次に支配されていた。

『大奥騒乱 伊賀者同心手控え』

名君として期待された長男の家基を若くして亡くし、嫡子の誕生を心待ちにしていた。そこへ側室・おすわの懐妊を知り喜ぶも、彼女が暗殺されそうだと意次から知らされ、暇を与える。事実上の絶縁を言い渡し、このことでおすわとそのお腹《なか》にいる子どもを守った。

徳川 家光【とくがわ・いえみつ】 一六〇四年(慶長九)〜一六五一年(慶安四)

江戸幕府三代将軍。二代将軍徳川秀忠の次男。

『斬馬衆お止め記』シリーズ

祖父の徳川家康を敬愛しており、その娘婿である真田信之を気に入っている。寵臣の松平伊豆守から土井大炊頭利勝の真田家潰しの企みを聞かされ、利勝を大老にした。

徳川 家康【とくがわ・いえやす】

一五四二年(天文十一)~一六一六年(元和二)

江戸幕府を開いた初代将軍。幼少期に今川義元のもとに人質として出され、その後織田信長の家臣となる。

『日輪にあらず 軍師黒田官兵衛』

君主・信長の死後、信長の次男・信雄と手を組んで秀吉と戦い、勝利する。しかし信雄が無断で秀吉と和睦してしまう。それから二年後、秀吉に臣従する。

徳川 忠長【とくがわ・ただなが】

一六〇六年(慶長十一)~一六三三年(寛永十)

三代将軍家光の弟。はじめ将軍の跡を継ぐかと思われたが、家光の乳母・春日局が家康に直訴したため継承はならなかった。

『織江緋之介見参』シリーズ

家光と老中・堀田上野介正盛によって自害に追い込まれた。

徳川 綱重【とくがわ・つなしげ】

一六四四年(正保元)~一六七八年(延宝六)

三代将軍家光の三男で、四代将軍家綱の弟。家光の側室・順性院を母に持つ。

『将軍家見聞役 元八郎』シリーズ

将軍襲撃事件に関して綱吉らと協議した際、綱吉と言い争いになり、二人の関係に亀裂が生じた。

『お髷番承り候』シリーズ

二十五万石の甲府藩主であり、従三位宰相の官職に任じられている。十五歳になる前から女色を好み、十八歳のときには、数人の側室がいた。その一方で、家臣に孔子の言葉を解説するなど聡明な一面もある。

徳川 綱吉 【とくがわ・つなよし】
一六四六年(正保三)～一七〇九年(宝永六)

三代将軍家光の四男。四代将軍家綱の弟。

『織江緋之介見参』シリーズ

小野忠也を招き小野一刀流の型を披露してもらい、その間に忠也が自分に傅《かしず》くのかを見定める。

村正を盗んだ際には緋之介と沙弓を招き、水戸藩が所持していた村正を見せて反応を確かめるなど、大胆な一面も持っている。

将軍襲撃事件が起きた際には綱重らと協議するため阿部豊後守に呼ばれ、襲撃犯の正体を巡って兄・綱重と言い争いになる。

『お髷番承り候』シリーズ

三代将軍家光の四男。十二歳でいまだ女性を知らず、正室・側室もいない。綱吉を次期将軍にしようとする母・桂昌院や側用人・牧野の動きに疎く、家綱から呼び出しを受けた際、初めて館林藩士が暴れたことを知らされる。帰り道、乗っていた駕籠が襲われるが怪我はなかった。

徳川 光圀 【とくがわ・みつくに】
一六二八年(寛永五)～一七〇〇年(元禄十三)

徳川家康の十一男頼房の三男で、御三家水戸藩二代藩主。『大日本史』の編纂《へんさん》を行う。

『織江緋之介見参』シリーズ

緋之介と初対面の際は谷千之助と名乗った。いづやの騒動に関わり、緋之介たちを助ける。いづやに隠され火事によって溶けた明王朝の金印を事件首謀者の松平伊豆守信綱に渡し、生きて罪を償えと言い渡す。その信綱を斬ろうとした緋之介を止めたのも光圀であった。

その後、二代佐倉藩主の堀田上野介正信が幕府に批判の上申書を提出したうえ、無断で出家したことを本人から聞かされる。この一件と信綱が起こした事件もあって、政治の安定を願い自身の手足となってくれる人物を欲する。その人物は、信綱の事件後江戸から姿を消した緋之介だった。緋之介を見つけ出し江戸へ戻すと、籍のない彼のために百俵の士籍を作る。そして信綱の手から正信を守るように彼を動かした。しかし、堀田家は改易となってしまう。その後、国元の城を明け渡す際に藩士たちが抵抗しないように、お家取り潰しにはならず正信の子が小禄ながらも相続できるという噂を流した。騒動が起きて堀田家を完全に潰さないためである。

堀田家の改易、緋之介が高崎で出会った刀鍛冶・旭川、明日の保証もないのに自らは安泰だという安藤家、これらの要素が徳川忠長自害と関係があると分かると再び緋之介を高崎へ送った。すると安藤家が秘していた密書には忠長を殺せと書かれており、家光の花印と堀田信盛の添え書きがされていた。光圀は緋之介から密書を預かると、それを燃やしてしまう。

信綱の手配で役付にされそうになった緋之介を、やむなく隠居勘当して浪人にさせた。近頃鷹匠役が多く亡くなっていることを気にしつつ、保科家の姫の死の真相を緋之介に調べるよう依頼した。更に鷹匠についても気にかけるよう命じる。
諸家で村正の盗難を知り緋之介に調査をさせるが、剣に隠された秘事を知ることは出来なかった。ところが村正が徳川綱吉に渡ったことを知った徳川頼宣は、綱吉に対抗できる人間を作るため光圀に秘事を伝える。

●上田秀人コメント

彼はアウトローです。父親には認められず、気にとめてくれたのは家老でした。そもそも水戸家の存在が中途半端だった。初代藩主の父・頼房は頼宣の弟ですから、本来なら徳川を名乗れる家でありませんでした。にもかかわらず、水戸家は御三家の地位にいるわけです。そうした矛盾のなかで、プライドの高い家臣と、警戒の目を向けてくる幕府との板ばさみにあう悩み多き人物として描きました。

徳川 光貞【とくがわ・みつさだ】

一六二六年（寛永三）〜一七〇五年（宝永二）

紀州藩徳川頼宣の長男。初代将軍家康の孫。

『お髷番承り候』シリーズ

三十六歳を迎える歳でありながら、未《いま》だ独立せず部屋住みの身。
父・頼宣の行動で紀州家が潰れることを恐れ、憤りを感じている。家臣の安藤帯刀直清に提案され、父の隠居を画策する。

徳川 宗春【とくがわ・むねはる】

一六九六年（元禄九）〜一七六四年（明和元）

一七三〇年（享保十五）兄の死によって御三家・尾張藩主の座につく。商工業を重要視した放任政策を行い、名古屋を活性化させた。この政策は吉宗が推し進める、緊縮を主とする享保の改革とは真逆のものであった。

『将軍家見聞役 元八郎』シリーズ

同じ御三家で同格だった吉宗が将軍となり、命令されることを不快に思い、改易処分になりかねない発言や振る舞いをする。その結果、改易にはならなかったものの隠居を言いわたされる。

兄が亡くなったのは吉宗のせいだと思っており、吉宗の愛息・家重の殺害を柳生主膳に命じる。

徳川 吉宗 【とくがわ・よしむね】

一六八四年（貞享元）～一七五一年（宝暦元）

紀州徳川家の光貞の四男として誕生。兄二人が急死したため紀州藩主の座につき、五代将軍・綱吉から吉の字をもらい、吉宗を名乗る。七代将軍・家継が幼いまま嗣子《しし》なく亡くなると、尾張徳川家の継友との将軍位を巡る争いを制し、一七一六年（享保元）に八代将軍となった。その後享保の改革を行い、危機に瀕していた幕府の財政を立てなおした。

『将軍家見聞役元八郎』シリーズ

長子・家重の将軍としての器を見抜き、後継者に任命した。しかし、大御所となった後も影響力を持ち、幕府の運営を行っていた。

幕府を守るために冷徹になる一面も持ち合わせており、幕府の秘密を掴もうとした元八郎を抹殺しようとする。

●上田秀人コメント

彼は真の「政治家」だったと思う。合理的に物事を進めることを最優先とし、情実にとらわれない。果断な行動を起こせる人物。でも、薄情なのではありません。息子・家重の前では、父と為政者のふたつの立場で揺れ動く。そういうブレはありますが、最終的には幕政を優先します。自分より国家を第一に考えるタイプです。ある意味、現代でもっとも求められている政治家像ではないでしょうか。

徳川 頼宣【とくがわ・よりのぶ】

一六〇二年（慶長七）～一六七一年（寛文十一）

初代将軍家康の十男で、御三家紀州徳川家の当主。大坂冬の陣、夏の陣で活躍し「最後の戦国武将」と呼ばれる豪傑。慶安の変では、軍事学者・由井正雪の残した文書に頼宣の名前があったために謀反の疑いをかけられる。その後幕府の監視下に置かれ、十年間江戸で過ごすこととなった。

『織江緋之介見参』シリーズ

村正の連続盗難事件が起きた際には、館林が村正を盗んだと突き止め、配下の根来衆に館林邸の村正奪還を命じる。それに失敗してからは、水戸藩から村正を奪うように根来衆に指示を出し、光圀たちを村正から遠ざけようとする。村正に隠された徳川の秘事を話したくはなかったが、館林がいずれ真相に気が付くと考え、その時対抗できる者を残しておくため、光圀に「家康が君主・織田信長を裏切った不忠者だ」という幕府を根底からひっくり返しかねない秘事を伝える。

その後、幕府の後ろ盾を失いそうになった吉原から、今後紀州の庇護を受けたいとの願い出を受ける。自分に与《くみ》する吉原を受け入れ、吉という女性と子供を作り吉原で育てさせ、将軍の座を狙おうと画策する。

『お髷番承り候』シリーズ

慶安の変から十年後、紀州への国入りを許される。

将軍家綱の命を受けて頼宣の屋敷を訪れた賢治郎に屋敷への出入りを許し、そこでみずからかつて口にした「我らも源氏」という言葉の真意をほのめかす。家綱に見切りを付けた頼宣は、江戸（大奥）に刺客を送り込む。そして形骸化した幕府を立て直すため、己が将軍になると宣言。

徳治【とくじ】

『将軍家見聞役元八郎』シリーズ

貞五郎の下働き。元八郎を尾行してきた者の正体を摑んだ。柳生主膳の手の者に斬られる。

刀禰【とね】

『お髷番承り候』シリーズ

深室作右衛門の妻。

鳥見役【とりみやく】

『織江緋之介見参』シリーズ

鷹狩りの際に野鳥がいるかどうかを下見する役。本来手続きをしないと入れない大名の屋敷や寺社に自由に出入りできるため、幕府の隠し物見としての一面もあった。

老中・阿部豊後守忠秋の命により松平伊豆守の息の掛かった鷹匠を排除する。妙な行動をしていた沙弓を誘拐し、緋之介と戦うも敗北した。

内藤 出雲守 忠吉【ないとう・いずものかみ・ただよし】

『織江緋之介見参』シリーズ

将軍家綱の側衆。同僚が京都所司代に出世し、対抗心から自身も出世したいと願う。家綱が諸大名、綱重、綱吉を率いての安宅丸見学をすることを提案し、出世の頼みである家綱の威光を知らしめようと目論む。

永井 丹波守 直之【ながい・たんばのかみ・なおゆき】

『将軍家見聞役 元八郎』シリーズ

勘定奉行。前任者の急死によって新しい勘定奉行に任命された。田沼意次の意向が大きく働いて京都町奉行から抜擢されたため、家臣たちの評判はよくない。

長岡 主水【ながおか・もんど】

『将軍家見聞役 元八郎』シリーズ

細川家の一門で江戸家老。

中島 太郎右衛門【なかじま・たろうえもん】

『織江緋之介見参』シリーズ

松平伊豆守信綱の腹心で、留守居役。信綱の命により出入りの南町奉行所の与力・

須藤半平太に緋之介を捜すように依頼する。

長田 金平【ながた・きんぺい】
『織江緋之介見参』シリーズ
幕府お鷹匠（鷹狩りに使用する鷹や狩り場を管理する）組頭。徳川光圀の鷹狩りに付き添った。その後家が取り潰しにあっている。

中辻 高匡【なかつじ・たかまさ】
『将軍家見聞役 元八郎』シリーズ
神祇司。伏見宮貞建親王の協力要請により、元八郎を桜町天皇に対面させた。

夏【なつ】
『お髷番承り候』シリーズ
根来衆のくノ一。身元を偽り徳川家綱の大奥へ入る。家綱を殺害する機会を探る。

奈美【なみ】
『日輪にあらず 軍師黒田官兵衛』
官兵衛の妻。松寿丸を人質にする時には辛《つら》そうにしながらも反対することはなかった。次第にキリスト教にのめりこみ、彼女の影響で官兵衛もキリスト教を信仰するようになる。

南 龍翼【ナム・ヨンイ】

一六二八年(仁祖六)?～一六九二年(粛宗十八)?

『織江緋之介見参』シリーズ

朝鮮使従事官。二十七歳の若き能才。日本を蔑視しており、徳川家康を祀《まつ》る日光東照宮への参拝を拒否。慰労の茶席では御影太夫の出した茶をも拒絶したが、そのことで命を引き換えにしようとする太夫を見て茶を受け入れ、日本を見直した。明国の禁軍都尉・楚周建に協力しており、彼とその部下の形見となる刀を御影太夫から託される。

成瀬 隼人正 正泰【なるせ・はやとのしょう・まさもと】

一七〇九年(宝永六)～一七八五年(天明五)

『将軍家見聞役 元八郎』シリーズ

尾張藩の付家老。江戸城へ呼び出され、宗春の隠居処分を聞かされる。水戸徳川家から将軍を出すための陰謀に手を貸したが、切り捨てられている。

『織江緋之介見参』シリーズ

村正盗難事件を利用して、君主・徳川光義を将軍にさせることを夢見るも、叶わなかった。

新見 備中守 正信【にいみ・びっちゅうのかみ・まさのぶ】

甲府徳川家の家老。

『織江緋之介見参』シリーズ

綱重を将軍にするため、藩士に将軍暗殺の命令を下す。

『お髷番承り候』シリーズ

綱重の扶育をつとめる。

山本兵庫が賢治郎の引き込みに失敗したため、代わりに賢治郎の始末を任される。すぐに家臣を集め、綱重を将来将軍にすることができると折伏し計画に引き込む。しかし、賢治郎の返り討ちにあい失敗。

その後、綱重の弟・綱吉の家老である牧野成貞に雇われた大山伝蕃率いる浪人たちが、甲府館を囲み暴れた。藩士に応戦させるも、浪人たちを逃がしてしまう。この騒動を通して大山伝蕃の実力を知り、仲間に引き込むことを考える。

人を遣わして伝蕃の居場所をつかむと、家綱の耳に入るような城下を騒がせる噂を立たせるため、旗本の殺害を依頼する。

新納 大隅 忠隆【にいろ・おおすみ・ただたか】

『将軍家見聞役 元八郎』シリーズ

薩摩藩家老。負担が大きい木曾川の治水工事を回避するため忍の捨てかまりを動かすが、失敗した。

仁旗 伊織【にき・いおり】

『斬馬衆お止め記』シリーズ

主人公。松代藩真田家に仕える斬馬衆。神道無念流師範。閑職であったはずが、突如真田を守るために隠密（伊賀者）と戦うよう命じられる。しかし、隠密との戦い方など知らないため、忍である神祇衆の霞から毎日稽古を受けることに。伊織は真田信政の中屋敷護衛を任され、侵入してきた伊賀者の一人を始末する。人の命を奪ったことに罪悪感を覚えるが、剣術の師範・郡軍太夫に諭され自分の命の重さを痛感。罪悪感から立ち直る。その後、再び信政を襲った戦陣坊主を倒すも、鞘に亀裂が入る。大太刀も使いものにならなくなったため、やむなく信政の護衛を断る。大太刀なしでどう戦うか悩み、郡軍太夫の教えを乞う。三枝鋳矢ら伊賀者と大太刀なしで戦うが、その途中で介添え役の弥介が持ってきた大太刀を使い返り討ちに。鞘なしの大太刀をどう持ち運ぶかを霞、弥介と思案し、その方法を思いつく。信政の移動に付き添い、襲撃してきた土井大炊頭利勝に雇われた浪人・鬼頭玄蕃介と戦って勝利。真田家を守りきった数ヶ月後、弟弟子の森本冴葉と婚姻した。

●上田秀人コメント

彼の所属する斬馬衆は遺物です。禄を無駄に食《は》む存在。でも無駄飯食いと言われている人たちも状況によっては活躍できるんだということを、かっこよく描きたかったんです。

仁吉【にきち】

『日輪にあらず　軍師黒田官兵衛』

玲珠膏《れいしゅこう》の売り子をしている。官兵衛とは親しく、彼に付き合って川に仕掛けた梁《やな》で魚を獲っている。その他にも他国の情勢を探り、流言を広げる忍のようなことも行っている。

西尾 隠岐守 忠尚【にしお・おきのかみ・ただなお】

一六八九年(元禄二)～一七六〇年(宝暦十)

『将軍家見聞役 元八郎』シリーズ

老中。幕府の財政難についての打開策を他の幕閣たちと話し合う。

西岡 隼人正【にしおか・はやとのしょう】

『織江緋之介見参』シリーズ

大番組。逃げまどう民衆に逆行して火事場へ向かおうとして、邪魔になる民衆に鞭《むち》を振ろうとしたところを千之助に止められた。そのことに激怒して千之助を襲うが緋之介に止められ、気絶させられる。

西荻 不転【にしおぎ・ふてん】

『将軍家見聞役 元八郎』シリーズ

十名の一領具足を率いる一領具足組小頭。板垣図書の指示で元八郎を狙うが失敗し、一度は退却する。その後、能登忍が元八郎に味方したため数の不利を埋めようと一対一を提案するが、叶わず能登忍によって殺される。

西田屋 甚右衛門【にしだや・じんえもん】

一五七五年(天正三)～一六四四年(天保元)

『織江緋之介見参』シリーズ

遊郭西田屋の主人で吉原惣名主。西田屋は徳川家康に吉原の創設を願った名見世である。高崎から江戸へ戻った緋之介を見世に受け入れ、岡っ引きの辰吉から緋之介絡みの脅迫を受けた際は、彼を暗殺して吉原を守っている。
幕府は神君家康のお墨付きのある吉原に直接手を出しては来ないが、あの手この手を使ってとり潰そうとしてくる。また、吉原には大きな秘密があった。それは三代将軍家光の乳母を務め、大奥を創設した春日局が実は湯女《ゆな》であり、家康との間に家光を産んでいたということだった。甚右衛門はこの秘密を、目立つ緋之介を目くらましにすることによって守り続けてきた。しかし緋之介が将軍家綱の目に止まったことでそれも叶わなくなる。さらに移転したことによって客足も減り、吉原は傾きつつあった。そこで冷たい幕府に代わる強い保護が必要だと考え、徳川頼宣の庇護を受けようと願い出て、吉原の未来を託した。

●上田秀人コメント

大番頭さんというイメージ。裏方を仕切る役目を担っていて、人脈も豊富です。吉原で一番人気の太夫をいかにして江戸の華に仕立てるか。それに腐心するというのが当初の彼の性格づけでした。それが最終的には独立国に近い吉原での宰相的なポジションになります。つまり西田は吉原の象徴的存在なんです。

西畑 源之助【にしはた・げんのすけ】

『お髷番承り候』シリーズ

北町奉行所与力。出入り先である甲府徳川家の家老・新見備中守正信から、大山伝蕃の探索を依頼される。

西本　篤造【にしもと・あつぞう】
『将軍家見聞役　元八郎』シリーズ
永井丹波守直之が勘定奉行となった人事に対し、陰で異を唱える。

仁藤【にとう】
『織江緋之介見参』シリーズ
日光へ下向する将軍家綱の先見役を引き受けた緋之介、小野忠常を狙った刺客。共に行動した刺客の指示役であったが、緋之介に返り討ちにされた。

仁兵衛【にへえ】
『織江緋之介見参』シリーズ
徳川光圀の敵娼・明雀のいる三浦屋の忘八。明雀に頼まれて江戸から消えた緋之介の行方を追い、手掛かりを摑む。

丹羽　長秀【にわ・ながひで】
一五三五年（天文四）～一五八五年（天正十三）
信長の重臣。
『日輪にあらず　軍師黒田官兵衛』
信長の死後、清洲で後継者を決める会議を開き、三法師を後継者に推す秀吉を支持する。

根来衆【ねごろしゅう】
『織江緋之介見参』シリーズ
徳川頼宣に仕える忍。頼宣の命令で村正の秘事を守るために行動する。
『お髷番承り候』シリーズ
紀州家徳川頼宣に仕える忍。紀州転封ののちに根来寺が保護され、根来寺配下の根来衆は頼宣の懐《ふところ》へ取り込まれた。将軍家綱を亡き者にするため、頼宣の出府にあわせて一足早く江戸に向かう。これ以上頼宣が勝手に動いては紀州家が潰れるかもしれないと思っている光貞と安藤帯刀の頼宣隠居策の案に乗っており、紀州家が潰れる前に頼宣が隠居せざるを得ない状況にする機会を窺っている。

ねね
一五四九年(天文十八)〜一六二四年(寛永元)
羽柴秀吉の妻。後の北政所。
『日輪にあらず 軍師黒田官兵衛』
織田信長の人質になった官兵衛の子・松寿丸を育てた。天下に近づけば近づくほど変わっていく夫を寂しく思う。官兵衛に信頼を寄せており、万が一秀吉が官兵衛を見捨てるようなことがあれば自分が止めるとまで言っている。

能登忍【のとしのび】
『将軍家見聞役 元八郎』シリーズ
加賀藩を守るくノ一。米のできない能登の地で生きるために、歩き巫女《みこ》をしながら情報を集め、加賀藩から禄をもらって家族を養っている。

羽織のお銀【はおりのおぎん】
『将軍家見聞役 元八郎』シリーズ
深川芸者。柳生主膳との戦いにより重傷を負い、川に落ちた元八郎を助ける。貞五郎の依頼で彼が動けるようになるまで世話をした。

羽咋【はくい】

『将軍家見聞役 元八郎』シリーズ

能登忍。元八郎の命を狙うが、最期は田沼意次の命令で動く富山藩士に殺される。

羽柴 秀吉【はしば・ひでよし】

一五三七年（天文六）～一五九八年（慶長三）

織田信長の家臣。足軽から出世し、信長を自害に追い込んだ明智光秀を討った。信長亡き後、天下統一を達成する。

『日輪にあらず 軍師黒田官兵衛』

気さくで気配りのできる人物。荒木村重の紹介で出会った官兵衛をいたく気に入り、数々の戦いをともにする。光秀を討った山崎の戦い後は自身を信長の後継者だと公言。信雄と手を組んだ家康とぶつかるも、池田などの勇将を失い攻略を断念。全国の諸将と戦いながら関白に就任し、天下統一を果たした。この頃には気さくな性格は消え失《う》せ、人が変わってしまっている。朝鮮を支配しようと兵を二度向けるがどちらも失敗。側室の茶々が産んだ幼い子を残し、病死した。

●上田秀人コメント

彼がどの時点で天下を望みはじめたのかを考えました。信長が死ぬ前からなのか、それとも官兵衛から「ご運の開け給《たも》うときでござる」と言われた瞬間なのか、あるいはその時ですらまだ望んでいなかったのか。最終的に、官兵衛の発言以降ということで私なりに結論づけて描きました。信長の存命中から天下を狙っていたとなれば、秀吉が糸を引いて本能寺の変を起こしたという話に持っていかざるを得ない。それはちょっと考えづらかったので。

長谷川 讃岐守 政房【はせがわ・さぬきのかみ・まさふさ】

『将軍家見聞役 元八郎』シリーズ

甲府勤番頭。切れ者と評判。忍に襲われた元八郎を呼び出し、事情聴取を行った。

蜂須賀 正勝【はちすか・まさかつ】

一五二六年（大永六）〜一五八六年（天正十四）

織田家の家臣。

『日輪にあらず 軍師黒田官兵衛』

娘と官兵衛の子・松寿丸が婚姻したため、官兵衛とは姻戚関係となる。官兵衛とともに変わっていく秀吉に一抹の不安を覚える。

服部 定斎【はっとり・じょうさい】

『織江緋之介見参』シリーズ

伊賀組頭領で松平伊豆守信綱に仕える。かつて伊賀組の頭領であった服部半蔵の子孫でもあり、絶家となっている服部家の再興を悲願としている。いづやに隠されている明王朝の金印を奪うべく働き、柳生や宗家を使い任務を果たそうとするも失敗。最終手段として江戸に火を放った。その後、御影太夫が放った火により焼け野原となったいづやを襲撃。総兵衛を倒し金印を奪うも火の熱で溶けてしまう。緋之介を倒そうとするも敗北し、死亡した。

花園【はなぞの】
『大奥騒乱　伊賀者同心手控え』
大奥上臈第二位。彼女の局（上臈に代わり諸事を任される女中）が大島にそのかされたことにより、おすわの食事に毒が盛られた。

林 鵞峰【はやし・がほう】
『お髷番承り候』シリーズ
林家の「忍岡聖堂」と呼ばれる先聖殿で講義をしている学問の師。

半田 小平太【はんだ・こへいた】
『将軍家見聞役 元八郎』シリーズ
御広敷伊賀者組頭。田沼の指示で伊賀者を京へ送るが、誰も戻らないため捜索させる。それにより先発隊が死んだことが分かり、仲間の無念を晴らすため犯人を捜し始める。当初は元八郎を疑うが、伏見宮邸を探り始めて復讐の相手が黄泉の醜女だと分かる。元八郎とともに黄泉の醜女と戦うが、斬殺される。

疋田 兵庫【ひきた・ひょうご】
『織江緋之介見参』シリーズ
安藤家の江戸家老。吉原通いが目立つ安藤対馬守重博を諫める。

彦也【ひこや】
『織江緋之介見参』シリーズ
徳川光圀の敵娼・明雀のいる三浦屋の忘八。明雀に頼まれて江戸から消えた緋之介の行方を追う。緋之介を見つけたあとも、彼が居候をしていた刀鍛冶・旭川のことを調べた。徳川光圀の妹・沙弓が誘拐された際には緋之介とともに救出へ向かう。
堀田邸の煙硝蔵が爆発した事件でも緋之介と真相の究明に乗り出し、松平伊豆守の計画を阻止する。
さらに隠し売女の取り締まりでは忘八たちの中心となって活躍し、吉原の恐ろしさを見せつけた。

久吉【ひさきち】
『織江緋之介見参』シリーズ
西田屋の忘八。忘八衆を束ねており、緋之介への客人の取り次ぎも行っている。

平賀 国倫【ひらが・くにとも】
一七二八年(享保十三)~一七七九年(安永八)
『将軍家見聞役 元八郎』シリーズ
讃岐《さぬき》高松松平家の物頭・真田宇右衛門の茶坊主。他人を小ばかにする癖があるため出世していないが、二十歳と若く知識は豊富。元八郎が肩に受けた弾を見て、気砲だと助言している。その際、自分にはまだまだ知らないことが多いと悟り、家督を弟に譲って隠居。長崎に向かった。

広橋 侍従 兼胤【ひろはし・じじゅう・かねたね】
一七一五年(正徳五)~一七八一年(天明元)
『将軍家見聞役 元八郎』シリーズ
代々武家伝奏を任される家系に誕生した

が、父が若くして亡くなったため武家伝奏は他の家に移ってしまっていた。桜町天皇から幕府への勅旨に任命され、家重の将軍宣下を行う。その後、由との恋仲が判明し、由を伏見宮貞建の養子にすることで身分の違いを埋め、彼女と婚姻する。

福原 則尚【ふくはら・のりひさ】 ?〜一五七七年(天正五)?

『日輪にあらず　軍師黒田官兵衛』

福原城城主。
秀吉と戦うが、敗北を悟り城に火をつけて逃走。しかし、火をつけたことによって明かりが生まれ姿をさらすことになった。逃亡中に秀吉の家臣に攻められて戦死。

藤沢 無刃齋【ふじさわ・むじんさい】

『お髷番承り候』シリーズ

弟子に人を斬る経験を積ませようと、賢治郎の始末を松江屋献右衛門から引き受けた。

藤島太夫【ふじしまだゆう】

『織江緋之介見参』シリーズ

万字屋の遊女。太夫道中に襲われたところを緋之介に助けられる。緋之介に好意を寄せるが受け入れられず、札差業を営む井筒屋弥左衛門によって身請けされた。

●上田秀人コメント

緋之助にとって沙弓が「太陽」だとすれば、藤島太夫が「月」となります。沙弓と対《つい》をなす、もうひとりのヒロインですね。

伏見宮 貞建 親王【ふしみのみや・さだたけ・しんのう】

一七〇一年(元禄十三)?～一七五四年(宝暦四)

『将軍家見聞役 元八郎』シリーズ

皇族で将軍家重の義理の兄。天皇からの信頼が厚い。気さくな人物で、無断で屋敷に入り込んできた元八郎を茶に誘う大胆な一面も持つ。宮中でうごめいていた不穏分子を退治してくれた元八郎に感謝し、大きな信頼を寄せるようになった。

●上田秀人コメント

当時の朝廷は形骸化していて、政から遠のいていました。権威はあるが、実行力はない。それでも世の泰平のためになにができるかを考え、葛藤している。そんな朝廷の内実を代表する人物として登場させました。

武兵衛【ぶへい】

『お髷番承り候』シリーズ

深室家に仕える用人。出かけた賢治郎がなかなか戻らぬことに不安を抱いた三弥に賢治郎の捜索を命じられる。

平吉【へいきち】

『織江緋之介見参』シリーズ

徳川光圀の敵娼・明雀のいる三浦屋の忘八。彦也とともに高崎で刀鍛冶の旭川を守った。

平助【へいすけ】

『織江緋之介見参』シリーズ

いづやの忘八。総兵衛の命で、緋之介が

殺した人間の始末など雑事をこなす。家康に重宝された忍、三河乱破の末裔で緋之介とともに、いづやに隠されている明王朝の金印を狙ってやってきた伊賀者と戦うが、左腕を切り落とされる。総兵衛の死後は金印が融解して守る必要がなくなり、伊賀者の攻撃から逃れるため身を隠す。

別所 重棟【べっしょ・しげむね】 ?〜一五九一年(天正十九)

三木城主であった兄・長勝が亡くなると、甥・長治と共に織田信長につく。

『日輪にあらず　軍師黒田官兵衛』

上月城攻めでは予想外の攻撃にあって敗走しかけたところを官兵衛に助けられた。その後、秀吉のとりなしで官兵衛の子・松寿丸と娘の間に婚姻の約を結ぶ。

別所長治が織田家を裏切ると官兵衛とともに討伐を命じられ、見事にその任を果たす。秀吉の計らいで長治の子・千松丸を預かる。

峰山【ほうざん】

『将軍家見聞役元八郎』シリーズ

寛永寺の僧侶。将軍家重の駕籠を襲った実行犯。寛永寺に乗り込んできた元八郎を始末しようとしたが返り討ちにあって絶命。

忘八【ほうはち】

『織江緋之介見参』シリーズ

吉原にて遊女屋の下働きをする男たちのこと。人別からはずされ人扱いされず、命を落とすのも惜しくない者たちが集まっている。仕事の内容は遊女の身の回りの世話、未払い金の徴収、見世の雑用、しきたりを破った客や遊女たちの折檻《せっかん》などさまざま。吉原を守る役割もあり腕も立つ。緋之介が滞在した遊女屋の忘八は敵を尾行して本拠地をつかむなど、彼にいろいろな協力をした。

保科 肥後守 正之【ほしな・ひごのかみ・まさゆき】

一六一一年(慶長十六)～一六七二年(寛文十二)

江戸時代初期の大名。二代将軍秀忠の四男で、三代将軍家光は義兄にあたる。

『織江緋之介見参』シリーズ

将軍補佐という重職に就いている。温厚誠実な人柄で、堀田上野介正信からの上申書に困惑する稲葉美濃守正則を宥《なだ》めた。

細川 越中守 宗孝【ほそかわ・えっちゅうのかみ・むねたか】

一七一六年(正徳六)～一七四七年(延享四)

江戸中期の五代熊本藩主。

『将軍家見聞役 元八郎』シリーズ

家臣の助言に従わず藩の財政を省みなかったため、家臣の反感を買う。邪魔な板倉修理勝該を消したい板倉家と細川家家臣の思惑が一致し、罠にはめられる。修理に斬られ死亡。

細川 重賢【ほそかわ・しげかた】

一七二〇年(享保五)～一七八五年(天明五)

江戸中期の六代熊本藩主。質素倹約の藩政が効果を上げた。

『将軍家見聞役 元八郎』シリーズ
細川越中守宗孝が刃傷事件によって殺されたため、熊本藩主となる。

細川 多聞【ほそかわ・たもん】

『将軍家見聞役 元八郎』シリーズ
細川家家老。別名は森宗軒といい、天草忍を束ねる存在でもある。わずかな禄を減らされて困窮する天草忍を守るために、藩の財政を揺るがす藩主・細川宗孝を罠にはめて殺した。元八郎に敗れ、幕府の秘事を話して亡くなる。

堀田 加賀守 正盛【ほった・かがのかみ・まさもり】

一六〇八年(慶長十三)〜一六五一年(慶安四)
幕府の老中。三代将軍家光の忠臣の一人。家光の小姓に付いていた。

『斬馬衆お止め記』シリーズ
松平伊豆守から真田家潰しの相談を受けていた。その後、加増を受けて藩政に専念。老中の政務から離れた。

堀田 上野介 正信【ほった・こうずけのすけ・まさのぶ】

一六三一年(寛永八)〜一六八〇年(延宝八)
二代佐倉藩主。三代将軍家光の小姓であり老中となった堀田正盛の長男。

『織江緋之介見参』シリーズ
家光が亡くなった際に殉死した父と違い、いまだに生きている老中の松平伊豆守信綱、阿部豊後守忠秋らを憎らしく思っている。このことから幕府への批判を書いた上申書を提出し、出家した。出家は将軍に対する縁切り行為と取られ大罪であった。そのため、信綱は正信に乱心した疑いがあるとして家臣らに療養の手続きを行うように求めた。そしてある日の晩、眠っているところを信綱の刺客に襲われる。屋敷を監視していた緋之介の助けによって無傷ではあったが、無断で国元である佐倉藩に戻った。このことで堀田家は改易となり、正信は配流となる。

堀田 相模守 正亮【ほった・さがみのかみ・まさすけ】

一七一二年(正徳二)〜一七六一年(宝暦十一)

『将軍家見聞役 元八郎』シリーズ

老中首座。幕府の財政難についての打開策を老中を始めとする幕閣と話し合う。

堀田 備中守 正俊【ほった・びっちゅうのかみ・まさとし】

一六三四年(寛永十一)〜一六八四年(貞享元)

三代将軍家光の老中であり、家光に殉死した堀田正盛の三男。家光の命で大奥の創始者である春日局の養子となる。家綱に付けられ、彼が家督をついだときに奏者番となった。

『織江緋之介見参』シリーズ

大奥別式女衆である出雲に元八郎の殺害を命じる。

『お髷番承り候』シリーズ

賢治郎に小納戸役月代御髪係の辞令を下す。

父・正盛は家光の男色相手を務め出世を果たしたことで、男色によって出世したものを指す「蛍」と陰口された。そのため、正俊は、独力で執政の地位へ登る野心を抱く。

家綱が将軍であるうちに自らが執政になろうと考えている。そのため御三家の綱重を次期将軍にしようと画策する目障りな順性院をおとなしくさせるため、賢治郎の抹殺を家臣である田岡源兵衛に命じる。

その翌々日、初めて賢治郎と会い、将軍家綱が賢治郎のお役目中に人払いをする理由を彼に問う。答えない賢治郎に、言われたことに従うことだけが本当の忠義ではないと説いた。家綱にも同様に人払いを止めるよう説くが、言い負かされてしまう。

数日後、賢治郎に出世をちらつかせ小納戸の役から降りるよう迫る。だが、最後まで頷《うなず》かなかった賢治郎を改めて邪魔者と認識。さらに賢治郎へ送った刺客が返り討ちにあったことを知ると、賢治郎だけでなく、松平伊豆守、阿部豊後守などの側近も排除しようと考える。

●上田秀人コメント

『お髷番承り候』シリーズでは、陰湿な人物として描いています。父親は老中だったにもかかわらず、自分は奏者番にとどまっているというのが、彼を苛立《いらだ》たせている。このままでは堀田家は埋もれると危惧し、常にもがいています。

堀田 浩之進【ほった・ひろのしん】

『将軍家見聞役 元八郎』シリーズ

支配勘定勝手方。元八郎の同僚。御書物奉行である青木昆陽に見出《みいだ》され、城内のうわさにも詳しい。

堀田 善衛【ほった・よしえ】

『お髷番承り候』シリーズ

黒鍬者組頭。一郎兵衛の報告を受けて、配下の者に賢治郎の始末を任せる。襲撃失敗後は部下に賢治郎の監視をさせる。

洪 啓禧【ホン・ギョンヒ】

『将軍家見聞役 元八郎』シリーズ

朝鮮通信使。対馬藩に改ざんされた親書を改めて書き直してもらうため、新書を将軍に届けに来た。そのために命を狙われるが元八郎に助けられる。その後朝鮮で再会し、元八郎に琉球行きの船を手配した。

本庄 宮内小輔 宗孝【ほんじょう・くないしょうゆう・むねたか】

『織江緋之介見参』シリーズ

徳川綱吉の家老。綱吉を将軍にするために動き、老中稲葉美濃守、堀田備中守らを抱き込もうとする。

本多 安房守 政質【ほんだ・あわのかみ・まさただ】

一六七四年(延宝二)?～一七二三年(享保八)?

『将軍家見聞役 元八郎』シリーズ

前田家筆頭家老。鎖国による弊害について元八郎に語る。玉蘭の助言を受けて、難破船の朝鮮人乗務員を見逃すように元八郎に頼む。

本多 紀伊守 正珍【ほんだ・きいのかみ・まさよし】

一七一〇年(宝永七)〜一七八六年(天明六)

『将軍家見聞役 元八郎』シリーズ

駿河田中藩城主。老中として幕府の財政難の打開策を他の幕閣たちと話し合う。

本多 志摩【ほんだ・しま】

『織江緋之介見参』シリーズ

福井藩家老。光圀から手紙を受け取り、村正が盗難の危機にあることを知って、護衛としてやって来た緋之介を受け入れる。

牧野 越中守 貞通【まきの・えっちゅうのかみ・さだみち】

一七〇七年(宝永四)〜一七四九年(寛延二)

『将軍家見聞役 元八郎』シリーズ

京都所司代。水戸徳川家と結託して、今上帝を廃し幼い天皇の補佐として権力を握ろうと企むが、失敗に終わり、京都で急死する。

牧野 成貞【まきの・なりさだ】

一六三四年(寛永十一)〜一七一二年(正徳二)

徳川綱吉の側役。

『お髷番承り候』シリーズ

桂昌院に言われ、子のない将軍家綱の側室となる女性を捜す。綱吉に供して登城した際、家綱から綱吉を次期将軍にする気はないと暗に釘をさされる。その帰り道、綱吉の駕籠が襲われ、このことを桂昌院へ報告。桂昌院に綱重の排除を約束する。

牧野 備後守 成恒【まきの・びんごのかみ・なりつね】

『織江緋之介見参』シリーズ

徳川綱吉の側用人。綱吉の扶育係であることを自任しており、将軍になるのは二の次で立派に成人してもらうことが大切だと考えている。

牧村 明庵【まきむら・みょうあん】

『斬馬衆お止め記』シリーズ

真田家のお抱え医師。真田信吉の死の真相を知っているために、それを知りたい伊賀者に拷問される。信吉の最期を看取った医師の仙堂藤伯の名を教えて助かろうとするが、殺された。

正木 玄悟【まさき・げんご】

『将軍家見聞役 元八郎』シリーズ

姫路の浪人。柳生新陰流を学び元八郎に挑んだが、敗北して死亡する。

正吉【まさきち】

『将軍家見聞役 元八郎』シリーズ

京都の履物屋・淡路屋の丁稚《でっち》。京都に来たばかりの元八郎の町案内をした。

益子屋 烏兵衛【ましこや・うひょうえ】

『織江緋之介見参』シリーズ

家康のお墨付きである吉原に手出しができないため、内部から壊そうと試みた阿部豊後守に乗せられて、編み傘茶屋の主人となった。西田屋を買い取り新しい惣名主となるため西田屋に脅しをかけるが、報復を受けて諦める。

松浦　河内守　信正【まつうら・かわちのかみ・のぶまさ】

?～一七六九年(明和六)

勘定奉行と長崎奉行を兼務した。

『将軍家見聞役元八郎』シリーズ

幕閣たちと幕府の財政難についての打開策を話し合う。

松江屋　献右衛門【まつえや・けんえもん】

『お髷番承り候』シリーズ

斡旋《あっせん》を生業《なりわい》とする商人。堀田備中守の紹介で主馬の仕事（賢治郎殺害）を請け負う。家臣の斡旋や妾の紹介という表の顔と共に、不要な人物を排除するような裏の仕事も請け負う。

堀田邸で主馬と会った二日後、主馬の松平邸を訪ねる。主馬から賢治郎を排除するための刺客の依頼を受け、そのことを堀田備中守へ報告した。堀田備中守が大老になった暁には、町年寄にしてもらうことを約束される。

その後、賢治郎へ刺客を送るが失敗に終わっている。

松寿丸【まつじゅまる】

一五六八年(永禄十一)～一六二三年(元和九)

黒田勘兵衛の子息。人質として羽柴秀吉の妻・ねねが居る長浜で暮らした後、父のもとで初陣した。秀吉家臣の蜂須賀正勝の息女と婚姻、後に長政と名乗り、関ヶ原の戦いで徳川方についたことにより九州五十二万三千石を拝領した。

『日輪にあらず 軍師黒田官兵衛』

思慮の浅さを官兵衛に指摘されることが多い。

松平 伊豆守 信綱【まつだいら・いずのかみ・のぶつな】

一五九六年(慶長元)〜一六六二年(寛文二)

江戸幕府の老中で三代将軍家光の忠臣として仕えた。長男・家綱の扶育を任すとの家光の遺言により殉死を許されず、家光、家綱と二代にわたって臣下を務める。阿部豊後守とは共に家光に仕え、六人衆として活躍した間柄。

『斬馬衆お止め記』シリーズ

土井大炊頭利勝に命じられて、同じく老中の阿部豊後守、堀田加賀守と相談の上で真田家がお手伝いを断れない弱みを探すことに。山里伊賀組頭・三枝鋳矢に命じ真田の屋敷に忍び込ませるも神祇衆の霞によって阻止される。その後、伊賀組を金で私物化し、真田信政が持つ書付を奪わせた。書付の内容に驚愕《きょうがく》した松平伊豆守は阿部豊後守、堀田加賀守を呼びだし内容を共有。そこには家康と真田昌幸(信之の父)の密約が書かれていた。三人で相談をした結果、家康を敬愛している家光に書付を見せることに。これによって土井大炊頭が真田家に手出しできなくなるように仕向けた。

しかし信綱は土井大炊頭に再度真田家を消すよう命じられる。家光の手前完全に潰すわけにいかないため、石高を半減し現領地の信濃から追い出す程度の落ち度を探せと三枝に命じる。真田を潰す弱点は早くに亡くなった真田信吉（信之の長男）の死因にあると気付くと、三枝に真田家お抱え医師の仙堂藤伯を拉致させる。すると信吉は病死ではなく自決だったという真実を知る。信之に「信吉の死について取り上げる」と脅すもかわされてしまい、逆に土井大炊頭を排除すべきだと諭された。阿部豊後守と相談し、土井大炊頭の排除を計画。家光に土井大炊頭の所業を話し、大老に祭り上げさせることに成功した。

『お髷番承り候』シリーズ

家光の遺言であったとはいえ、殉死できなかったことに苦々しい想いを抱いている。

慶安の変後、由井正雪に加担していたと徳川頼宣を追及し、江戸に留める。将軍家綱のお花畑番をしていた賢治郎とは面識があり、家綱から命を受けていることを知って、春日局の経歴について教える。ことあるごとに賢治郎に助言をする一方で、君主の言うことを聞くだけでは寵臣にはなれないとときに厳しく諭す。

頼宣が出府することを知ると彼の家綱暗殺の思惑を見抜き、頼宣の刺客（根来衆）が江戸へ侵入するのを食い止めるため家臣を派遣する。が、そのことに気づいた根来衆に家臣が殺害されてしまう。

●上田秀人コメント

『斬馬衆お止め記』では幕府の領袖として名を馳せる以前の彼を描いています。まだ若く、ゆえに人間的に未熟なところが多い。

阿部豊後守も同じです。土井大炊頭利勝が死ぬ間際に松平伊豆守と阿部豊後守を呼び出して叱りつけたという記録も残っているくらいですから。

松平 越中守 定信

【まつだいら・えっちゅうのかみ・さだのぶ】

一七五八年(宝暦八)〜一八二九年(文政十二)

江戸時代後期の大名で、老中首座となり寛政の改革を行った人物。御三卿田安家出身。八代将軍吉宗の孫でもある。

『大奥騒乱 伊賀者同心手控え』

大奥と親しい田沼主殿頭意次の専横を抑えるため、上臈の飛鳥井を従わせようとするも拒まれる。定信は田安家の相続の一件で大奥に恨みを持っており、どうにか大奥の力を奪おうとした。そのためには筆頭上臈の高岳を貶《おとし》めるのがいいと考え、お庭番の和多田要にその手配を命じる。和多田に高岳の金を盗ませ、自分は盗賊が落とした金を預かっていると高岳に話し出方をうかがった。しかし、一兵の働きによって策が破られ、高岳からも不興を買う結果に終わってしまう。

上臈第四位の滝川より届いた文に中臈おすわの懐妊が書かれていると、この事実を自分が一番に将軍家治に報せようと考える。また、生まれた子が男子だった場合は自身が引目役(将軍の子が生まれ披露される際に後見をする大名のこと)になる算段も立てる。そのためにはこのことを田沼に知られるわけにはいかず、和多田に懐妊を知ったものを始末するように命じる。後日、家治におすわ懐妊の祝いを述べ、引目役に立候補。将軍の許しを得る。ひとまずは目標を達成したが、危険因子は始末しておくべきだと思い、滝川と敵対関係にある大島が手駒にしている一兵を殺すよう、要を差し向ける。

●上田秀人コメント

将軍になれなかったことを一生引きずったまま亡くなった。私はそういう往生際の悪い人間はあまり好きになれないんです。だから作中での彼の扱いも悪くなってしまいました（笑）。栄達できなかった非は自分にあるのに、それを認めようとしない。いつも「なんで俺が」という不満を持った状態で登場させています。

松平 甲斐守 輝綱

【まつだいら・かいのかみ・てるつな】

一六二〇年（元和六）〜一六七一年（寛文十一）

松平伊豆守の嫡男。

『お髷番承り候』シリーズ

松平伊豆守からは主殿《とのも》と幼名で呼ばれている。四十三歳でありながら家督は継いでいない。父が亡くなる前に、幕政につくのではなく、藩政に尽力せよと命じられた。

松平 左近将監 乗邑

【まつだいら・さこんしょうげん・のりさと】

一六八六年（貞享三）〜一七四六年（延享三）

大給《おぎゅう》松平家に生まれ、父の遺領を継いで肥前国唐津藩主となる。志摩鳥羽城、伊勢亀山城、山城淀城と入封を繰り返し、淀城に移った五年後に大坂城代を任されている。一七二三年（享保八）に老中となり、佐倉藩へ移った。

『将軍家見聞役 元八郎』シリーズ

大老になる野望を抱き、関白を目指す近衛内大臣内前と手を結ぶ。聡明な家重の将軍継承を妨害し、吉宗の次男・田安宗武を将軍にしようと企てる。しかし元八郎によってその野望は阻止され、家重が将軍となり、乗邑はお役御免を言い渡されて江戸城を去る。

松平 主馬【まつだいら・しゅま】

『お髷番承り候』シリーズ

旗本松平多門の長男。松平家の嫡男であり、女中との子供である義弟の賢治郎が正室の息子である自分よりも出世することを快く思っていない。賢治郎を可愛がっていた父・多門が急死すると、出世を条件に深室家当主の作右衛門のもとに婿養子として賢治郎を押し付け、お花畑番から引きずり下ろす。その後も賢治郎とは折り合いが悪く、やがて小納戸月代御髪係に召し上げられたことを忌々《いまいま》しく思う。再び賢治郎を将軍家綱の近くから引きずり下ろそうと画策する。

賢治郎が紀州家徳川頼宣と面会したことを堀田備中守（家綱の家臣）に報せ、今後いつでも声をかけていいと許しを受ける。しかし、逆に堀田備中守から賢治郎が松平伊豆守と接近しているという噂を耳にし、足を引っ張る賢治郎に怒りを募らせることに。偶然城内ではち合わせた際に、役から身を引くことを迫るが断られ、堀田備中守から紹介された松江屋献右衛門（斡旋を生業）に賢治郎の始末を依頼する。しかし、失敗に終わった。

さらに今度は、堀田備中守から家綱より贔屓《ひいき》にされている賢治郎をぜひ紹介してほしいと頼まれ、なんとしても綱重と綱吉に伝えた密使の内容を聞き出そうと躍起になる。作右衛門に圧力をかけて聞き出させようとするが、失敗。

そして、ついに賢治郎が将軍の怒りを買い目通りを禁止されたと知ると、深室邸に乗り込んで切腹を迫る。だが、深室家長女の三弥に追い返される。

その怒りを作右衛門にぶつけ、絶縁届けを出し実家と賢治郎の関わりを断とうとする。が、堀田備中守の言葉により届けを取り下げた。

●上田秀人コメント

権威ばかりを追い求め、先見性に欠ける人物です。当時、高禄の旗本に多かったタイプではないでしょうか。その典型として登場させています。

松平 周防守 康福【まつだいら・すおうのかみ・やすよし】

一七一九年（享保四）～一七八九年（寛政元）

『大奥騒乱　伊賀者同心手控え』

老中首座。大奥上臈第四位・滝川に従者の奥女中を増やしたいと依頼された。

松平 多門【まつだいら・たもん】

『お髷番承り候』シリーズ

寄合三千石の旗本。賢治郎の父。正室の息子に嫡男の主馬がいたが、女中との子供である賢治郎を溺愛した。賢治郎をお花畑番に押し込み、彼の将来を安泰なものにしようとしたが急死し、その思惑は長男の主馬によって阻止される。

萬年 和泉守【まんねん・いずみのかみ】

『将軍家見聞役 元八郎』シリーズ

御広敷番ご用人。田沼の命令で京都を探るように命じられ、半田小平太を遣わす。

三浦 志摩守 正次【みうら・しまのかみ・まさつぐ】

一五九九年（慶長四）〜一六四一年（寛永十八）

江戸時代前期の大名。幕府の老中。徳川家光に寵愛を受けていないにもかかわらず重用された。

『織江緋之介見参』シリーズ

堀田上野介正信からの上中書を大事とした松平伊豆守信綱に賛同し、波風を立てないようにことを進めようとした保科肥後守正之を批判する。

三浦 長門守 為時【みうら・ながとのかみ・ためとき】

『お髷番承り候』シリーズ

紀州徳川家の家老。常に徳川頼宣の側に仕えている。

初めて賢治郎が頼宣のもとを訪れた際は、賢治郎を警戒し二人きりにすることを渋った。その後、頼宣と共に紀州へ移る。

出府して戻ってきた折、屋敷の前にいた賢治郎を招き入れ、頼宣と賢治郎の酒の席に同席する。

三浦屋　四郎右衛門【みうらや・しろうえもん】

『織江緋之介見参』シリーズ

吉原の遊女屋・三浦屋の店主。武家出身。西田屋甚右衛門や山本助右衛門とともに、負役免除を取り下げてほしいと町奉行に取り次ぎを頼む。

御影太夫【みかげだゆう】

『織江緋之介見参』シリーズ

いづやの遊女。遊女の中では最も格上で、吉原についてなにも知らなかった緋之介が初めに指名した人物である。朝鮮使一行の接待のため定評所に呼ばれた際は、町奴による連れ去りにあうも緋之介に助けられた。接待では朝鮮使・南に侮蔑の扱いを受け、自ら割った茶碗で乳房に怪我を負った。この話はたちまち江戸中に伝わり、萩の太夫と呼ばれるようになる。

実は松平伊豆守信綱の娘。いづやに秘密があると知った松平は、彼女を太夫にさせるべく育て、見世に入れさせた。好意を寄せていた緋之介に全てを話したことで、話を聞いていた総兵衛に斬られ、自らが放った火の中で死んだ。

●上田秀人コメント

彼女を通して、松平伊豆守の冷酷さを描こうと思いました。松平伊豆守は幕府の力が及ばない、吉原という場所があることに辛抱できなかった人です。といって家康が認めた場所をあからさまに潰すわけにもいかない。ならば取れる手段は、吉原内の結束を崩すこと。御影太夫は政治的謀略に利用された悲劇の女密偵です。

御厨一兵【みくりや・いっぺい】

『大奥騒乱　伊賀者同心手控え』

主人公。伊賀者で、中臈・佐久間参詣の際、供に選ばれる。その時襲ってきた無頼をうまく追い払い、裏で操っている武士も見つけ出したことから表使いの大島に見入られ、彼女の命で働くことに。まずは無類を操っていた者を特定すべく調査を始めたが、何者かに襲われた上に死んでいた。死体を見たところ忍の仕業だと分かったため大島に報告をすると、本当の使命を伝えられる。松平越中守定信から大奥を守ること、相手はお庭番だということを知らされ、自分ではどうにもできないし命を捨てる気はないと任務を降りようとしたが、既《すで》にお庭番に顔を見られていることを大島から指摘される。それでも給金が少なすぎると渋ったところ、使命を果たした暁には御広敷番士に昇進させると約束されたため、任務を続けることに。

筆頭上臈の高岳の金が盗まれたと御広敷伊賀者組頭・百地玄斎から聞かされ、一日で金を取り戻すよう命じられる。同僚の柘植源五に協力を仰ぐも手掛かりは得られず、覚悟を決めて大奥へ忍びこんだ。大島に盗まれた額と正確な日時を調べてもらい、犯人は先日襲ってきたお庭番だと推理する。そして、あまりに重いため金は外に持ち出されず大奥の中にあると踏んで再び侵入。金を見つけ、大島に報告したことで騒動は解決した。大島の上司・飛鳥井から褒美をもらうも、お庭番・和多田要が姿を現し一兵を必ず殺すと宣告した。

和多田との実力差を悟った一兵は伊賀者同心・山家彦兵衛ら先達に教えを受ける。そんな折、大島から中臈おすわの実家を調べ、彼女が懐妊していないか確認せよとの命を受ける。近頃来客が多いことと身の丈に合わない買い物をしていることを摑むと、おすわの実家の屋敷に侵入。おすわの父が懐妊を報されていないことと、田沼主殿頭意次と誼《よしみ》と通じようとしていることを知る。次に滝川の実家に忍び込むと、そこでおすわ懐妊の言質をとった。さっそく大島に報告しようと戻ったが、そこで玄斎から大奥に侵入者（お庭番の要）があったことを知らされる。しかも伊賀者は手を出さないという。侵入者の件を大島にも報告すると排除を命じられ、要と戦う。しかし取り逃がす結果になった。

その後も特にこれといった成果をあげられず大島に叱責を受け、定信の屋敷に忍び込むよう命じられる。屋敷に向かうも要の襲撃を受け、なんとか逃げ切った。このことで大奥に忍び込んだ要が定信の警護をしていることがわかり、大島に報告する。

後日、大島からおすわに毒が盛られたことを知らされ、犯人を捜すことに。しかし、突然探索を打ち切るように言われる。その後、滝川と老中・松平周防守の会話を傍受するよう命じられ、そこで滝川がおすわ警護のための女中を手配するように頼んだことを知る。そのことを大島に報告すると、おすわ暗殺を命じられた。さすがにたじろいだが、御広敷番頭と妹を大奥に勤めさせると言われ、さらに大奥の総意だと脅される。一兵は命令を聞くしかなかった。しかし、おすわを殺した後は褒美ではなく死が待っていることを悟り、大奥に対抗できる人物である田沼主殿頭意次に助けを乞う。すると、おすわを助け、かつ自分も生き長らえるために三日間おすわを全力で守れと命じられる。

おすわの警護から三日目、要の襲撃を受けるも返り討ちにした。要が大奥に侵入できたのは伊賀者が結界を解いていたからであり、それを知っている一兵を口止めすべく、玄斎が襲ってきた。一兵はこれも返り討ちにする。

おすわと一兵を助けるための策は、おすわに暇を取らせ江戸から遠ざけることだった。一兵はおすわの護衛を命じられ、彼女の行先である紀州へと向かうことになった。

●上田秀人コメント

現代でいえば、出世の望みがない不出来なサラリーマン、あるいは不採算会社の下っ端社員といったところでしょうか。いまは何とかご飯だけは食べられているけど、将来はまったくわからない。そんな不安を抱いている人物ですね。

水口【みずくち】

『織江緋之介見参』シリーズ

徳川綱重の家臣。綱重を五代将軍にするため、四代将軍家綱の暗殺を企む。同じ目的を持ち死兵と化した仲間三十名で家綱の行列を襲うが、緋之介や忠常らの活躍によって全滅。

水島 兵衛【みずしま・ひょうえ】

『お髷番承り候』シリーズ

神田明神門前に住む四百石の旗本。大奥中臈の山吹を妹に持っているため、権力を笠に傲慢な態度でやりたい放題していることから、町民の間で〝無理兵衛〟というあだ名がついている。妹の山吹が桂昌院とつながっているため、度々、桂昌院のもとへ頼みごとに訪れている。

三田村 元八郎【みたむら・げんぱちろう】

『将軍家見聞役 元八郎』シリーズ

主人公。初登場時は定町廻り同心として活躍していたが、頑固な性格のために先輩達からの評判は良いものではなかった。しかし頑《かたく》なに職務を全うする姿を大岡越前守に見出され、彼が南町奉行から寺社奉行に昇進する際に家臣となった。寺社奉行所の小検使（全国の寺院神社・私領を調べることができる。犯罪者を捕縛することも可能）になり、幕府を守るため密偵として力を貸すことになる。

将軍継嗣を利用し、私欲に走った者の陰謀で朝廷と幕府の関係がこじれた。その際は吹き込まれた家重に関する悪評が誤解であることを桜町天皇に説明し、幕府の使者として八代将軍吉宗の言葉を天皇に伝える。自らも利用されたと知った桜町天皇は誤解を解き、この後家重は九代将軍となる。

その後、大岡越前守の家を退身していた元八郎は、家重の駕籠を襲う刺客から彼を守る。すると家重の寵臣・大岡出雲守の命で動く小普請組に属することに。蟄居《ちっきょ》処分になった徳川宗春が吉宗への報復で柳生主膳に家重抹殺を命じた際にも、彼を守り抜いた。その上で再びこじれた朝廷と幕府の仲を修復するために京都へ走る。この事件が解決したころに香織と結婚し、大御所・吉宗からも祝福された。

板倉修理勝該が刃傷事件を起こすと、その真相究明を大岡出雲守から命じられる（この時のお役は吹上庭者支配）。幕府の秘事である、春日局がキリシタンという事実を摑みかけると、幕府を守ろうとする吉宗に命を狙われるもそれを撃退。その折、朝鮮通信使が狙われているという噂を聞き、停泊予定の館を訪れる。賊に襲われる朝鮮通信使を助け、幕府の護衛がつく大坂まで送り届ける。幕府の秘事を全て知ると、大岡出雲守を通じ一部を伏せて家重に伝えた。

それまでの活躍が認められ、家重の代わりに日本全国の調べ物をする将軍家見聞役となる（表向きの役職は支配勘定道中方）。見聞役となってからの初仕事は、目安箱に「琉球」と書かれた投書があり、大岡出雲守に命じられてその調査をすることだった。朝鮮から琉球に渡り、琉球と薩摩藩の間で抜け荷の取引が行われていることを突き止めた。薩摩藩は木曾川治水工事を任されることになる。同時に「琉球」の投書をして元八郎を旅に出させた田沼主殿頭意次から、父・順斎が殺された真相も知らされるところとなった。

京都所司代が立て続けに亡くなると、その死の真相について調査を行う。事件には皇統を守ろうとする呪詛の宮、その配下の黄泉の醜女が関わっており、真相を知ろうとする元八郎は幾度も襲われるが、大師匠隠珀から宝蔵院一刀流の奥義を伝授され彼らを退けた。

朝鮮船が焼き払われた際には、越前福井へ向かうように命じられる。能登忍から難破船の住人を助けたいと聞かされた元八郎は、幕府の役人でありながら、密貿易をした朝鮮人が逃げるのを黙認。その後、幕政で力を持ち始める田沼に協力を求められるが、犠牲を厭わない田沼のやり方に反発して誘いを断った。

●上田秀人コメント

自分の信念を貫く男です。でもそれは見方を変えれば、融通が利《き》かない頑固者とも言えます。私のなかで彼は「チャキチャキの江戸っ子」というイメージ。作中ではどちらかというと寡黙ですが、年老いたら小うるさい親爺《おやじ》になっているかもしれませんね（笑）。

三田村 冴香【みたむら・さやか】

『将軍家見聞役 元八郎』シリーズ

元八郎と香織の娘。幼い時から香織の父である村垣掃竹に預けられ、お庭番として本格的な修行に明けくれる。元八郎の家に刺客が押しかけてきた際は、敗走する彼らの後を追い逃亡先を突き止めた。

●上田秀人コメント

元八郎と香織にとっての未来であり、また同時に行動を制約する存在です。子は親にとっていつの時代もそうしたもの。ただ彼女は幼くして忍の修行をはじめたので、自立心は強いのかもしれません。

三田村 順斎【みたむら・じゅんさい】

『将軍家見聞役 元八郎』シリーズ

元八郎の父。太捨流という剣術の使い手で、同心時代は「鞘無し」という異名をもつ切れ者であった。当時、吉宗の密命でご落胤《らくいん》の捜索を命じられている。ご落胤である女は亡くなっており、彼女の子供だった由を保護した。将軍を狙う者達の裏をかくために、吉宗は同心である順斎に由を預けて扶育させた。

柳生主膳にやられて行方不明となっていた元八郎の代わりに京都へ行き、かつて家重の将軍継嗣の際に助けられて恩のある伏見宮貞建に力を貸した。香織が柳生主膳に捕らえられた時にも、公務を全うする元八郎に代わって香織を救うため尾張へ向かうなど、陰ながら元八郎を助けている。

しかし、由の出自など徳川家の秘密を知りすぎたため、徳川宗家の障害となりうる者を始末する榊原一学によって殺される。

●上田秀人コメント

彼は複雑な過去を持っています。人並み以上の苦労をしてきた。だから、成るようにしかならない、という達観の境地にいる人物です。

三田村 惣次郎【みたむら・そうじろう】

『将軍家見聞役 元八郎』シリーズ

順斎の弟で、元八郎の叔父にして、宝蔵院一刀流を教えた師匠でもある。作品中で姿をみせることはない。かつて剣の腕に自信を持ち、次男であるがゆえに家督を継げないことに不満を抱いて兄・順斎に勝負を挑んだ。しかし順斎に敗れ、唯一のよりどころであった剣さえ失い、家を出て放浪の旅をする。その旅の最中に隠珀と出会い、宝蔵院一刀流を伝授される。

その後、江戸に戻り再び順斎と対決し、順斎を下す。順斎は剣の腕が自分より勝り精神も成長していた惣次郎を見て、嫡男の元八郎を惣次郎に預けて宝蔵院一刀流を学ばせた。元八郎に剣を伝えた後に病で死去。

三田村 由【みたむら・よし】
『将軍家見聞役 元八郎』シリーズ

元八郎の妹。ただし血はつながっておらず、本当の正体は吉宗の孫娘。吉宗は敵を欺き、彼女を守るため、ただの同心であった順斎に由を預けた。当然、祖父である吉宗と面会する機会はほとんどなく、元八郎と香織の婚儀に江戸城を出た吉宗と会ったきりである。その時にも、由が酌をした酒を吉宗が飲み、二言三言話しただけだった。

今上天皇である桜町天皇の信頼篤《あつ》い広橋侍従兼胤と知り合い、身分違いの恋をするが、伏見宮の養子となることで身分の問題を解決して兼胤と結ばれた。婚姻後は京都で過ごすことになる。

三枝 鋳矢【みつえだ・ちゅうや】
『斬馬衆お止め記』シリーズ

山里伊賀組頭。松平伊豆守から真田家を探るように命じられる。配下を使って伊織や神祇衆と戦い、探りを入れるも結果に結びつかず、多くの仲間を失った。それでも真田信政が持つ書付を奪い去ることに成功する。

松平伊豆守から「真田家を現領地から遠くへ飛ばせる程度の情報を入手しろ」と命じられる。真田信之の長男・信吉の死に裏があるのでないかと睨《にら》み、お抱え医師を調べさせたところ、信政が信吉を殺すように命じたのではという結論に行きつく。これを松平伊豆守に報告し、信吉の最期を看取った仙堂藤伯を拉致。松平伊豆守からの命をまっとうした鋳矢は仲間の仇を討つため伊織に復讐するが、返り討ちにあい死亡した。

三藤 右馬介【みとう・うまのすけ】
『斬馬衆お止め記』シリーズ

真田家の御使者番。実は幕府の草（隠密）で、伊織が通う道場についての情報を外に漏らした。

水上 求馬【みなかみ・きゅうま】
『織江緋之介見参』シリーズ

尾張藩の宝物を守護するお蔵代わり同心。賊に殺され、秘蔵していた村正を盗まれてしまう。

深室 賢治郎【みむろ・けんじろう】
『お髷番承り候』シリーズ

主人公。旗本松平多門の三男。四代将軍家綱の幼少期にお花畑番（同年代の遊び相手）として六歳で登城し、竹千代（家綱の幼名）に気に入られた。しかし、多門が手をつけた女中の子供である賢治郎をよく思わない嫡男・主馬により、松平家から格下の深室家へと養子に出されてしまう。
それから二年後、突然賢治郎に小納戸月

代御髪係、通称「お髷番」の話が舞い込む。お髷番は唯一刃物を持って将軍の背に立つことが許される、信頼関係が大切な職務であった。数年ぶりの再会を果たした家綱は、自分のこともさせて貰《もら》えず周囲から日々子供を作るよう言われ、「将軍」としての自分を求められることに嫌気がさしていた。賢治郎は家綱に城内で唯一信頼し言いたいことが話せる相手だと明かされ、密命を受ける。父の死後、兄に捨てられ深室家では肩身の狭い思いをし、自分を求めてくれる人がいなかった。必要とされたことでお花畑番を務めていたころ以上に家綱のことを考え、体を張って行動をする。

家綱より頼宣が口にした言葉「我らも源氏」の意味を探るよう命を受ける。面会を求め頼宣邸へ出向くと、出入りは許されたものの肝心な言葉の真意を聞き出すことはできない。そんなとき、綱重の家臣になるよう綱重の母・順性院から勧誘されるが、これを蹴る。順性院の用人である山本兵庫に襲われるが、脱出に成功。

数日後、松平伊豆守に春日局（家光の乳母）の出生の話を聞く。その次の登城の前に堀田備中守（家臣）の刺客に襲われて初めて人を殺《あや》め、罪悪感で苦しむが、変化にいち早く気づいた許嫁の三弥に支えられる。

一方城内では、小納戸という立場が家綱と賢治郎の関係の不相応さを目立たせていた。やがて堀田備中守から昇進を条件に役を退くよう迫られるが、これを拒否。そんなころ、髷結いの勉強のため通いつめている髪結い屋上総屋で話題にあがった「花魁《おいらん》道中」の話を家綱にするため、吉原へ向かう。が、善養寺の住職であり師でもある巌海和尚に「どれを耳に入れるべきか考えられなければ側近には足りない者」と言われ、配慮に欠けていたことに気付く。その帰りに襲われ、また人を殺める。それを知った三弥は平然としている賢治郎に「鬼の子は産みたくない」と言った。初めて人を殺めたときのことを思い出し気分を害した賢治郎を気遣う三弥に、包みこむような大人の女性を感じた。

数日後、家綱の命で大奥の山吹について調べ、山吹と桂昌院が繫がっていることを突き止める。綱吉の傷を探るよう命じられ、松平伊豆守から山吹の兄・水島が特定の大名を贔屓にしていたという事実を教えられる。

城内で鉢合わせた兄・主馬にも退任を迫られるが拒否。後日、主馬より呼び出しの手紙を受けて向かうも、そこで主馬の刺客に襲われる。

それから数日後、学問とは何か問われた賢治郎は林家へ向かう。その途中、巌海和尚に会い、「学問とは知らぬことを問い答えを得て学ぶこと」だと教えられる。善養寺を出て林家を訪れるが、巌海和尚とはまったく逆のことを言い、さらに何も教えていないことに呆れる。

その後、兄弟間で争いなく将軍継嗣を行いたい家綱の命で、彼の言葉を賜り綱重、綱吉それぞれに伝言を伝える。数日後、牧野成貞（綱吉の側用人）に桂昌院（綱吉母）との面会を頼まれるが拒否。直接女中を遣いによこされやむなく面会するも、家綱からの言葉を問われ黙秘する。また、上総屋で将軍・家綱の兄弟である綱重と綱吉が不仲という噂を耳にし、家綱の評判を下げようとしている者がいると気づく。さらに城下では、旗本が連続して殺害される事件が起き、阿部豊後守の命で囮役となる。数日後の夜、ようやく犯人である大山伝蕃に襲われるが、取り逃がしてしまう。さらに、覆面をした兵庫ら甲府藩士の襲撃にあう。大人数で仕掛けられ危ないところを松平伊豆守の家臣・首藤巌之介に助けられる。数日後、再び伝蕃に襲われ、これを返り討ちにするも、またも伝蕃を取り逃がす。

ある日、突然剣の師匠巌路坊が帰ってきたことを知り、善養寺に出向く。誘われるまま真剣で稽古をつけてもらった後、頼宣が出府し江戸に戻ったことを知り頼宣邸を訪れる。頼宣と再会し、政治が松平伊豆守に頼りきりだということに気付かされる。

その後、松平伊豆守より呼び出しの手紙が届く。巌路坊により稽古をつけてもらった後で、時間通りに松平伊豆守のもとへ向かうと、待ち伏せていた伝蕃ら浪人衆に襲われる。だが、松平伊豆守からの呼び出し自体が罠であると見破っていた巌路坊に助けられ、今度こそ死に至る傷を伝蕃に負わせた。

松平伊豆守が亡くなって間もなく、松平伊豆守より賢治郎のもとへ手紙が届き、綱重と綱吉を排除せよという遺言の内容に驚愕。また、上総屋で頼宣が奇襲されていたことを知る。が、そのことを家綱には報告しなかったため、これを咎められる。加えて「象徴」と口を滑らせたことも重なって家綱の怒りを買い、目通りを禁じられることに。深室家へ戻って事情を説明した賢治郎は三弥へ離縁を願うが、婿養子として受け入れた深室家は何があっても受け止めるのが当然と、離縁の申し出を却下。その翌日、深室家へやってきた兄・主馬に切腹を命じられるが、これを拒否した。主馬の帰宅後、三弥の許可を得て当主・作右衛門の帰宅を待たずに深室家を出る。頼宣襲撃事件の真相を知るため頼宣に面会。襲撃しようとした黒鍬者を撃退したのは頼宣の手下であると、あっさり明かされる。やがて、襲撃者を雇った者が田中矢右衛門であると突き止めるも、賢治郎より一足早く、刺客の手によって矢右衛門は殺害された。遅かったことを悔やんでいたところに、黒鍬者の襲撃を受けるが倒すことに成功。だがその後も、手がかりを得なければ家綱の元へ戻れないと焦りを抱き調査に出る。すると、厳路坊から三弥に月のものがあったことを知らされる。それでも追い出された身であることを気にするが、「主君や妻の気持ちに気付かぬ情けなしは弟子ではない」と叱られ、急いで深室家へ走る。

深室家に戻り、当主作右衛門より阿部豊後守からの呼び出しを伝えられる。次に三弥を見舞い、初めて三弥の部屋に踏み入ることを許可される。その後、三弥に見送られ阿部豊後守の元へ向かい、出世をして寵臣として側に仕えるのではなく、お花畑番として家綱に仕えていくと自分の意思を伝える。その帰り道、根来衆に襲われるも撃退。再び阿部豊後守の屋敷へ戻り、このことを報告した。

そして、家綱の目通りが許され再び月代御髪係として登城する。

●上田秀人コメント

彼は一度大きな挫折を経験している。将軍になりたくてなったわけではない家綱。本来ならもっと優雅な人生を送れたはずの賢治郎。ともに複雑な出自を持っています。『お髷番承り候』シリーズはその二人の傷の舐め合いであり、たくましい成長譚でもあります。

深室 作右衛門【みむろ・さくえもん】

『お髷番承り候』シリーズ

深室家の当主。主馬に頼まれ、賢治郎を婿養子として引き取る。その見返りに主馬の推薦で留守居番となった。

賢治郎が小納戸月代御髪係となったのを機に、自らの出世を目論み、ことあるごとに自分の名を将軍家綱に伝えたか賢治郎に問う。しかし出世欲の薄い賢治郎に痺《しび》れをきらし始めたころ、主馬より家綱から賢治郎の承っている御用を聞き出すよう命を受ける。賢治郎に迫るが口を割らないことに激怒し絶縁を言い渡す。が、娘の三弥が賢治郎についていくと言い出したため、やむを得ず取り消す。

その後、賢治郎が家綱への目通りを禁止され、主馬に三弥のことを叱られると、今度こそ賢治郎と深室家との関係を断とうとする。

賢治郎の居場所を聞き出そうとするが、三弥に言い負かされ、さらに三弥の腹に賢治郎の子ができた可能性があると知り、やむなく三弥と賢治郎の離縁を保留とする。

数日後、阿部豊後守より賢治郎の呼び出しの遣いが来る。賢治郎の咎人の疑いが晴れたことを三弥に伝え、無事帰ってきたら正式な婚姻を許可すると約束する。

三弥【みや】

『お髷番承り候』シリーズ

深室家の一人娘。賢治郎の許嫁で十三歳と幼くも、いつどんなときも気丈に振る舞うしっかり者。婿養子という形式上、夫となる賢治郎よりも尊大な態度で振る舞う。

賢治郎が小納戸月代御髪係となって以来、家綱の密命のため度々危険な目にあっていることを知る。しかし、父・作右衛門にも口外はせず、賢治郎の外出の際には身を案じるようになる。賢治郎が初めて殺生を犯した際は震える彼を支えた。危険な目にあいながらも、君主・家綱のため自分の任を果たそうとする真っ直《ます》ぐな姿勢に、夫として認めるようになっていく。

家綱からの密命の内容を問いつめても答えない賢治郎を作右衛門が絶縁しようとしたため、妻として賢治郎と一緒に深室家を出ると言い切る。賢治郎に自分をかばった理由を問われ、ようやく慣れ親しんだ賢治郎と離され別の男と一から始めるのはごめんだと伝えた。

それからしばらく経ったころ、家綱の怒りを買い自宅で謹慎をしていた賢治郎に主馬が切腹を迫ってやってくる。そんな主馬を客人ではないと追い返し、賢治郎にお金を渡して数日間の外出の許可を与えた。やがて作右衛門に賢治郎の居場所を問いつめられ、賢治郎と絶縁すると聞かされると、賢治郎の子供ができたかもしれないと嘘をつく。
しかし、その数日後初めて月のもの（初潮）が訪れたことで、子供の話は嘘であったと作右衛門にばれる。だが、その直前賢治郎は咎人ではないと判明したため、絶縁の取り下げと賢治郎との婚姻を約束される。
その日、三弥の月のもののことを知り戻ってきた賢治郎を、初めて自室の中へ招き入れる。再び調査へ向かう賢治郎を妻として丁寧な態度で送り出し、自室への出入りの許可を与えた。

●上田秀人コメント

彼女を通して少女が女になる瞬間を描きたいと思っています。婿養子として賢治郎を迎えた背景には複雑な事情があります。彼女にすれば押しつけられた相手ですから、恋愛感情を抱くのは難しい。その転機として、人を殺してしまい震える賢治郎を支えるシーンを描きました。

宮坂 志之助【みやさか・しのすけ】

『将軍家見聞役 元八郎』シリーズ

支配勘定勝手方。永井丹波守直之が勘定奉行となった人事に対し、陰で異を唱える。

宮本 総馬【みやもと・そうま】

『将軍家見聞役 元八郎』シリーズ

宮本武蔵が使った二天一流を使う。元八郎の始末を宮本伊織に依頼され、天草忍の頭領・森宗軒に元八郎の居場所を教えられる。しかし元八郎の始末には失敗。その後、さらに強くなるために、朝鮮に日本の剣術が伝わったと聞き朝鮮を訪れる。そこで元八郎と再会。刺客に襲われる元八郎といれば退屈しないと旅に同行した。最後は元八郎と真剣での決着を望み、敗れる。

武藤 健左【むとう・けんざ】

『お髷番承り候』シリーズ

月代御髪係。賢治郎の相方。役に就いたばかりの賢治郎にアドバイスをする。

武藤 太右衛門【むとう・たえもん】

『織江緋之介見参』シリーズ

南町奉行所の年番方与力。筆頭与力の高坂藤左から緋之介の捕縛のことを聞かされ、彼の素性を教える。

村垣 香織【むらがき・かおり】

『将軍家見聞役 元八郎』シリーズ

将軍吉宗に仕えるお庭番・村垣家の次女。芸者・伽羅《から》としての顔を持つ。

徳川家重の将軍継嗣を妨害しようとする松平左近将監乗邑と近衛内大臣内前の陰謀を探るうちに、大怪我を負う。元八郎の献身的な看護によって一命を救われ、次第に好意を寄せていく。お庭番はお庭番の中で婚姻を行う決まりになっているため、叶わぬ恋であったが、元八郎と香織の気持ちを察した吉宗の意向によって特例として元八郎との婚姻が認められた。

その後、元八郎との間に冴香という女の子が生まれると、忍として育てるため、遊びの中にさりげなく修行を混ぜ込む。その冴香が初めて人を殺して困惑していると、元八郎や自分が初めて人を殺した時の話をして母親らしく彼女を律している。

●上田秀人コメント

凜《りん》として、美しく、また責任感も強い。私にとって理想の女性像でもあります。

村垣三太夫【むらがき・さんだゆう】

『将軍家見聞役 元八郎』シリーズ

お庭番を務める香織の兄。根来流忍術の遣い手かつ新陰流免許皆伝の腕前を持つ。吉宗の命令で動き、私情を挟まない。そのため妹の夫である元八郎を殺そうとしたこともある。それまでの働きにより、旗本となった。

●上田秀人コメント

お庭番衆の典型として登場させました。

忍として徹頭徹尾、冷酷にふるまえる人物です。

村垣掃竹【むらがき・そうちく】

『将軍家見聞役 元八郎』シリーズ

香織の父。元お庭番で、現在は隠居している。孫の冴香が誕生してからは、彼女を忍者にするために指導をしている。

●上田秀人コメント

沈着冷静。自分を常に客観視して、置かれた状況を把握しています。

毛利輝元【もうり・てるもと】

一五五三年（天文二十二）～一六二五年（寛永二）

安芸《あき》を本領とした大名で、毛利元就の孫。関ケ原の戦いでは西軍の総大将に祭り上げられた。

『日輪にあらず　軍師黒田官兵衛』

織田についた小寺氏を攻めるも官兵衛によって敗北を喫する。秀吉と清水宗治の和睦を結ぶため、安国寺恵瓊を使者として送る。交渉は何度か決裂したが、恵瓊から織田信長の死を知らされ和睦に至った。その後、官兵衛とは歳の差を感じさせない親しい仲となっている。

望月 空庵【もちづき・くうあん】

『将軍家見聞役 元八郎』シリーズ

甲賀組棟梁《とうりょう》。家重の将軍継嗣を妨害し、将軍吉宗の次男・田安宗武を将軍にして、大老になろうと企む松平左近将監乗邑の配下。両替商出雲屋の主、三代目嘉兵衛として江戸に身を潜めていた。

乗邑が大老となった暁には甲賀を幕府直属の隠密組として召し抱えてもらう約束をしている。そのために乗邑に力を貸し、元八郎を始末しようとした。最期は元八郎に敗れて命を落とす。

紅葉【もみじ】

『織江緋之介見参』シリーズ

西田屋の格子女郎として吉原に潜入した刺客。緋之介の隙を狙って刃を向けたが、斬り殺される。

桃園天皇【ももぞのてんのう】

一七四一年（寛保元）〜一七六二年（宝暦十二）

『将軍家見聞役 元八郎』シリーズ

桜町天皇の子息。伏見宮に扶育され、天皇となる。

百地 玄斎【ももち・げんさい】

『大奥騒乱 伊賀者同心手控え』

御広敷伊賀者組頭。中臈・佐久間参詣の際、一兵を供に指名する。伊賀者でありながら権力に負け、おすわ暗殺を目論む松平越中守定信の命により大奥の結界を解いた。このことを知る一兵を口止めすべく襲いかかるも返り討ちにあった。

森島 伝也【もりしま・でんや】

『将軍家見聞役 元八郎』シリーズ

御広敷伊賀者。京都所司代から密書を預かる先発隊を束ねるが、黄泉の醜女によって妨害され行方不明となる。

森本 冴葉【もりもと・さえは】

『斬馬衆お止め記』シリーズ

神道無念流道場に通い長巻を学んでいる、伊織の弟弟子。一連の騒動が解決した数ヶ月後、かねてより好意をもっていた伊織と婚姻。しかし、幕府の草（隠密）としての婚姻であったため胸中は複雑である。

●上田秀人コメント

『斬馬衆お止め記』シリーズにはふたりのヒロインが登場します。霞と、この冴葉です。霞が任務に翻弄された悲劇のヒロインだとすれば、彼女は家の運命に翻弄された悲劇のヒロインです。思いを寄せていた伊織と結婚しますが、裏切ることを義務づけられている。女としての幸せから遠のいているという点で、冴葉と霞は同じです。

弥江【やえ】

『織江緋之介見参』シリーズ

小野次郎右衛門忠常の妻であり、緋之介の母。

柳生織江【やぎゅう・おりえ】

『織江緋之介見参』シリーズ

柳生十兵衛三厳の養女で緋之介の婚約者。五歳の時に父・友矩が亡くなり、十兵衛の養女となった。婚礼の前日に緋之介と立ち合った際に柳生の秘太刀を浴びたことと、叔父の烈堂から歪曲された話を聞いたことにより、緋之介を技盗人（弟子入りし門外不出の技を得た途端に失踪する人物のこと）だと思っている。緋之介を憎み一騎打ちを仕掛けるが、その途中で柳生主膳宗冬が放った浪人に襲われる。この際に、松平伊豆守信綱の使者の放った矢が肩に刺さった。その後誤解が解け、緋之介とともに明王朝の金印を狙う伊賀者と戦うが、緋之介を銃から庇ったことで死亡する。

柳生左門友矩【やぎゅう・さもん・とものり】

一六一三年（慶長十八）？～一六三九年（寛永十六）？

『織江緋之介見参』シリーズ

初代柳生藩主・柳生宗矩の次男。新陰流の名人で、三代将軍家光の小姓と同時に剣の相手となった。厳しく鍛えたことで家光から嫌われ、彼から命を受けた兄の十兵衛三厳に殺された。

柳生 十兵衛 三厳　【やぎゅう・じゅうべえ・みつよし】

一六〇七年（慶長十二）～一六五〇年（慶安三）

初代柳生藩主・柳生宗矩の長男で剣術家。

『織江緋之介見参』シリーズ

緋之介の婚約者・織江の養父。弟の友矩を徳川家光の命により殺害した際、右目を失っている。その後、弟の烈堂に襲われ、死に際、緋之介に秘太刀を教える。

柳生 主膳 宗冬　【やぎゅう・しゅぜん・むねふゆ】

一六一三年（慶長十八）～一六七五年（延宝三）

柳生家三代当主。四代将軍家綱の剣術の兵法師範。

『将軍家見聞役 元八郎』シリーズ

柳生の正統な後継者であったが、剣を極めようとするあまり稽古で藩士を殺しすぎ、指南役の任を解かれていた。妹の八重が徳川宗春の側室となった時から宗春に従う。

宗春の命令で将軍家重の抹殺を命じられるが、元八郎によって防がれ、主膳は撤退することになる。その後、宗春暗殺の噂を聞き、尾張で護衛を行うため江戸から姿を消す。

宗春の安全が確保されたため再び動き出し、柳生流の印可を餌に、江戸柳生に元八郎を始末させようとするも失敗。最期は元八郎を自ら始末しようとするが、返り討ちにあう。

『織江緋之介見参』シリーズ

旗本である柳生家の大名復帰を悲願としている。緋之介を始末すべく吉原に藩士を送り込むも失敗。緋之介とともに戦ったいづやを調べようとするが、老中の松平伊豆守信綱から手出しを禁じられた。その後、緋之介への刺客として彼の婚約者・織江を差し向け、二人が戦っている最中に家臣を乱入させ殺害を謀る。

柳生 肥後【やぎゅう・ひご】

『織江緋之介見参』シリーズ

柳生家の家老。柳生主膳宗冬に命じられ、織之介を殺害すべく働く。

八代 久也【やしろ・きゅうや】

『織江緋之介見参』シリーズ

徳川綱吉に仕える黒鍬者の頭。根来衆の村正奪還を阻止し、綱吉にとって障害になるであろう小野家を将軍家から遠ざけるため、小野家の傷を見つけだそうとしたが、何もつかめないまま小野忠常によって追い払われる。

柳田 文吾【やなぎだ・ぶんご】

『将軍家見聞役 元八郎』シリーズ

西の丸小姓。柳生主膳の手のものによって斬殺される。

柳原 弾正尹 光綱【やなぎわら・だんじょういん・みつつな】

一七一一年（正徳元）?～一七六〇年（宝暦十）?

『将軍家見聞役 元八郎』シリーズ

近衛内大臣内前に力を貸し、右大臣となる野望を叶えようとする。松平左近将監乗邑から与えられた甲賀者・霧に心酔しており、彼女に女子を産ませ、右大臣となった暁には天皇の外祖父になる夢を思い描いていた。ところが、桜町天皇が家重の将軍宣下を認めようとしたため、計画に支障が出る。内前の命令で偽の勅状に替えるため、勅旨を持って江戸へ向かう広橋侍従兼胤を襲うが、元八郎の妨害で失敗に終わり、野望は潰えた。

梁田 正右衛門【やなだ・まさえもん】

『織江緋之介見参』シリーズ

松平伊豆守の計画に乗って煙硝蔵を爆発させ江戸に火事を起こさせようとするが、緋之介と忘八衆に阻止される。計画の失敗を諦めきれない藩士をいさめ、計画遂行をそそのかす井筒屋の主人を始末する。

弥八【やはち】

『織江緋之介見参』シリーズ

おうぎ屋の忘八。遊女を大切にしない主・大津屋しまのやり方に反感を抱く。

山家 彦兵衛【やまが・ひこひょうえ】

『大奥騒乱 伊賀者同心手控え』

伊賀者同心。現役を退き、後進の育成に

心血を注ぐ。稽古にやってきた御厨一兵に教えを説いた。

山口【やまぐち】

『お髷番承り候』シリーズ

綱重に味方せよ、という順性院の申し出を断った賢治郎を兵庫の命で襲うが、返り討ちにされる。

山崎屋 甚介【やまざきや・じんすけ】

『お髷番承り候』シリーズ

深川で人入れ稼業を営む。兵庫の依頼を受け賢治郎に刺客を送るが失敗に終わる。

山吹【やまぶき】

『お髷番承り候』シリーズ

大奥の中臈。ほかの局が側室を出さないため、奥女中である三咲に将軍家綱の白湯《さゆ》の接待を任せる。

桂昌院の息がかかっており、家綱に側室をとるよう勧めている。

山本 兵庫【やまもと・ひょうご】

『お髷番承り候』シリーズ

順性院の用人。幾度となく賢治郎の命を狙う。

順性院の意にそって賢治郎を順性院と面会させるが、徳川綱重の家臣になることを断ったため始末しようと刺客を送るも、失敗する。さらに人入れ稼業を営む山崎屋甚介から手だれの浪人を雇い、再び賢治郎を襲わせるが、またも失敗。その後、突然順性院に目通りを願った賢治郎を訝《いぶか》しむが、家綱からの遣いと知り案内する。

順性院の遣いで甲府館を訪れたおり、綱吉陣が襲撃の報復として送った刺客と鉢合わせ、これを斬るが逃がしてしまう。

山本 芳潤【やまもと・ほうじゅん】
『織江緋之介見参』シリーズ

吉原の遊女屋・万字屋の店主。湯女出身の勝山を太夫にするなど思い切った手腕を振るう。

由井 正雪【ゆい・しょうせつ】 一六〇五年（慶長十）～一六五一年（慶安四）

江戸時代初期の軍事学者。三代将軍家光の没した慶安四年（一六五一）に幕府の転覆を謀り、浪人を集めて謀反（慶安の変）を画策する。しかし計画を実行する前に、訴人の裏切りにより計画が幕府に知られたため逃走。やがて、これ以上の逃走が不可能だと悟り自害した。

『お髷番承り候』シリーズ

徳川頼宣が江戸に留め置かれる原因となった慶安の変の首謀者として、名前のみが登場。

世吉【よきち】
『将軍家見聞役 元八郎』シリーズ

貞五郎の下働き。徳治とはいとこの関係。斬られた徳治の仇を討つべく貞五郎のもとで働く。

与座里之子親雲上【よざさとうぬしぺえちむ】
『将軍家見聞役 元八郎』シリーズ

琉球王に仕える。算術師匠で、数年前ま

では日本で算術の修業をしていた。元八郎たちが琉球で買い物をする際、日本の小判を使ったのでお釣りの計算をしてあげた。

吉【よし】

『お髷番承り候』シリーズ

徳川綱重の奥へ桂昌院が送り込んだスパイで、白湯を出した際綱重の目に留まり指名される。桂昌院に仕える身であるため理由をつけて断ろうとするが、親の名前で脅されて結局従うことに。やがて綱重の床にあがったことが桂昌院の耳に入り、自害を命じられて順性院に相談。家族ともども、順性院に保護される。

夜走りの多吉【よばしりのたきち】

『将軍家見聞役 元八郎』シリーズ

仲間とともに表戸を破壊して家屋に侵入し、金貸しの家から五百両の大金を奪い、目撃者は殺すという凶悪な窃盗犯。同心をしている元八郎に捕らえられる。

夜火の菊次郎【よびのきくじろう】

『将軍家見聞役 元八郎』シリーズ

かつて盗賊として悪名をとどろかせたため江戸にいられなくなった。ひょんな縁から元八郎を救い、再会した元八郎と御所に忍び込んで陽明殿の中の勅諚《ちょくじょう》を天皇の命で入れ替える。その後、宮中で働く伏見宮のもと隠密として動く。

●上田秀人コメント

元八郎の一人目の腹心・貞五郎は、元関脇なので体が大きく隠密には向いていない。その穴を埋めるのが菊次郎です。盗人をやっていたので人を出し抜くのに長《た》けている。それは隠密として大事な資質です。

黄泉の醜女【よみのしこめ】

『将軍家見聞役 元八郎』シリーズ

呪詛の宮の命で動く女武芸者。朝廷を守るために伊賀者を殺して密書を奪い、取り返そうとする伊賀者や、密書を突き止めようとする元八郎を始末しようとする。

立水齋【りっすいさい】

『お髷番承り候』シリーズ

御殿坊主。賢治郎と堀田備中守正俊が城内で話をしているとの情報を摑んだ辰齋と松平伊豆守信綱の取り次ぎを行う。

和多田 要【わただ・かなめ】

『大奥騒乱　伊賀者同心手控え』

お庭番。松平越中守定信に仕え、一兵と敵対する。おすわ懐妊の一連の事件にも深く関わり、定信に多くの情報を持ち帰る。最後は定信におすわ暗殺を命じられ、一兵と戦うも敗北した。

●上田秀人コメント

真のプロフェッショナルです。一度、引き受けた依頼は何があっても完遂する。そこに私情はいっさい挟まない。みずからの身を危険にさらすことも厭わない。自分の活計に汲々《きゅうきゅう》としている一兵とはある意味、対照的な存在といえます。

他社作品ガイド

当然のことながら、上田秀人の活躍の場は徳間書店だけにとどまらない。『この文庫書き下ろし時代小説がすごい！』（宝島社）においてランキング1位に輝いた『奥右筆秘帳』シリーズを始め、魅力的な作品がまだまだ数多く存在するのだ。

是非、奥深い上田秀人ワールドへ更に踏み込んでいってほしい。

幻影の天守閣

明暦《めいれき》の大火《たいか》で失われ、以後再建されることのなかった江戸城天守。しかし、そこを守る天守番《てんしゅばん》はなぜか消えず、無為の役職として残り続けた——。

本作の主人公は、その天守番の職を継承する工藤《くどう》小賢太《こげんた》。彼は職務中に襲撃を受けたことをきっかけに、天守番に隠された秘密を知り、四代将軍・徳川家綱《いえつな》の後継者争いにまつわる事件に踏み込んでいくことになる。

作品情報
光文社刊。
文庫一巻完結（二〇〇四年）。

勘定吟味役異聞シリーズ

新井白石《あらいはくせき》の命で幕府の会計監査役というべき勘定吟味役《かんじょうぎんみやく》に抜擢された水城聡四郎《みずきそうしろう》は、一放流の剣の腕とそのひたむきさを武器に、幕府の財政再建に取り組んでいく。

しかし、彼の道行きは波瀾《はらん》万丈である。政敵やライバル（特に、トリックスター的に振る舞う豪商・紀伊国屋文左衛門《きのくにやぶんざえもん》に注目）の存在はもちろん、本来は強力な後ろ盾となってくれるはずの新井白石とも次第に対立することになってしまうからだ……。

作品情報

光文社刊。文庫八巻完結（『破斬』『熾火』『秋霜の撃』『相剋の渦』『地の業火』『暁光の断』『遺恨の譜』『流転の果て』、二〇〇五年～二〇〇九年）。

奥右筆秘帳シリーズ

幕府の内部を駆け巡る書類――それを一手に引き受けるのが奥右筆《おくゆうひつ》の役目である。十一代将軍・家斉《いえなり》の時代に奥右筆組頭をつとめる立花併右衛門《たちばなへいえもん》は、その立場ゆえに身の危険を覚えていた。そこで、隣家の部屋住み次男坊・柊 衛悟《ひいらぎえいご》に婿養子の話をちらつかせ、用心棒として雇うことに。

かくして結成された凸凹コンビは次々と巻き起こる事件を解決し、その中で二人の関係も変わっていく。

作品情報

講談社刊。文庫十一巻続刊中（『密封』『国禁』『侵蝕』『継承』『簒奪』『秘闘』『隠密』『刃傷』『召抱』『墨痕』『天下』、二〇〇七年～）。

孤闘　立花宗茂

九州の名門・大友《おおとも》家の重鎮たる立花道雪《たちばなどうせつ》の娘婿にして、みずからも戦国時代末期を駆け抜けた勇将、立花宗茂《むねしげ》。彼の生涯はまさに激動の一言だった。

九州を制覇せんともくろむ島津家との戦い。天下を統一した豊臣秀吉《とよとみひでよし》のもとで朝鮮に渡り、戦った日々。そして、天下分け目の関ヶ原での決断、その後の苦労、復活――。次々と振りかかる試練と苦難を丁寧に描く、第十六回中山義秀文学賞受賞作。

作品情報

中央公論新社刊。単行本（二〇〇九年）、文庫（二〇一二年）、それぞれ一巻完結。

目付　鷹垣隼人正　裏録　シリーズ

主人公の鷹垣暁《たかがきあきら》は、剣こそからっきしだが頭脳は明晰《めいせき》な若者だ。そんな彼が五代将軍・徳川綱吉《つなよし》みずからの推挙によって目《め》付《つけ》となり、「隼人正《はやとのしょう》」の名をもらったところから物語は始まる。

やがて「神君の遺品」にまつわる事件に首を突っ込むことになった暁は、初代将軍・徳川家康《いえやす》に隠された恐るべき秘密を知ることになる……。丁寧に作り上げられた陰謀と歴史の謎が非常に魅力的な作品。

作品情報

光文社刊。文庫二巻完結（『神君の遺品』『錯綜の系譜』、二〇〇九年～二〇一〇年）。

闕所物奉行 裏帳合シリーズ

闕所物奉行《けっしょものぶぎょう》——聞きなれない言葉だが、闕所（財産没収）刑の実行を担当した、史実に存在する役職である。天保《てんぽう》の改革の時代にこの職についていたことから、榊扇《さかきせん》太郎《たろう》は悪名高き鳥居耀蔵《とりいようぞう》に使われるかたちで様々な事件・秘密に遭遇することに。

「罪を犯したものの財産」という物語のネタに事欠かないキーワードに、加速していく幕末の混乱がプラスされ、他に例のない面白さを形作るシリーズ。

作品情報
中央公論新社刊。文庫六巻完結（『御免状始末』『蛮社始末』『赤猫始末』『旗本始末』『娘始末』『奉行始末』、二〇〇九年〜二〇一二年）。

天主信長 我こそ天下なり

諸大名だけでなく宗教勢力までも打ち倒し、日本にとどまらず世界にまで目を向けていたとされる男、織田信長《おだのぶなが》。戦国時代屈指の人気を誇るこの人物を、竹中半兵衛《たけなかはんべえ》と黒田官兵衛《くろだかんべえ》という二人の軍師の目を通して描く異色作だ。

本能寺の変で倒れる直前、織田信長は一体何を目指していたのか？ それは通説で知られているものをはるかに凌《しの》ぐ、恐るべき野心であった——。

作品情報
講談社刊。
単行本一巻完結（二〇一〇年）。

家康の遺策　関東郡代記録に止めず

関東郡代《かんとうぐんだい》、伊奈《いな》家。関八州《かんはっしゅう》の天領すべてを統括する巨大権力の持ち主である。その背景には初代将軍・徳川家康《いえやす》にまつわる一つの秘密があった。

これを狙うのが幕府財政建て直しに奔走する田沼意次《たぬまおきつぐ》だ。対する伊奈家当主・忠宥《ただおき》と家臣団は田沼の執拗《しつよう》な攻撃を次々と打ち払う。両者の激突の果て、やがて思いもよらぬ結末が読者の前にあらわれることとなる――。

作品情報

幻冬舎刊。
文庫一巻完結（二〇一一年）。

妾屋昼兵衛女帳面シリーズ

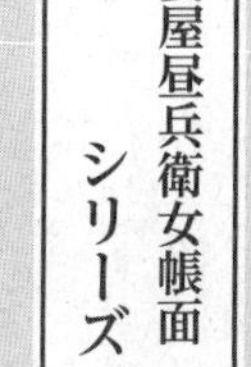

世継ぎを求める武士のため、女性を斡旋するのが妾屋《めかけや》・山城《やましろ》屋《や》昼兵衛《ちゅうべえ》の仕事。ところが、仙台藩伊達《だて》家にまつわる案件を受けたことから、巨大な陰謀に巻き込まれる。仙台藩士・大月《おおつき》新左衛門《しんざえもん》の活躍もあって事件を乗り切った昼兵衛は、この一件で浪人することになった新左衛門とともに、数々の事件、陰謀に挑んでいくこととなる。

権力の高みから人の運命を操る傲慢《ごうまん》に、身分低い者たちが立ち向かうさまが魅力。

作品情報

幻冬舎刊。文庫四巻続刊中（『側室顚末』『拝領品次第』『旦那背信』『女城暗闘』、二〇一一年〜）。

軍師の挑戦
上田秀人初期作品集

坂本《さかもと》龍馬《りょうま》はなぜ死んだのか。織田信長《おだのぶなが》はどうして今川義元《いまがわよしもと》に勝てたのか。千利休《せんのりきゅう》と豊臣秀吉《とよとみひでよし》の確執の裏にあったものとは。そして忠臣蔵《ちゅうしんぐら》事件や田沼《たぬま》家の悲劇の真相は――。歴史に隠された謎を、歴史上の人物たちがそれぞれ解き明かしていく短篇集。

史実から疑問点を見出し、独自の着想によって物語を広げていきながら、「歴史の謎を歴史・時代小説の枠の中で解く」手法が冴える。

作品情報 講談社刊。文庫一巻完結（二〇一二年）。

御広敷用人 大奥記録シリーズ

『勘定吟味役異聞』シリーズの続編。大奥引き締めを狙う八代将軍・徳川吉宗《よしむね》は、かつて勘定吟味役《かんじょうぎんみやく》として苦闘の日々を送った水城聡四郎《みずきそうしろう》に目をつけた。彼を御広敷用《おひろしきよう》人《にん》とし、大奥に送り込んだのである。

舞台は変わっても、聡四郎を取り巻く過酷な陰謀は変わらない。また、今回の上司である吉宗は新井白石《あらいはくせき》とはまた違う形で一癖も二癖もある人物で、物語を盛り上げる。聡四郎を支える妻・紅《あかね》らの魅力も健在。

作品情報 光文社刊。文庫三巻続刊中（『女の陥穽』『化粧の裏』『小袖の陰』、二〇一二年〜）。

梟の系譜 宇喜多四代

戦国末期の中国地方で梟雄《きょうゆう》、そして「表裏の者」と呼ばれた天下の謀将、宇喜多《うきた》直《なお》家《いえ》。乱世を知略によって駆け抜けた彼の生涯には、祖父・能家《よしいえ》、父・興家《おきいえ》という宇喜多家の二人の男の存在が強い影響を与えていた――。

味方がいつ敵になるか、そして蓄えた力がいつ無に帰すかわからない戦国時代を、屈強な精神と智謀で生きた男たちの姿をドラマチックに描く歴史小説。

作品情報
講談社刊。
単行本一巻完結（二〇一二年）。

表御番医師診療録シリーズ

矢切《やきり》良衛《りょうえい》は戦場で傷の治療に当たった金創《きんそう》医《い》を先祖に持ち、官医の最上位典薬《てんやくの》頭《かみ》を務める舅・今大路《いまおおじ》親俊《ちかとし》の引きで表御番《おもてごばん》医師《いし》となった。

ある時、江戸城で刃傷事件が起き、大老・堀田《ほった》筑前《ちくぜん》守《のかみ》正俊《まさとし》が稲葉《いなば》石見守《いわみのかみ》に殺される。稲葉石見守の乱心として事件は片付けられるが、良衛はそこに矛盾を見つけ、大目付《おおめつけ》松平《まつだいら》対馬守《つしまのかみ》とともに幕政の闇に巻き込まれていく。

作品情報
角川書店刊。
文庫一巻続刊中（『切開』、二〇一三年）。

特別書下し短篇

織江緋之介見参外伝　吉原前夜

上田秀人

明暦二年、柳生流の本拠・大和道場。対峙する剣聖・柳生十兵衛に小野友悟は裂帛の気合で木刀をふるう――。友悟はいかにして「織江緋之介」になったのか。傑作シリーズ番外編！

木津川《きづかわ》を渡り、笠置《かさぎ》の山をこえれば、そこは柳生《やぎゅう》の郷《さと》である。

「なんと狭いことだ」

山間《やまあい》のわずかな平地に肩を寄せ合うようにして家並みが集まっているのを峠から見下ろしながら、小野友悟《おののゆうご》はつぶやいた。

江戸で生まれ育った友悟の目に、柳生の郷はあまりにも小さかった。

「あれが陣屋だな。となれば道場は……」

右手の少し小高い丘の上に、あたりの建物とは違う大きさの屋敷があった。

「あれか」

そこから少し左へ下がったところに、陣屋と変わらぬ規模の建物を友悟は見つけた。

「柳生道場……」

剣術を志す者にとって、あこがれであり、敵愾心《てきがいしん》を燃やすところであった。

友悟は駆けるようにして、峠を下りた。

「小野友悟にございまする」

道場を入った土間で、友悟は名乗りを上げた。

「おぬしが小野次郎右衛門《じろうえもん》どののご子息か」

壮年の武家が出迎えた。

「率爾《そつじ》ながら、貴殿は」

「おう。ご無礼をいたした。拙者《せっしゃ》は柳生十兵衛《じゅうべえ》三厳《みつよし》でござる」

問われた壮年の武士が述べた。

「貴殿が柳生十兵衛どの」

友悟は感激した。

柳生十兵衛三厳、柳生但馬守宗矩《たじまのかみむねのり》の嫡男《ちゃくなん》である。早くから三代将軍家光《いえみつ》の小姓《こしょう》として仕えていたが、その勘気《かんき》に触れたため役目を辞していた。剣術の腕にかんしては、父宗矩をしのぎ、柳生新陰流《しんかげりゅう》を創始した石舟斎宗厳《せきしゅうさいむねよし》の血を色濃く受け継いでいると評される今の剣聖であった。

「次郎右衛門どのはご健勝か」

「はい。おかげさまをもちまして、日々お役目に努めておりまする」

懐かしそうに言う十兵衛へ、友悟が答えた。

「いかんな。このようなところで立ち話をしては。上がられよ」

「失礼をいたしまする」

先導する十兵衛にしたがって、友悟は道場主の部屋へと通った。

「あらためて歓迎する。よくぞ、この柳生までお出でになった」

「お招きをいただき、厚かましくも参りましてございまする」

上座と下座に分かれた二人が互いに一礼した。

「次郎右衛門どのからお手紙をいただいて、あるていどは友悟どののことを知っていたつもりでおりましたが、いや、人とは直接会ってみなければ、わからぬものでござるな」

ほほえみながら十兵衛が友悟を見つめた。

「はあ」

何が言いたいのかわからない友悟は、曖昧《あいまい》な返答をした。

「お気になさらず。さて、剣士のあいさつは道場でするもの。一手いかがでございますかな」

首をかしげる友悟を、十兵衛が誘った。

「喜んで」

友悟は勇んで首肯《しゅこう》した。

「大きい」

道場へ入った友悟はその広さに圧倒された。

友悟の実家小野家も、一刀流《いっとうりゅう》の宗家として屋敷内に道場を持ち、百をこえる弟子たちを抱えている。江戸の町中にある道場や、大名屋敷のなかに設けられた武術鍛錬場を凌駕《りょうが》するだけの規模を誇っているが、柳生道場はそれをはるかにしのいでいた。

「柳生にはこれしかないゆえに」

自嘲気味《じちょうぎみ》に十兵衛が言った。

「そのような……」

否定しかけた友悟は、峠から見た風景を思い出して詰まった。十分な実りをえるだけの田畑にする土地さえ、山間にはなかった。

「一同、やめい」

友悟から目を離した十兵衛が大声をあげた。

思い思いに稽古をしていた数十名の弟子たちが、動きを止めた。

「先日来、話をしてきた小野派一刀流宗家小野次郎右衛門どのが末子友悟どのが、剣術修行のため、当道場へお出でになった」

十兵衛が、ふたたび友悟へと目を戻した。その場にいた全員が、友悟を注視した。

「…………」

殺気に近い感情を向けられて友悟は、一瞬たじろいだ。

「今日より、同門の士として稽古に参加される。皆、遠慮なく教えを請《こ》うように」

「おう」

十兵衛の言葉に、道場が揺れるほどの応えが返された。

「中央を空《あ》けよ」

静まるのを待って、十兵衛が命じた。たちまち弟子たちが、道場の壁際へと引いた。

「木刀はご持参されたものをお遣いになるか、それとも道場のものをお貸しいたそうか」

十兵衛が友悟へと尋《たず》ねた。

「慣れたものを遣わせていただきたく」

友悟は手にしていた袋から木刀を取り出し、十兵衛へ渡した。これはなかに鉄などを仕こんでいないことを証明するためであった。

「ほう。なかなかのものでございますな」

一目見た十兵衛が感心した。

「では、中央へ」

木刀を返して十兵衛が友悟を促した。

「お相手はどなたが」

中央に立った友悟が、弟子たちをちらと見た。

「わたくしがお相手をいたしまする」

やはり木刀を手にした十兵衛が応じた。

「かたじけなし」

友悟は狂喜した。

柳生道場は言うまでもなく新陰流で、友悟は小野派一刀流なのだ。いわば他流試合である。通常他流試合では、最初に弟子が出て、続いて高弟、そして師範代、最後に師範が出てくる。こうすることで、相手の実力をはかり、さらには体力、気力の疲弊《ひへい》を狙うのだ。道場にとって師範の敗北は、許されない。腕がすべてを決する剣術で、負けることは積みあげてきたものをすべて失うと同義であった。姑息《こそく》な手段ではあるが、道場の自衛のためにはしかたのない慣習であった。

それを十兵衛はしなかった。小野派一刀流宗主の子であり、稀代《きだい》の名人と言われた小野忠明《ただあき》の孫である友悟への遠慮からのものであるが、友悟にしてみればもはや伝説と化している柳生十兵衛と剣を交えられることがうれしかった。

二人は二間半《けん》（約四・五メートル）ほど空けて対峙《たいじ》した。

「審判は、わたくしが兼ねてもよろしいか」

「是非に」

十兵衛の言葉に、友悟は同意した。

柳生流の本拠大和《やまと》柳生道場で修行しているだけで、この場にいる弟子たちが並の腕ではないとわかっている。しかし、十兵衛の試合を判定できるほどの度量を持つ者などいるはずもなかった。

「参りまする」

稽古では、格下から動くのが礼儀であった。もっとも試合となれば駆け引きもあるので、かならずしもそうではなかったが、十兵衛に相手してもらうのだ。友悟は、初手をこちらから仕掛けた。

すり足で間合いを縮め、友悟は十兵衛の左小手を狙った。振りを大きくすると隙《すき》ができる。友悟は木刀の先をほんの少しだけ上げて、鋭く落とした。

「おう」

わずかに右前へ動くことで避けた十兵衛が、木刀を薙《な》いだ。

「なんの」

切っ先の下がった木刀を引きあげるようにして、友悟は薙ぎを峰で上へと打ち上げた。

「ほう」

小さく声を発して、十兵衛が目を細めた。

「………………」

擦《す》るような足運びで間合いを詰めた十兵衛が、無言で木刀を切り落としてきた。

「くっ」

あまりに早すぎる十兵衛の動きに、友悟は一瞬気を呑《の》まれた。

「やあ」

己を鼓舞《こぶ》するように大きな気合いをあげ、友悟は木刀を振った。乾いた音がした。かろうじて、十兵衛の一撃を友悟は受け止めた。

「ならば」

滞《とどこお》ることなく、十兵衛が木刀を突いた。

「つうう」

己の木刀を上から押さえつけられた友悟には、十兵衛の突きを防ぐ手段はなかった。

友悟は思いきって後ろへ身体《からだ》を倒し、自《みずか》ら転ぶことでこれをかわした。転びながら、手にしていた木刀を十兵衛のほうへと投げつけた。

まっすぐ来た木刀を十兵衛は撃ち落とした。

「……参った」

木刀を投げることで生んだ間を無駄《むだ》にするわけにはいかない。すばやく体勢を整えた友悟だったが、目の前に木刀の切っ先を見て敗北を認めた。

「もう一本いかがかな」

木刀を引いた十兵衛が誘った。

「お願いいたしまする」

木刀を拾いあげて、友悟は一礼した。

「まずは詫《わ》びよう」

十兵衛の雰囲気が変わった。すさまじい殺気が、十兵衛の身体からあふれ出した。

「…………」

浴びせられた重圧に友悟は息を吞んだ。

「おぬしを甘く見ていた。申しわけなく思う。ここからは、本気でいかせてもらう」

「…………」

「うむ」

友悟は言葉を返せなかった。声を出す。これは息を吐くことである。息を吐けば、身体の力が抜ける。その隙に撃たれる。二人の間にある二間半の間合いが失われ、鍔《つば》迫《ぜ》り合いをしているほどの圧迫を、友悟は感じていた。

「こんどは、こちらから参る」

宣した十兵衛の身体が霞《かす》んだ。

「疾《はや》い」

目にかろうじて映った十兵衛の影に、驚愕《きょうがく》しながらも友悟は木刀を薙ぎながら、後ろへと跳《と》んだ。

「……ぬおう」

あわてて薙いだ木刀を青眼《せいがん》に戻そうと、友悟は手に力を入れた。

「ふんっ」

すぐ近くで息を吐く音が聞こえ、友悟は左手首に衝撃を感じて苦鳴《くめい》を漏《も》らした。

「あつっ」

「それまで」

十兵衛の声が試合の終わりを宣した。

「……参りました」

左手をしたたかに斬《き》られた友悟は、すぐに片膝《かたひざ》をつき、木刀を背後へと回して頭《こうべ》を垂《た》れた。

「いかがでござったかな」

雰囲気を柔らかく戻した十兵衛が感想を求めた。

「畏《おそ》れ入りましてございまする。木刀で斬られたのは、祖父と最後に稽古をして以来何年ぶりでございましょうか」

友悟は素直に感嘆した。

「……さすがでござるな」

十兵衛が壁際に並んでいる弟子たちを見回して嘆息《たんそく》した。

「思い切りがかなりよろしいような」

「祖父の教えでございまする。かなわなければ逃げろ。生きてさえいれば、いつか届く。そう祖父は申しておりました」

感心する十兵衛へ、友悟は説明した。

友悟の祖父、小野派一刀流の創始者小野忠明は、剣鬼と呼ばれる稀代の名人であった。一刀流の祖、伊藤一刀斎《いとういっとうさい》のもとで修行を積み、兄弟子小野善鬼《ぜんき》と戦って、これを破り、一刀流の印可《いんか》を受けた。そのおり、斬り殺した兄弟子に敬意を表し、神子上典膳《みこがみてんぜん》から小野忠明へと改名した。のち、江戸でおこった取籠《とりこもり》犯を一撃で斬り殺した武勇を買われ、徳川家に仕えた。生涯二百余人を斬ったが、その末期《まつご》にあたって「まだ斬りたりぬ」と叫んだ話は有名であった。

「さすがだの」

十兵衛が大きくうなずいた。

「一度目の試合、よくわたくしの突きを後ろへ倒れることでかわされたの」

思い切りの良さと同じ内容であったが、よりはっきりとした解答を十兵衛が望んだ。

「じつは、こちらに参るまえ、半月ほど奈良の宝蔵院《ほうぞういん》に滞在をいたしておりました」

「宝蔵院……なるほど。槍《やり》の動きを知っておられたならば、当然でござるな」

説明に十兵衛がうなずいた。

宝蔵院は奈良の興福寺塔頭《こうふくじたっちゅう》の一つである。その住職であった宝蔵院胤栄《いんえい》は、柳生石舟斎と同じく、上泉伊勢守《かみいずみいせのかみ》の弟子であった。しかし、柳生石舟斎との競い合いの結果、剣をあきらめた胤栄は、槍に熱を注ぎ、一代の名人となり、宝蔵院流槍術を創始していた。

友悟は、その宝蔵院を訪れ、槍の動きを見てきたのであった。

「いや、お疲れのところ、無理を願った。宿へ案内しよう。柳生の郷における間は、そこで逗留《とうりゅう》いただきたい。誰か、小野どのを寄宿先へ案内いたせ。村の者には話をしてある」

他流の者をあまり自儘《じまま》にさせるわけにもいかないと、暗に十兵衛が告げた。

「はっ」

弟子の一人が立ちあがった。

稽古の再開を命じた十兵衛は、道場を離れ、奥の間へと入った。

「よろしゅうございましょうか」

廊下から凛《りん》とした声がした。

「よい」

十兵衛が許し、襖《ふすま》が開いて、一人の若い稽古着姿の剣士が入室してきた。長い髪を後ろで一つにまとめ、毛先をさらに紙縒《こよ》りでまとめた姿は、男とも女とも取れた。

「気になったか。あれが、そなたの婿《むこ》になる男だ」

若い剣士が座るのを待って、十兵衛が告げた。

「………………」

無言で剣士が十兵衛を睨《にら》んだ。

「強いぞ。今、友悟どのに勝てるのは、この柳生道場でも五人はおるまいよ。吾《われ》を含めてな」

「それほどには、見えませぬ。義父上《ちちうえ》さまに手も足もでなかったではありませぬか」

剣士が首を振った。

「それはそなたの修行がたりぬからだ。織江《おりえ》」

十兵衛が厳しい声で諭《さと》した。

「……つっ」

そこまで言われた織江が詰まった。

「女ながら柳生新陰流の目録を得ているそなたと今戦えば、友悟どのが及ぶまい。だが二年先は、いや、一年先はそなたでは相手になるまいよ」

「…………」

大きく目を開いた織江が、一礼して十兵衛のもとから逃げるように去っていった。

「このままではそなたは、死ぬまで柳生のなかから外へ出られぬ。織江のせいではないとはいえ、そなたの出自は危険すぎる。そして、その危険から身を守る術《すべ》をそなたは持っていない」

十兵衛が沈痛な表情になった。

「織江、そなたの父を殺した吾が言える言葉ではないが、幸せな生涯を送らせてやりたい。死の間際に、弟友矩《とものり》が呼んだのは、上様ではなくそなたの名前だった。友矩はそなたの行く末を案じながら死を受け入れた。それが吾、唯一の救いであり、そして悲願である。織江が幸せになるためならば、吾はどのような手段でも執《と》る。弟の血で汚れた吾だ、地獄へ落ちる覚悟はできている。なれど、娘の幸せを夢見るくらいは許されよう」

静かに十兵衛が瞑目《めいもく》した。

翌朝から、友悟は柳生道場での稽古に明け暮れた。柳生道場の弟子たちの隔意《かくい》はあり、なかなか試合などに応じてはもらえないが、その代わり十兵衛の稽古を毎日受けられた。

「参った」

何度目になるか数えきれないほど友悟はこの言葉を発していた。

「立てるか」

教えるようになった日から、十兵衛の口調が変わっていた。

「はい」

友悟は薄く斬られた感触の残る左手首を一度撫《な》でてから、木刀を構えた。

一刀流は、大きく振りかぶった上段からの一撃で勝負を決する。対して新陰流は、素早い動きで手首や内股、首などの急所を的確に撃つことを旨《むね》とする。今まで己が学んできたものとは違う剣理に、友悟は興奮した。

「剣術とは仏の道ではない。どのような理屈を言おうとも、人を殺す術でしかない。それもいかにうまく仕留《しと》めるか、それを突きつめたものが、流派の極意なのだ。人を守り、人を生かすことこそ剣の姿などと嘯《うそぶ》く輩《やから》が昨今増えてきた。それは偽《いつわ》りでしかない。取《と》り繕《つくろ》うことで、剣の持つ血なまぐささを隠しているだけである。人を守りたいならば、国中から剣をなくせばいい。このような刃渡りの太刀《たち》を帯びていながら、生かすための道具などと言えるものか」

十兵衛が木刀を片手にぶらさげたまま、話した。

「剣は人を生かす。ただし、剣を振るった者だけをな。振るわれたほうは死ぬしかない。ようは、他人を殺し、己が生き残る。それを教えるのが剣術である。小野派一刀流、柳生新陰流と看板を変えているだけだ」

「おう」

続けている十兵衛へ友悟は斬りかかった。稽古でも試合なのだ、しゃべっているほうが悪い。

「卑怯《ひきょう》な」

見ていた織江が憤慨《ふんがい》した。

「太刀を抜いたなら、相手が死ぬまで止まるな」

言葉を止めることなく、十兵衛は対処した。軽く打ち払われて、友悟は後ろへ跳び、間合いを空けた。

「そうだ。隙を見逃すな」

攻撃してきた友悟を十兵衛は褒《ほ》めた。

「生き残った者が勝者である。宮本武蔵《みやもとむさし》と吉岡《よしおか》道場の戦い、これを卑怯だとそしる愚《おろ》か者がおる。剣のことを知らぬ庶民たちはいい。死ぬ覚悟も殺す覚悟もないのだからな。だが残念なことに、剣を学ぶ者のなかにもおる。決闘の前夜から木の上に忍び、近づいてきたまだ子供の道場主を奇襲して殺した。武士のすることではないとそしりおる。そのような者を、吾は相手にせぬ。なぜだかわかるか」

十兵衛が木刀を下段に置いた。

「己がそうなって殺されたとして、非難できぬからでございまする。死者は口をきくことさえできませぬ」

友悟は答えた。友悟は十兵衛の稽古が、己でなく他の者へ聞かせようとしているのではないかと感じ始めていた。

「そうだ……」

首肯した十兵衛が大きく踏みこんできた。

「つっ」

下がるより前へ出ながら、友悟は木刀を落とした。

「やるな」

十兵衛の切っ先は、友悟の股間まであと三寸（約九センチメートル）のところで止められていた。

「もう少しで、小野の血の枝を一つ絶やせたものを」

笑いながら十兵衛が、ぞっとするような目つきをした。

「そろそろ本気を互いに出すべきだろう」

「………」

無言で友悟は後ろへ下がった。十兵衛の背中からかげろうのように殺気が立ちのぼっていた。

「本気でございますか」

友悟は確認した。

「ああ。小野派一刀流の奥義、一《いち》の太刀をまだ見せておるまい」

「ご存じでございましたか」

平静を装《よそお》いながらも、友悟は脇《わき》の下にじっとりと汗を掻《か》いていた。

「見たことはない。当然だな。見た者は、かならずそれが最期《さいご》の景色となるという必殺の太刀」

十兵衛が淡々と言った。

「ならば、お見せするわけにいかぬ理由もおわかりのはず」

友悟が拒んだ。

「こちらが柳生道場へ迎え入れておるのだぞ。柳生流の秘術もすべて見せておるのに」

「すべてではございますまい」

じりじりと間合いを拡げながら、友悟が反論した。

「浮舟《うきふね》も見せた。転《まろばし》も遣った。それで不足とは」

歩くような調子で十兵衛が間合いを詰める。

「飛燕《ひえん》をまだ見せていただいておりませぬ」

「……よく知っているな」

十兵衛が足を止めた。

「父からそのような秘太刀があるらしいと教えられました」

友悟が告げた。

「飛燕……」

「聞いたこともないぞ」

声もなく二人の稽古試合を見ていた弟子たちが口々に驚きを漏らした。

「これは」

予想外の反応に、友悟は戸惑《とまど》った。

「これまで」

不意に十兵衛が試合の終了を宣した。

「ありがとうございました」

身に染みついた稽古の礼儀で、友悟は一礼した。

「各自稽古に戻れ」

弟子たちへそう言って、十兵衛が道場を後にした。

「なんなのだ」

放り出された形となった友悟は呆然《ぼうぜん》とした。

「小野どの」

そんな友悟へ、日頃近づいても来ない門下生が話しかけてきた。

「飛燕とはどのような太刀でござる」

いつのまにか友悟は、門下生に取り囲まれていた。

「詳細は存じませぬ。名前を父から聞いただけでございまする」

友悟は知らないと弁明した。

事実父の小野次郎右衛門も見たわけではなく、交流のあった十兵衛から新しい太刀の動きを研究していることと、名前を教えられただけであった。

「なにか手がかりとなるようなものはござらぬか」

門下生たちは納得しなかった。

「申しわけないが」

剣の道への飽くなき探求心に尊敬の念を持ちながらも、そのしつこさに友悟は閉口していた。

「…………」

まだ続く友悟の包囲を冷たい目で見て、織江が奥へと入っていった。

道場主の部屋とはいえ、畳など敷かれてはいない。せいぜい粗《あら》く編んだ藁《わら》で作られた敷物があるだけであった。

「義父上」

「織江か。入れ」

なかからの許しを得て、織江が襖を開けた。

「閉めよ」

十兵衛が命じた。

「はい」

襖を閉めた織江が、十兵衛の向かい側へ腰を下ろした。

「飛燕についてだな」

「我《われ》ら柳生の者が知らぬことを、どうして小野の者が存じておるのでございましょう」

不満を織江が露《あら》わにした。

「ふん」

十兵衛が鼻で笑った。

「飛燕は吾が編み出した太刀である。その過程で小野次郎右衛門どのに手助けを願った。だから小野の者が知っていても不思議ではない」

「なぜ我らではなく、小野に」

織江の顔つきが一層厳しくなった。

「柳生の者に問えば、その答えは自ずから、新陰の範疇《はんちゅう》で返される。それでは祖父石舟斎の技をこえられまい。吾は最強の技を生み出したかった。それには、流派の枠はじゃまでしかない」

強い言葉で十兵衛が語った。

「流派の枠を潰《つぶ》すと。では、あの小野の男を郷へ入れたのも」

「そうだ。さきほどの稽古試合中に吾が言ったことを聞いていたか。さすれば、その理由はわかるはずだ」

「……剣術はどうやって人を効率よく殺すかという技でしかない」

「うむ。新陰流はたしかに強い。だが、始祖柳生石舟斎はすでに亡《な》い。新しい技を取り入れるよりも石舟斎の遺《のこ》したものを習得することに汲々《きゅうきゅう》としている。事実、習得どころか、足下にも及ばぬ者ばかりだ。このままでは柳生新陰流は衰退していくしかなくなる。武術というのは、立ち止まれば終わる。完成されたと思うその先を目指さなければ死んでしまうのだ。吾はそれを危惧《きぐ》した」

「新しいものを受け入れて変われば、それはもう新陰流ではないのではありますまいか」

　織江が懸念《けねん》を表した。

「いいや、それも新陰である。剣術の流れを考えてみるがいい。本朝にある剣術はその源流をたどれば、すべて鎌倉のころにいた慈音《じおん》禅師に集約される。慈音禅師によって体系づけられた剣術は、やがて大きな二つの流れに分かれた。陰流と一刀流だ。愛《あい》州移香斎《いこうさい》どのの陰流から上泉伊勢守さまが出て、そして石舟斎さまがその教えをもとに編み出されたのが、柳生新陰である。こうやって陰流を洗練することで、柳生新陰は生まれた。変わっていったが柳生新陰は陰流である。ならば、吾が柳生新陰を進化させて、形を変えてもおかしくはない」

「それは傲慢《ごうまん》なだけではございませぬか。わたくしには義父上のなさろうとしておられることが、石舟斎さまより上に立ちたいという願望にしか思えませぬ。小野派一刀流の助けを借りるなど、柳生新陰流の伝統を崩すだけでございまする」

　憤慨した口調で織江が十兵衛へ迫った。

「悪いのか」

　十兵衛が開き直った。

「剣を学ぶ者が強さを求めてはいかぬのか。いかぬのなら、修行をやめろ。道場は今日限り閉鎖する。柳生新陰流は明日より、石舟斎さまの残した書きものを写すだけとする。これで剣術の流派として柳生新陰は死に、かわりに茶道と同じ剣道という名の柳生新陰が生まれる。これでよいのだな」

「……………」

言い返されて織江は沈黙した。

「友悟のことが気に入らぬのはわかる。しかし、それは世間を狭くする。他流の剣筋を見ることなど、今後あるとは限らぬのだ。得られる機会を無にするな」

「……はい」

諭されて織江が首肯した。

「義父上、飛燕は一刀流の太刀と新陰流のものを合わせた技でございますか」

席を立たず、織江が尋《たず》ねた。

「飛ぶ燕《つばめ》の速さ、そして動きの自在さ。飛燕はそれを模《も》した。一瞬で間合いを詰め、予想していないところから一撃を送る」

簡単な説明を十兵衛がした。

「お見せいただくわけには」

「ならぬ。秘太刀は秘せばこその必殺。見られれば、いつか対抗手段が編み出される」

　織江の望みを十兵衛は拒絶した。

「では、どなたにも秘太刀は伝えられぬおつもりか」

「いや。それでは、意味がない。一代で絶えるようなものは、技とはいえぬ」

　十兵衛が首を振った。

「いつ……」

「吾が死ぬ前に、これと思う者に一度だけ技を見せる。吾が見こむだけの者ならば、それで飛燕をものにしよう」

「わかりましてございまする」

　一礼して、織江が立ちあがった。

「その選ばれし者に、わたくしがなってみせまする」

　宣言して織江が去っていった。

「哀《あわ》れな」

　一人残った十兵衛が嘆息した。

「柳生の姫として表へでられぬゆえ、より柳生の名にこだわる。織江をこうしてしまったのはすべて吾の責だ」

十兵衛が瞑目した。

柳生の門人たちと多少打ち解けられた友悟は、ただ一人ずっと敵愾心を向けてくる織江に首をかしげながらも、気にとめていなかった。いや、その暇がなかった。毎日、十兵衛から叩《たた》きこまれる剣術の稽古に夢中となっていた。

「右が留守だ」

十兵衛の木刀が、右手首内側をすっと擦《こす》った。

「はい」

一々、参ったを言って稽古を中断することは許されなくなった。叩かれるのではなく、木刀で斬られるのだ。実際に傷つくわけではない。稽古を続けるのに支障はなかった。

「おう」

友悟は木刀を上段から落とした。

「くっ」

受けた十兵衛の木刀が割れた。

「待て」

さすがにそのままでは稽古ができない。十兵衛が木刀を替えた。

「力任せなだけか」

見ていた織江が聞こえよがしに言った。

「なにっ」

さすがに聞き捨てならなかった。友悟は気色《けしき》ばんだ。

「止《や》めよ。織江、他人の批判をできるほど余裕があるのか」

十兵衛がたしなめた。

「わたくしにこの者との試合をさせていただきたい」

織江が望んだ。

「今はならぬ」

すぐに十兵衛が首を振った。

「いつなら」

納得できないと織江が食い下がった。

「そなたが二十歳になったときだ。負ければ文句を言わず、友悟の嫁となり従え。ただし、そなたが勝てば思うままにしてよい」

十兵衛が述べた。

「異論はきかぬぞ。それまでの間、いっさいの手合わせを禁じる。友悟も心しておけ」

「はっ」

「………」

一方的に突っかかられているだけの友悟はうなずいたが、織江は黙った。

「よし、参れ」

ふたたび稽古が始まった。

叱《しか》られて表だって友悟へからんでこなくなったが、織江が敵対心をこめた目つきで睨みつけるのは変わらなかった。

「なぜそこまで憎まれねばならぬのか」

友悟は悩んだ。

江戸でも滅多《めった》に見ることがないほど、織江は美しかった。その織江を妻にできる。若い男として胸弾んで当然である。しかし、その胸の高鳴りを萎《な》えさせるに十分なほど、織江の態度は、許嫁《いいなずけ》へ対するものではなかった。

もともとこの婚約は、十兵衛と小野次郎右衛門の間で交わされたもので、友悟と織江の頭ごしに決められたものであり、今回友悟が柳生に来るまで会ったことさえないのだ。女として、いきなり現れた未来の夫を受け入れられないというならばわかる。それならば友悟へ向かう感情は嫌悪か忌避《きひ》であるはずであった。しかし、織江は友悟を憎んでいるように見えた。

修行に熱中している最中は気にならないが、ふと休んだときなどに、織江が放つ殺気に近い感情に気づく。これが毎日ではさすがにたまらなかった。

「少しよろしゅうございましょうか」

稽古の終わりを宣した十兵衛へ、友悟は話をしたいと求めた。

「ついてこい」

十兵衛が奥へと友悟を誘った。

「織江のことだな」

「はい」

やはり十兵衛も気づいていた。

「…………」

十兵衛は瞑目した。

「話すべきなのだろうが……」

表情をゆがめながら、十兵衛が悩んだ。

「そなたは柳生まで来た。見も知らぬ地、小野派一刀流にとって敵地ともいうここへな。ならば、こちらも誠意をもたねばならぬ。なにより、いずれは織江を守ってもらわねばならぬ。事情を知ってしかるべきか」

十兵衛が目を開いた。

「これは、柳生の秘事である。他言無用。しゃべれば、吾がそなたを斬る」

厳しい声で十兵衛が念を押した。

「承知」

友悟は了承した。

「……織江の実父、柳生友矩を手にかけたのは吾だ」

「えっ」

いきなりの告白に、友悟は驚愕した。

「父に命じられ、弟を殺した。それが柳生の家を助けるためとはいえな」

苦い顔で十兵衛が語り始めた。

十兵衛の弟友矩は、柳生宗矩の次男である。美貌で知られた宗矩の側室が生んだためか、男としてあり得ないほど端正な容姿を持っていた。寛永四年（一六二七）家光の小姓として江戸城へ上がると、たちまちその男色《なんしょく》の相手に選ばれ、尋常《じんじょう》ならぬ寵《ちょう》愛《あい》を受けた。七年後に徒頭《かちがしら》へ転じ、二千石を与えられた。また、上洛《じょうらく》する家光の供をしたことで、さらに四千石の加増を約束された。

これが世間の非難を浴びた。

当時柳生家の当主宗矩は、惣目付《そうめつけ》であった。惣目付とは、その名前のとおり、すべての大名、旗本を監察する役目である。宗矩は幕府に与えられた惣目付という役目を忠実にこなし、数知れない大名や旗本の罪を暴《あば》き、改易《かいえき》、減封《げんぷう》に処してきた。そのおかげで、柳生家は三千石の旗本から一万石の大名へと累進《るいしん》したのだ。

大名や旗本の命まで差配できるだけに、惣目付は清廉潔白《せいれんけっぱく》でなければならなかった。その惣目付の息子が、将軍の男色の相手を務めているだけでも問題であるのに、そのおかげで数千石を与えられるなど論外であった。

柳生は情実《じょうじつ》で動く。そう評判を立てられれば、今後惣目付としての役目を果たすことができなくなるばかりか、かつて宗矩の手で罰せられた者たちの不満が爆発する。

宗矩は友矩を病気と偽らせて家光から引き離した。さらに、それだけでは家光の再出仕の求めを拒みきれないと、友矩を柳生へと帰した。

「柳生まで迎えを出す」

当初、友矩の病気を信じて大人しくしていた家光が我慢《がまん》できなくなった。それほど友矩を寵愛していたのだ。

将軍の迎えを断ることはできなかった。もし拒《こば》めば、宗矩に罰が下されて、家は壊され、代わりに友矩へ領地を与えられ、新しい柳生家を作られかねなかった。

「家を救うためだ。友矩を殺せ」

宗矩が決断し、十兵衛へと命じた。

「ためらうことなく、吾は引き受けた。なぜかといえば、吾は友矩に嫉妬《しっと》していたのだ」

十兵衛が話を続けた。

友矩は美貌を母から、そして剣の才能を父から受け継いでいた。修行の過程で片目を失った十兵衛からしてみると、天から二物を与えられた羨望《せんぼう》の弟であった。

「吾はな、友矩のお陰《かげ》で役目を放たれたのだ」

かつて、十兵衛は家光から心に染まぬとの理由で、役目を取りあげられるという恥を掻かされていた。

「男色を好まれた上様は、友矩の美貌を噂《うわさ》に聞いて、側《そば》へ呼び寄せるため、すでに小姓として仕えていた吾を気に入らぬとして放逐《ほうちく》し、代わって友矩を召し出されたのだ。

吾がどのような思いをしたかわかるか」

「…………」

返答のしようがなく、友悟は沈黙した。

「妬《ねた》みと恨み、その両方に背中を押された吾は、父宗矩から柳生家のためという大義名分をもらい、嬉々《きき》として友矩を襲った。そのときのことを吾は今でもはっきりと覚えている。柳生のためだ、死ねと太刀を向けた吾に友矩は、兄上が刺客《しかく》として来て下さいましたかとほほえんだのだ」

「……ほほえんだ」

友悟は、首をかしげた。兄から真剣を突きつけられて笑える友矩の心がわからなかった。

「友矩はこう続けた。父上のことですから、伊賀者《いがもの》あたりを数名よこすかと思っておりましたとな。そして静かに太刀を抜いた。生涯最初の真剣勝負は、弟を殺すためのものとなった。吾と友矩はともに柳生の秘術を尽くしたやりとりを繰り返した。何度刃《やいば》を交わしたかわからぬ。夢中で戦っていた最中、かわせるはずの一撃を友矩が胸に受けた。見ていた者がいたら、互角に思えたろうが、吾にはわかっていた。わずかながら吾は友矩に押されていた。あのままであったならば、白刃に命を奪われたのは吾であったはず」

「わざとでございますか」

「ああ」

十兵衛が首肯した。

「最期を剣士として迎えられるとは望外の喜び。こう友矩は言って満足げに笑いおった」

辛《つら》そうに十兵衛が上を向いた。

「なぜと問うた吾に、友矩は答えた。もう疲れました。ここで生き残っても、決して父はわたくしを許しますまい。どのような手を遣っても亡き者にされまする。毒で死ぬなどご免でござるとな」

「ううむう」

思わず友悟は同意しそうになった。剣士として刃で死ぬなら本望だが、毒を盛られて殺されるなど、たまらない。

「寛永《かんえい》十六年(一六三九)、まだ友矩は二十七歳だった。あのままいけば、祖父石舟斎に並ぶ名人となったろう。幕府には柳生で病死したとの届けが出され、友矩に与えられていた二千石は収公され、一件は闇へと沈んだ。その友矩の遺言こそ織江のことだった。友矩は織江の行く末を案じていた。織江はまだ幼かったが、すでにその美貌の片鱗《へんりん》を見せていた。友矩の面影を強く残す娘。そのことが上様へ知れたらどうなる。無理でも召されるであろう。そうなれば、今度は織江が父の粛正《しゅくせい》を受けかねぬ。友矩は苦しい息の下で何度も吾に娘のことを願い、死んだ」

「孫まで、それも幼き娘を……」

そこまでしないだろうと友悟は思った。

「甘いぞ、友悟。一度滅びを経験した者は怖い」

回想を十兵衛は続けた。

柳生宗矩の父石舟斎は、柳生の豪族として二千石の領地を維持していた。小領主の悲しさ、勢いのある大名たちの間を渡り歩いて生き延びてきた柳生家は、乱世の終焉《しゅうえん》で転んだ。天下が豊臣《とよとみ》によって統一され、大和の領主として赴任した秀吉《ひでよし》の弟秀長《ひでなが》のおこなった検地にさからったのだ。そのため、柳生家は所領を取りあげられ、一家は離散した。明日の米さえない浪人生活を続けた宗矩は、関ヶ原の合戦で家康《いえやす》に付くことで、旧領を回復できた。

「浪人の辛《つら》さを知っている父は、家がなくなることをなにより怖《おそ》れた。ゆえに友矩を殺しても家を守ろうとした。息子を殺すことができるのだ。孫を見逃すか。柳生が潰れれば、己だけではない、百近い家臣たちも路頭に迷うのだ。家臣たちの生活にも主《あるじ》は責任を持たねばならぬ。それが恩であり、そうすることで、家臣たちの忠義を受けられる」

十兵衛も主君であった。

「さいわい、上様に織江のことは知られず、父も四年前に死んだ」

息子を殺してまで柳生家を守ろうとした宗矩は、正保《しょうほう》三年（一六四六）に病死した。享年七十六歳、大往生といっていい。

「それを待っていたかのように、家光さまの復讐が始まった」

「復讐でございますか」

「ああ。己が迎えを出すと言ったとたんに、寵臣が病死した。これを偶然ととらえるようなら為政者《いせいしゃ》などやっていられない。上様は友矩が柳生の手で殺されたと気づいておられた。ただ、父宗矩には手が出せなかった。惣目付を長くしてきた宗矩は、大名を無理からでも潰したいという幕府の意向を受け、表沙汰《おもてざた》にできないようなまねを重ねてきた。その秘密を公《おおやけ》にされれば、幕府は大きく揺らぐ。無理矢理主家を潰されて浪人となった者が黙ってはいない。それこそ、島原の乱の再発となりかねなかった。だから上様は、秘密を握ったまま父が死ぬのを待った」

感情を殺した声で十兵衛が述べた。

宗矩の死を受けて、柳生家の家督《かとく》は割られた。功績で一万二千五百石となっていた柳生家を長男である十兵衛へ八千石、三男宗冬《むねふゆ》へ四千三百石、四男で僧侶の義仙《ぎせん》へ二百石と分割した。あからさまな罰であった。

一万石以上が大名として礼される。柳生家は一万二千五百石、小さいながら大名だった。それを分割することで、家光は旗本に落としたのだ。

「これですんでくれればよいが、そうはいくまい。上様は執念深いお性質であられる」

放逐されるまで小姓として仕えていただけに、十兵衛は家光のしつこさをよく知っていた。

「なにより、宗冬がな。剣の腕は受け継がなかったが、権謀《けんぼう》の才能は父譲り。さらに欲深いところもな。なにより、柳生に生まれながら、兄弟のなかでもっとも剣才に恵まれなかった劣等感がな。宗冬は吾を目の上のこぶとして嫌っておる。そこにつけこまれれば……」

十兵衛は弟宗冬の性格を危惧していた。

「吾が死ぬだけですむならばよいが……」

「織江どのを利用すると」

「その怖れが濃い。友矩を殺した吾にできることは、その末期の言葉をはたすだけ。吾は変わらざるを得なくなった。柳生新陰流絶対であった吾だったが、弟に及ばなかったことで、己の限界をさとった。このままでは織江を守れぬ。吾はあらたな剣を模索した。さいわい将軍家お手直し役として同役になる小野家とは交流があった。やがてつきあいを深めていくことで、次郎右衛門どのとは友と言える仲となり、何度も剣談義で夜を徹した。その結果が、秘太刀飛燕だ」

「では、織江どのをわたくしに託されるのも、柳生から離すため」

「ああ。柳生と並び天下無双と言われる小野家でもなければ、織江を預けられぬ。いかに上様とはいえ、家臣の妻に手出しはできぬ。かといって刺客ていどならば、小野家の壁をこえることなどできまい」

「…………」

織江の警固《けいご》役《やく》として選ばれたに過ぎないと言われたに等しい。友悟は鼻白《はなじろ》んだ。

「それくらいのことができると思えばこそ、そなたを柳生へ招き、秘すべき技まで教えている。できぬと思えば、とうに江戸へ追い返している。吾はそなたの技量を買っておる」

「……かたじけのうございまする」

褒められて友悟は、少し気分をなおした。

「下がるがいい。明日も稽古は早い」

「お話しいただきありがとうございました。ご期待にそえるよう精進いたしまする」

剣士として認められる。ならば些末《さまつ》な事情などどうでもいい。友悟は稀代の名人、柳生十兵衛の言葉に納得して、部屋を後にした。

「吾の心の闇を払ってくれた弟友矩との約束、織江の行く末を預けるにふさわしい男となすため、遠慮はせぬ。死ぬ気でついてこい。友悟」

一人残った十兵衛が呟《つぶや》いた。


柳生での日々は瞬《また》く間に過ぎていった。

稽古は一日ごとに厳しくなり、さすがに骨を折るほどのことはなかったが、打ち身で身動きが取れぬほど痛めつけられるときも出てきた。事情を知った友悟も、辛い修行に文句一つ付けず耐えた。また、そうするだけの価値があるほど、織江は気高く美しかった。

しかし、そのお陰で、友悟の木刀は三度に一度ていどではあるが、十兵衛の身体に届くようになっていった。

「明日は、稽古を休む」

慶安《けいあん》三年（一六五〇）の三月二十日、その日の稽古を終えた十兵衛が友悟へ告げた。

「わかりましてございまする」

与えられた初めての休みであった。

庶子といえども剣術の宗家に生まれた友悟である。物心ついたときから稽古に明け暮れる日々を送ってきた。それこそ、正月でも木刀を手から放したことなどなかった。

「さてどうするか」

いつもの習慣で夜明け前に目覚めた友悟は、今日一日なにをするかで悩んだ。休めと言われた以上、道場へ顔を出すわけにはいかなかった。

「他人目《ひとめ》のないところで、素振りでもするしかないな」

朝餉《あさげ》をすませた友悟は、寄宿している百姓家を出た。

「あれは……」

里から少し離れたところで、友悟は急ぎ足で進んでいく十兵衛の後ろ姿を見つけた。

「もうお一方おられるようだが……袈裟《けさ》を着ているとなれば、義仙和尚《おしょう》どのか」

十兵衛の弟、義仙和尚を友悟は、なんどか道場で見かけていた。僧籍にあるためか、さほど道場へ来ないが、義仙も柳生の男である。かなり剣の腕は立つ。

「どこへ……ひょっとすると柳生の秘めたる稽古場があるのかも」

どの流派でもそうである。弟子にさえ見せない秘太刀というのがあり、それは道場ではなく、表に出ていない隠し場所で伝授されることが多い。興味を持った友悟は、気づかれぬように距離を開けて、二人の後をつけ始めた。

「やはり」

半刻ほど里から離れた河原で、十兵衛と義仙の二人が対峙《たいじ》した。

「近づけぬな」

もう少し近くで見たいと思った友悟だったが、河原の見通しがよすぎた。近づけばまちがいなく見つかる。秘太刀伝承《でんしょう》の場を盗み見るのは、剣術を学ぶ者としてしてはいけないことである。友悟はかなり離れた松の木の陰から二人の動きを見つめた。

「思ったよりも遣う」

義仙和尚の剣捌《さば》きは、十兵衛ほどではないにしても、道場の高弟に匹敵《ひってき》する見事なものであった。

「……………」

二人の稽古を友悟は息をのんで観戦した。

「ふむう」

しばらく見続けた友悟は落胆のため息をついた。確かに十兵衛、義仙の兄弟の稽古はかなり高度な域にあったが、長く柳生で修行を積んだ友悟の目に目新しいものではなかった。

「離れるか」

興味を失った友悟がそう考えたとき、不意に義仙がすさまじい殺気を放った。

「なっ」

思わず友悟は、松の木の陰《かげ》へといっそう身を縮めた。

「…………」

見れば十兵衛も動きを止め、間合いを空けていた。

「なにをする気だ」

あらためて稽古を見直した瞬間、轟音《ごうおん》が河原に響いた。

「えっ」

友悟は絶句《ぜっく》した。腹部から血を撒《ま》きながら、十兵衛が後ろへ吹き飛んだ。

「鉄炮《てっぽう》、どこだ」

友悟は鉄炮を探した。

「僧侶は殺生《せっしょう》をせぬ。心配せずとも、止《とど》めはすぐに刺《さ》してもらえる」

まだ生きている十兵衛と十分な距離を保ったまま、義仙が告げた。

「さらばだ、兄者。柳生のために死んでくれ。友矩を殺した報《むく》い。因果応報《いんがおうほう》じゃ」

呵々大笑《かかたいしょう》しながら義仙が去っていった。

「十兵衛さま」

友悟は河原へと駆けつけた。

「きさま……」

ほぼ同時に鉄炮を手にした刺客も姿を現した。

「小野か。見られた限りは生かしておけぬ」

鉄炮を捨てた刺客が太刀を抜いて襲いかかってきた。

「おのれ」

剣士を鉄炮で撃つ。剣術の里であってはいけない行為に、友悟は憤怒《ふんぬ》していた。

「死ねっ」

「ふん」

刺客が振り落としてきた太刀を、友悟は木刀で上へ向かって払った。

「おわっ」

両手を上へあげた形となった刺客の胴ががら空きになった。

「えい」

友悟が木刀で突いた。

「ぐえっ」

鳩尾《みぞおち》を突き破られた刺客が絶息《ぜっそく》した。

「十兵衛さま」

刺客の末期を確認することなく、友悟は十兵衛へ駆け寄った。

「……友悟か」

十兵衛は生きていた。

「しっかりなされ。今、里へ運びまする」

「無駄だ」

抱きかかえようとした友悟の手を、十兵衛が払った。

「腹を射貫《いぬ》かれては助からぬ。それに吾を連れて里へ戻れば殺される。おぬしもな」

「どういうことでございますか」

友悟は混乱した。

「上様の命だからよ」

「な、なにを」

「聞け」

十兵衛が過去を懺悔《ざんげ》した。

「聞けば上様は、死病に取り憑《つ》かれておられるそうだ。生きている間に、悪事の後始末をしたくなったのだろう。吾が生きていれば、いつすべてが明らかになるかも知れぬからな。男色の恨みを力で晴らしたなどとなれば、上様の権威は地に落ちる」

「…………」

「宗冬も義仙も真実を上様から知らされていない」

「真実、先日お話しくださったもので」

「違う。友矩を殺せと命じたのは父宗矩ではない。上様だ。上様が友矩に執着されたのはたしかだが、友矩は応じなかった。どれだけ厚遇《こうぐう》されようとも友矩は、上様の寵愛を断り続けた。惣目付の息子に迫る将軍、あまりに外聞が悪い。そこで父は友矩を柳生に引きこませることで、上様の妄執《もうしゅう》を断とうとした。それがかえって上様を怒らせることになった。愛《いと》しい転じて憎悪となる。吾がものにならぬなら殺してしまえ。その刺客として、上様は吾を選ばれた。そして吾はしたがった」

「えっ」

正反対の内容に、友悟は驚愕した。

「吾は弟と雌雄《しゆう》を決したかった。吾は道場で弟に勝てなかったのだ。いや、すべてで劣っていた。剣、見た目、知力、どれもかなわなかった。だが、真剣勝負は別もの、真剣あらば弟に勝てる。そう吾は考えるしかなかった。しかし、真剣勝負など許されるはずもない。それが上様の命となれば、誰も止められぬ。吾は嬉々として弟と戦った。そして勝った。いや、勝たされた。弟は上様の執念を身に染《し》みて知っていた。もし、勝負に勝って吾を倒せば、それを言いがかりに柳生を潰せる。上様がそこまで考えていたことを、吾はわからず、弟は気づいていた。だからこそ、弟友矩は死を選んだ。吾は弟によって生かされたのだ」

息を荒くして十兵衛が語った。

「父もすぐに気づいた。だが、柳生の家を守るためには黙るしかない。父はみずから汚名を着ることで、柳生家のなかでの話におさめ、これ以上上様が介入されぬようにした」

「…………」

あまりのことに友悟はなにも言えなくなっていた。

「父から裏を聞かされた吾に残されたのは、友矩の忘《わす》れ形見《がたみ》織江を守ることだけ。だが、いつかは吾にも上様の手が及ぶ。父は予想していた。上様が真相を知る道具である吾をそのままにしておかれぬことをな。そしてそのときは、柳生が敵になることも。大名を潰すことで出世してきた柳生だ。味方はおらぬ。ゆえに、吾は織江を託す相手を探した」

「それがわたくしだと」

「そうだ。この話を織江には聞かせてくれるな。哀れすぎる。父を殺したのが養父だなどと知ってはな。いや、吾が知られたくないだけかも知れぬ」

「承知いたしました」

友悟はうなずくしかなかった。

「手伝ってくれ。起きる」

「いけませぬ」

首を振って拒んだ友悟へ、十兵衛が強く言った。

「ときがない。少し長く生きたところで意味はない」

「……はい」

助からないとわかっている。友悟は十兵衛の望みに応えた。

「一度しかできぬ。よく見ておけ」

十兵衛は木刀を青眼に構えた。

「やあああ」

裂帛《れっぱく》の気合いが響き、十兵衛が動いた。

「……………」

その疾さに友悟は言葉を失った。

「これが飛燕だ。吾からの引き出物ぞ。婿どのよ」

最後に十兵衛がほほえんだ。

「吾を置いて里へ戻れ。知らぬ顔をしていろ。さもなくば、おぬしが危ない。上様が死んだと聞くまで潜《ひそ》んでくれ。そのあと、織江を連れて江戸へ……頼む」

崩れるように倒れて、十兵衛が逝《い》った。

「十兵衛さま……」

友悟は呆然とした。

十兵衛の死は、その日のうちに里へ知れた。すぐ側に鉄炮を持った刺客の死体があったことで、鉄炮で狙撃した刺客が十兵衛にとどめを刺そうとして近づいたところを木刀で突き殺され、相打ちになったのだろうと、一件はまとめられた。

友悟は無念を嚙《か》みしめながら、十兵衛の遺言に従うべく耐え続けた。十兵衛が死んでも柳生家は旗本のままであった。嫡男十兵衛が継いでいた八千石を宗冬は与えられたが、己に給されていた四千三百石が取りあげられたのだ。宗冬にとっては出世であるが、柳生家全体では四千三百石の減であった。家光はまだ柳生家を許していなかった。

そして翌慶安《けいあん》四年四月二十日、三代将軍家光が死んだ。

友悟は織江を連れて江戸へ戻ろうとしたが、二十歳になるまでは婚姻を許さずと言った十兵衛の言葉を、織江は頑《かたく》なに守り続け、言うことを聞かなかった。

「今日でわたくしも二十歳となりました。ついては、亡き父の言葉どおり、試合をお願いいたしたく。あなたが勝てばわたくしは、あなたの妻となり江戸へ参りましょう。なれど、わたくしに勝てなかったときは、一人で柳生から去っていただきまする」

二十歳の誕生日、織江が友悟へと試合を申しこんだ。

「承知」

友悟は受けた。十兵衛との約定でもあった。織江二十歳の誕生日に試合をし、友悟が勝てば、翌日祝言《しゅうげん》、翌々日に江戸へ旅立つ。そう決まっていた。

すでに友悟は柳生流のほとんどを身につけ、高弟たちとの試合でも負けることはなくなっていた。

「始め」

江戸にいる宗冬に代わって、義仙和尚が立会人を務めた。

「えい」

織江が木刀を青眼に構えた。

友悟が腕をあげたのと同様に、織江も進歩していた。目標であった義父十兵衛の壮絶な死が織江をかき立てたのだ。

「おう」

友悟は小野派一刀流の基本、大上段にとった。小野派一刀流は一撃必殺の上段を得意とする。上段の構えがもつ威圧で相手を萎縮《いしゅく》させ、一撃で仕留めるのだ。といったところで、木刀で真剣ほどの威圧を出せるほど、友悟は達人ではなかった。

「やあああ」

甲高《かんだか》い声をあげて織江が斬りかかっていた。

「ぬん」

友悟は受けずして、身体を半身とし、かわしつつ木刀を落とした。

「なんの」

織江も身体をひねり、友悟の一撃を外しながら、木刀を薙ぎへと変えた。

「……………」

無言で友悟は木刀を立て、受けた。

「せいっ」

近づいた間合いを空けるべく、織江が蹴り技を出してきた。

「ふん」

息を吐きながら、友悟は後ろへ跳んだ。

「できる」

その後も数合木刀を合わせた友悟は、感心していた。

友悟は木刀を下段にした。

動きの早い柳生新陰流に対応するには、切っ先が相手に届きやすい下段がよかった。

青眼は攻守に優れた構えであるが、動き出すには木刀を引くか、あげるかしなければならず、どうしても半拍遅れてしまう。

「せいっ」

織江と友悟の木刀が絡み合い、鍔迫り合いになった。

「つっ」

上気した顔、汗を搔いた織江から立ちのぼる薫《かお》り、荒い息に合わせ大きく起伏を繰り返す胸の膨らみ、友悟は初めて間近に女を感じ惑乱《わくらん》した。

「隙あり」

友悟の気が乱れたのを織江は見逃さなかった、後ろへ下がりながら、織江が突いた。

「ちいい」

あわてて友悟は片手薙ぎに出た。体格の違いが友悟に利を与えた。織江の木刀が届く前に、友悟の切っ先が、織江の稽古着の止《と》め紐《ひも》を飛ばした。

「うっ」

友悟の目に、織江の白い胸肌が映った。

「こやつっ」

肌を見られたことに気づいた織江が怒りの一刀を繰り出した。

「しまった」

一瞬ふくよかな胸の膨らみに目を奪われた友悟は遅れた。

「もらった」

織江の木刀が友悟の左手首へと伸びた。

「……えい」

思わず友悟は前へ踏み出しつつ、腰を落とし、右手一本で握った木刀を織江の木刀に絡めるようにして回しながら出した。

「あっ」

織江の手から木刀が飛んだ。

「それまで」

義仙が勝負の終わりを宣した。

「……友悟どの。今の太刀は、まさか……飛燕ではございますまいな。かつて義父上から聞いた動きにそっくりでございまする」

試合の終わりの礼もせず、織江が追及した。

「なにっ。飛燕だと」

大きく義仙が動揺した。

「飛燕は、父が死ぬときに一度だけ見せると言われておりました。友悟どの、この技は飛燕でございますか」

織江が迫った。

「それは……」

秘さなければならない飛燕を遣ってしまった動揺が、友悟から余裕を奪っていた。

「ま、待て。まずは、試合の終わりの礼儀を尽くせ。話は後日でも聞けよう」

「……はい」

義仙の仲裁に、織江が渋々うなずいた。

「勝者、小野友悟」

高らかに宣する義仙の声を友悟は遠いもののように聞いた。


その夜、友悟の寄宿している百姓家の離れが襲われた。火を付けられた離れから脱出した友悟は、取り囲んでいた柳生の手練《てだ》れの相手をしながら逃げ、なんとか伊賀との国境まで来た。とても柳生館へ回って織江を連れ出す余裕はなかった。

「殺し損ねたか。なさけない者どもだ」

国境の峠、その麓《ふもと》で義仙が待ち伏せていた。

「義仙和尚。やはりあなたの手配だったか」

友悟は覚悟した。

「よくぞ今までごまかせたな」

ゆっくりと義仙が太刀を抜いた。

「柳生の秘密を知られてはな。生かして柳生を出すわけにはいかぬ」

義仙が斬りかかってきた。

「舅《しゅうと》の仇《かたき》」

問答は不要であった。友悟は手にしていた太刀で応じた。

「強い」

友悟は義仙の太刀筋に十兵衛の片鱗を見た。

「しかし、所詮《しょせん》は及ばぬ」

「黙れ」

誰と比較されたかわかった義仙が怒鳴《どな》った。

「死ね」

義仙が怒りのまま放った一撃を、友悟はしっかりと見ながら合わせた。

「これが飛燕だ」

友悟の太刀は、義仙の太刀を搦《から》め捕りつつ、その右手の筋を断った。

「うぎゃあぁ」

太刀を落とし、義仙が手を押さえながら叫んだ。

「二度と剣は握れまい」

「殺せ。そうせねば、そなたをつけ狙うぞ。どこへ潜もうとも、柳牛の手は届く」

義仙が友悟をにらんだ。

「そのときは返り討ちにするだけだ」

友悟は太刀を鞘へ戻した。

止めを刺す。人の生命を奪うだけの肚《はら》が友悟にはなかった。義仙の利《き》き腕を潰しただけで、友悟は背を向け、そのまま伊賀への峠をこえた。

「かならずお迎えにあがる。待っていてくれ、織江どの」

峠の上から柳生の郷を見下ろしながら、友悟は誓った。

若き浪人織江緋之介《ひのすけ》が吉原の大門を潜《くぐ》る一カ月前のことであった。

編集協力／株式会社榎本事務所

この作品は徳間文庫のために書下されました。

本書のコピー、スキャン、デジタル化等の無断複製は著作権法上での例外を除き禁じられています。本書を代行業者等の第三者に依頼してスキャンやデジタル化することは、たとえ個人や家庭内での利用であっても著作権法上一切認められておりません。

徳間文庫

上《うえ》田《だ》秀《ひで》人《と》公《こう》式《しき》ガイドブック

© Hideto Ueda 2013

2013年4月15日 初刷

著者 上《うえ》田《だ》秀《ひで》人《と》
編者 徳《とく》間《ま》文《ぶん》庫《こ》編《へん》集《しゅう》部《ぶ》
発行者 岩渕徹
東京都港区芝大門二―二―二 〒105―8055
発行所 株式会社徳間書店
電話 編集〇三(五四〇三)四三四九
販売〇四八(四五一)五九六〇
振替 〇〇一四〇―〇―四四三九二
印刷
製本 株式会社廣済堂

ISBN978-4-19-893676-1 (乱丁、落丁本はお取りかえいたします)

徳間文庫の好評既刊

上田秀人

お髷番承り候[一]

潜《せん》謀《ほう》の影《かげ》

書下し

　将軍の身体に刃物を当てることが唯一許されるだけに、絆が深くなるお髷番。四代家綱は、秘命を託すのに最適なこの役に、かつてお花畑番として寵愛した深室賢治郎を抜擢した。務めを遂げんとする賢治郎の前に、将軍位奪略を巡る姦計が立ちはだかる！

上田秀人

お髷番承り候[二]

奸《かん》闘《とう》の緒《ちょ》

書下し

　将軍継嗣をめぐる大奥の不穏な動きを察した四代将軍家綱は、お髷番深室賢治郎に動向を探るよう命を下す。そこで蠢いていたのは順性院と桂昌院の思惑。それぞれ実子を五代将軍につかせんと権謀術数を競っていた。襲い来る刺客と死闘を繰り広げる賢治郎。